U0928683

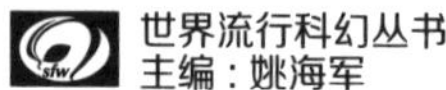
世界流行科幻丛书
主编：姚海军

立方体之战
突围

[美] 玛丽亚·斯奈德 著
千江 译

四川科学技术出版社

图书在版编目(CIP)数据

立方体之战·突围/[美]玛丽亚·斯奈德 著;千 江 译.
-- 成都:四川科学技术出版社,2017.3

ISBN 978-7-5364-8564-8

Ⅰ.①立… Ⅱ.①玛… ②千… Ⅲ.①科学幻想小说—美国—现代 Ⅳ.①I712.45

中国版本图书馆 CIP 数据核字(2017)第 052974 号

世界流行科幻丛书

立方体之战·突围

出 品 人 钱丹凝
丛书主编 姚海军
著 者 [美]玛丽亚·斯奈德
译 者 千 江
责任编辑 宋 齐
特邀编辑 明先林
封面设计 施 洋
版面设计 施 洋
责任出版 欧晓春
出版发行 四川科学技术出版社
四川省成都市槐树街 2 号 出版大厦 邮政编码:610031
成品尺寸 140mm×203mm
印 张 8.875
字 数 213 千
插 页 2
印 刷 成都金龙印务有限责任公司
版 次 2017 年 5 月成都第一版
印 次 2017 年 5 月成都第一次印刷
定 价 24.00 元
ISBN 978-7-5364-8564-8

谨以此书献给我的侄女,感谢你阅读我的初稿。

正因为你这么喜爱我的小说,

才让我产生了自己可以为年轻一代写故事的想法。

同时纪念我最爱的祖母,玛丽·萨尔瓦多利,

还有我的挚友黑兹尔。

1

一股震动传过我的身体。我醒来,周围一片昏暗,我不确定自己在什么地方。我伸手朝四下摸了摸,发觉左右都是弯曲的光滑墙壁;我又碰了碰头顶——这是管道里面。

远处传来一阵轰鸣,令人不安,可我迷迷糊糊的,没有意识到问题的严重性。雷鸣似的声音越来越响,管道的抖动也越来越猛烈。是水流,正朝我奔涌而来。

我慌忙在狭小的管道里爬动起来。前面有一道敞开的舱口,里面透着蓝光,可就在我快要接近时,光脚却在管壁上打起了滑。这种关头,那舱口在我看来简直遥不可及。

汹涌的水流朝我袭来,这时,卡贡说教的声音开始在我脑子里回响:“特蕾拉,总有一天你会遭大殃,粉身碎骨,从淋浴喷头里流出来的。”

我总算爬到舱口,一头扎了进去。我很肯定这时水已经冲到我的脚后跟了。爬上坚实的地板后,我立刻跳起来,猛地盖上舱门。舱口闭合,整个管道剧烈震动起来。过了一阵,水流渐渐退去,震动也停歇了。我摸着冰凉的金属墙,把冒汗的额头贴了上去,努力平复急促的呼吸。

这回太险了。蓝色灯光柔和地照耀着这里的滤水机械。据刚才的水流判断,现在是十八点。上层人总是严格遵照时刻表办事。

我检查了一下工具腰带,确保没什么损失,手电筒也还能用。然后我爬出水管,从通风管道抄近路来到第二层。走管道和通风井是为了避开其他擦洗工,可一旦打开通风口跳下去,降落在挤满擦洗工的走廊里,我的安宁时光就宣告结束了。

有人撞了我一下。我警告道:“看着点儿路!”

“您不该纡尊和我等贫民走在一块儿啊,女王陛下。”对方满脸讥讽地朝我一鞠躬。

我早习惯了咒骂和怒视,所以只是耸了耸肩。狭窄的走廊里,我被人群推搡着往前挪动。下两层的世界就是这样,整整一周,随时随地都挤满了擦洗工,而擦洗工的人生就是工作单位和宿舍之间的两点一线。我们被称作“擦洗工”,因为锈和灰是“里面”的大敌,必须有人负责对付它们。另外,擦洗工同样要维护机械系统网,不管上层还是下层,都指望它活命。

擦洗工总是你推我挤,愁眉苦脸,抱怨连天。所以我讨厌每一个擦洗工。卡贡除外。没有人会讨厌卡贡,因为他善于倾听,总是对别人的悲惨故事抱有同情心。他能让人笑——笑这种表情在这儿很稀罕,就和卡贡这种人一样稀罕。

我朝 G2 区的自助食堂走去。那食堂在这个时间还开着。

据我了解,“里面”的长度和宽度相同,共四层高,全由金属板构成。按照我的估算——不知为什么,“里面”的准确面积和规格是保密的——“里面”总长两千米、宽两千米、高二十五米。每一层都划分为九个区域。

在正方形里画两条横线、两条竖线，就能得到九个小正方形。第一行的三个小正方形被称作A、B、C，第二行就是D、E、F，最后一行为G、H、I。“里面”的结构就是这样，每一层都有A、C、G、I四个分布在四角的区域，以及B、D、E、F、H五个不在角落的区域。每层地图都一个样，真是乏味、老套，连猜都不用猜。

整个G2区都是配备给下两层的食堂和餐厅，数字“2”表示该区域位于第二层。在这里，就连一个年龄刚满四百周的擦洗工都不会迷路。G2区正下方的G1区——也就是最底层——是种植水培植物的地方，这样安排是为了方便种菜工把蔬菜运给厨房工。

才到食堂门口，我已经感到人群散发出的闷热霉臭气息扑面而来，同时袭来的还有嘈杂的声浪。我在门前停住了，考虑只是为了吃饭，就要和这么多擦洗工挤在同一间房里，到底值不值得。但我的胃抗议起来，逼我走进食堂。

取食物的队伍永远都排得那么长。我拿着托盘等候，无视周围人异样的眼光。吃饭之前，大多数擦洗工会把工作服换成休息时穿的绿色连体服，看起来都一个样。但我二十点得去刷洗通风管，所以还穿着紧身工作服——我全身都裹着滑溜溜的深蓝布料，只有双手、双脚和头部露在外面。打扫又窄又细的供热管道时，穿这种面料的衣服便于在里面滑动。我可能是唯一一个没穿软皮鞋的人，但我不在乎——我的鞋落在F1区的宿舍铺位上了。这也没什么，反正有那么多擦洗工打扫卫生，地板根本没机会变脏。

我把托盘放在金属架上，面对三选一的菜色，指了指其中一个。盛菜的容器都很大，分别装着绿色、黄色、棕色的汤汁，闻起来都是一股馊掉的蔬菜味儿。这些菜式的优点在于原料少、做法简单、循环利用起来也容易——这一点最为重要。我都懒得看菜名了。反正不论厨房工管它叫“焙盘”“蛋饼”“炖菜”还是“汤”，尝起来都是一个样——煮得烂糊的菠菜味儿压倒一切，其他食材的味道根本无迹可寻。

替厨房工说句公道话：他们也没多少水培植物可供选择。这里种的菜都是易活品种，顾不上什么多样性，加以荤菜翻来覆去都是羊肉，谁又能捣腾出新花样？话虽如此，我还是想吃点儿别的东西。

我端着菜找了个空位坐下，任凭沸腾的人声将自己包围。

“你去哪儿啦？”一个声音盖过嘈杂的背景音，朝我发问。我一抬头，就看见了卡贡的大脸。他一屁股坐进我旁边的位子。

“工作。”我回答。

“十点你就轮完班了。”

我耸耸肩，“为了上层人，我得确保所有管子都一尘不染呀。”

“呵呵，说得好像你需要打扫很久似的。”卡贡说，“你一定又在管子里睡觉了。”

“别提这事儿。”

“你会受伤的。”

“有谁在乎？还能节省一个擦洗工的口粮呢。”

“看来某人不高兴啊。怎么回事，特蕾拉？你的衣服都湿啦！”卡贡装出幸灾乐祸的样子。但他很快就恢复了善意的微笑，完全没被我的坏情绪影响。

“你怎么还不去干活儿？换换风扇皮带什么的。”我反问他，并尽量表现得讨人厌。不过卡贡没生气；他知道我只是在开玩笑。不过，在别的擦洗工面前，我从不开玩笑。

几名擦洗工从我们桌旁走过。他朝他们点了点头，微笑着打招呼。

“E2区盥洗室的淋浴喷头好了吗？”卡贡问其中一人。

“好用多了。”那人回答。

我对这些琐事没有兴趣，于是自动忽略了他们的对话。

说起来,我这唯一的朋友的生活也不容易。卡贡是个大块头,挤不进管道,所以加入了养护队。他的工作很零碎,但多数时候也很繁重,和擦洗管道的劳累程度差不多。上层人觉得下面的人太闲是件危险的事。

除了养护队,擦洗工的工作单位还有循环厂、医务室、育儿中心、水培植物间、厨房、畜牧场、固定垃圾处理站和污水处理厂。大多数擦洗工的工作都是上头分配的。育儿嬷嬷会留意她负责的每个孩子有什么特长、适合哪种职业,然后推荐相应的工作。我个子小,自然就成了擦洗工。这活儿在我看来再好不过了。

“你下一班是几点?”

“一小时后。”

“很好。有人想见见你。”卡贡眼中透出热切的光芒。

“别再拉我去见先知了。拜托,卡贡,你又不傻,偏要上这种当。”

“可是这次——”

“这次多半就和上次,以及上上次,还有之前的五次一样。那些人一直空谈,从无行动,只会散布虚假的希望。你知道,他们肯定是上层派来的间谍,目的是防止擦洗工造反。”

“特蕾拉,你太悲观了。还有,这次先知是点名要你去,说你是唯一能帮他的人。”卡贡似乎觉得,那人发出这么神圣的召唤,我一定会受宠若惊。

“我有正事要忙。”我端起托盘,准备离开。

“忙着在管道里面睡觉?忙着假装自己与众不同,不用跟其他人挤在一起?”

我怒视着他,尽量凶狠地皱起眉。这种表情通常能把对方吓退一步。

卡贡却凑了上来,“拜托了,去听听那人有什么话要说吧。”

他的脸上再次流露出对先知的坚定信仰。**可怜的卡贡**,我暗想。他要怎么承受又一次失望的打击呢?我又怎能拒绝他呢?毕竟我脾气这么差,只有他肯忍气吞声地跟我做朋友。况且我们是一起在育儿中心长大的,他曾经那么关照我。

"好吧。我去听听,但我不能向你承诺什么。"我说。也许我能戳穿那个先知的骗局,让卡贡及时醒悟。

我们把托盘里的剩菜倒进垃圾箱,离开了食堂。卡贡带我穿过第二层的主廊,朝 A2 区的楼梯走去。

"里面"的走廊很狭窄,墙壁是布满铆钉、刷着白漆的金属板。人控警①的最新宣传海报、擦洗工的劳动时刻表和行为守则,就是一、二层公共区域的全部装饰。不过每个区都有一大片绿色植物,多少打破了一些单调。然而,要不是必须用这些植物来净化空气,我确信人控警会连它们也撤走的。

我从来都没耐心在主廊里挤来挤去,可有卡贡这个大块头开路,我毫不费力地跟在了他背后的空隙里,谁也挤不着。难得的片刻安宁啊。

我们走下一道宽阔的金属阶梯,脚心冰凉刺骨,这时我真希望自己穿着鞋——在通风管里光脚方便,在走廊里就未必了。

卡贡把我带到了 B1 区。看来这个先知倒有点儿头脑。B1 区堆满了洗涤机器,一排排洗衣机和烘干机就像列队待命的战士。洗涤房向来是最拥挤的区域,不但在这里劳动的工人最多,而且每个住在下两层的擦洗工都会来这里领取干净制服。

先知就在休息室门口的台子上,居高临下,被一群人拥在中间。

"……条件十分悲惨。上层人有自己的房间,你们却只能睡通铺。但你们的苦不会白受!你们终有一天会寻找到安宁,在'外面'得到足够的空间。"先知的声音强劲有力,盖过了机器的轰鸣。

---

① "人口控制警察"的缩写。

我凑近卡贡，“坐轮椅这招倒挺妙的，能博些同情分。他叫啥名字来着？”

“破碎人。”卡贡的语气里满是敬畏。

我失声笑了出来。先知暂停讲话，灰色的眼眸紧盯着我。我不甘示弱地回瞪向他。

“有什么令你觉得好笑的吗？”破碎人问。

“有啊。”

卡贡往我面前一站，“她就是特蕾拉。”

坐轮椅的破碎人惊愕地闭上了嘴。显然，我和他想象中的模样大不相同。

“孩子们，我得和她私下谈谈。”他说。

我差点儿又难以置信地嗤笑起来。他说得好像下两层存在“私下”这种情况似的。

人群散了，留下我和这位新来的先知大眼瞪小眼。他长着一头长长的金发，手上没有茧。下两层没人是金发。染发是上层人独享的奢侈。

“特蕾拉。”他用低沉浑厚的声音说。

“听着，”我说，“你如果想引诱这些小绵羊，悉听尊便。”我抬手指了指那些正在劳作的擦洗工，“但别给卡贡灌迷魂汤，骗他‘外面’有更好的地方。等你回上层补染头发的时候，我可不想他被丢在底下自个儿伤心。”

“特蕾尔[①]！”卡贡瞪了我一眼。

“你不相信我？”破碎人问。

“不信。你不过是替人控警办事的特工，到处宣扬我们被循环以后，生前的劳碌就会如何如何获得回报。噢，你可能会在下面待一百周左右，但在下个先知来‘换班’后，你就会一走了之。”我偏了偏头，

---

① 特蕾拉的昵称。

露出思考的模样,“来‘换班’的人或许会是个缺胳膊少腿的,要是你的轮椅形象反响不错的话。”

破碎人大笑出声,引得附近的擦洗工转头看我们。“卡贡说过你不好相处,但我看他还是太轻描淡写了。”他仔细打量着我的脸。

我不耐烦地问:“你找我做什么?”

“我需要借你的本事用一用。”破碎人说。

“什么本事?”

“你熟悉‘里面’的每一处通风管、走廊和水管,知道哪里有近路、哪里有洞口和梯子。只有你能替我取到我需要的东西。”

“你是怎么知道的?”

“我对‘管道女王’的传说略有耳闻啊。后来卡贡告诉我的传言一点儿也不假。”

我对卡贡怒目而视。这个绰号是我还在育儿中心的时候,同组的擦洗工奉送的,目的可不是赞美我在探索管道网络方面的天赋。恰恰相反,他们给我取这个绰号,只是为了嘲讽我喜欢躲起来独处。

“你愿意帮我吗?”破碎人问。

“帮你什么?”我反问。

“你刚才没猜错,”他身体往前倾了倾,压低声音,“我曾经是上层人。”

我警觉地往后退了一步。

“别怕,”他赶紧安慰道,“我不是人口控制警察。你们管他们叫什么来着,人控警?我曾经是空气管理员,管理空气系统,确保过滤器干净,氧气含量也符合呼吸标准。”破碎人使劲儿张开嘴,指了指后槽牙上一道宽宽的口子,“看见我的端口了吗?”

“缺颗牙又不奇怪。”我说,“我知道D1区有个女人能帮人弄掉任何东西,包括身体器官。”

破碎人抬手揉了揉脸，纤长的手指沿着脖子优雅地滑过，“听着，我只能按照人控警的宣传套路来传道。如果我说真话，告诉擦洗工‘闸门’确实存在，人控警就会把我循环掉的。”

他的话好似给了我胸口一道电击：他提到了“闸门”，语气还挺严肃。“闸门”只是流传于下两层的传说。人控警坚称不存在通往“外面”的物理通道。可不管他们怎么说，这类传言还是屡禁不绝，人们喜欢猜测“闸门”在哪儿，对它津津乐道。

人控警派来的先知布道时，都说人只有死了才能抵达“外面”，前提还是他们生前辛勤劳动、遵纪守法。某个擦洗工的肉体被喂给“咀嚼机”后，如果他满足条件，灵魂就能飘向外界。

大多数擦洗工都相信这一套鬼话。我偏不。灵魂这东西根本不存在，我们的肉体也注定被困在“里面”。

“你再说一遍？”我对破碎人说。

“‘闸门’是存在的，而且我能证明这一点。我被贬到下层之前，藏了一些光盘在原先的寝室里，F3 区 3421 号房。我需要这些光盘，但只有你才能帮我偷到它们。光盘里可能有关于‘闸门’位置的信息。”

“可能有？”看吧，他现在就开始找台阶下了。

“我还没来得及看光盘的内容。”

“好借口。我没资格去上层。上下层之间有上了锁的空气滤网，好把贱民挡在下面。况且，如果被人控警逮住，我恐怕就得被送去喂‘咀嚼机’，沦为水培植物的肥料了。”我打了个寒战。“里面”可没那么多空间当监牢，人控警只需一声令下，就能把不待见的人送去循环。

“你之前上去的时候可没这么多担心。”卡贡说。

我打了他胳膊一拳，“闭嘴。”

他微微一笑。

“也许她只是怕了。”破碎人说。

“我不是怕，只是没有蠢到会中你的陷阱。”我反驳道。

“我的意思是，你害怕我说的是真话，这样一来你就必须相信我了。”

“我不必相信任何事，尤其是你的谎话。”我转向卡贡，“提防这人。”

我正要离开，破碎人叫道：“你是要去打扫十七号通风管吧？”

我停下了脚步。

“我出‘事故’之前，工作任务就是安排清扫时刻表。”

我转身，“编得不错，可下层到处都贴着清扫任务分配表。瞧见了吧，卡贡？他在凭空捏造。真正的先知是不需要靠欺骗吸引信众的。”

“我确信之前也没哪个先知和特蕾拉·加勒德·桑奇亚打过交道。”破碎人说。

我全身的血液仿佛一瞬间凝固了。擦洗工从不操心自己的血统如何，大多数人连自己的亲生父母都不认识，也压根儿不在乎。擦洗工仅仅源源不断地生出更多的擦洗工。我们的血脉交相混杂，就像绘画用的调料一样，不知掺了多少种颜色，结果是所有人都以棕眼睛、棕头发的面目出生，在育儿中心成长，等年纪差不多了就上岗工作。我也不例外，长着棕发、棕眼，一看就知道是个擦洗工。

只有上层人才在意血统和家族传承。此外还有人控警，他们记录着“里面”每个人的身世。

加勒德和桑奇亚都是上层人的姓氏。

破碎人注视着我，“这是真的，特蕾拉。你父亲生前是加勒德家族的一员，母亲来自桑奇亚家族。你出生时有一双蓝眼睛，和父亲一样，可后来他们让你的眼睛变了色。”他停顿片刻，好让我消化这段信息，然后接着说，“你在上层不算纯种，但在下层，你的血统算是相当优良了。”

2

“你怎么知道的？”我质问。

“我说了，我也曾经是上层的一员。可如果你想知道更多关于你父母的事情，就得先替我取回光盘。”破碎人往椅背上一靠，得意地一笑。

我朝他迈了一步，正准备答应，脑中突然闪过一道冷光。难以置信，我差点儿中了他的计。倘若生我的人把我抛弃给擦洗工抚养，这样的父母，我干吗还要在乎他们是谁？

“你跟我扯什么血统，是不是觉得我会感动流泪，恨不得马上找到有关我父母的线索？没门儿。”我拉住卡贡的胳膊，迫他转身和我对视，“离这人远点儿，他是个危险人物。”说完，不等卡贡劝阻，我便转身朝下一个工作地点赶去。

打扫通风管的时候，我尽力不去想破碎人的事，可这任务只要求跟着嗡嗡作响的吸尘器走动就行，我很难不东想西想。吸尘器看起来就像个毛发茂密的小矮人，一边打转一边自吟自唱。我要做的只是打开它,确保它中途不出故障,然后在管道尽头关掉它。

我身高一米五几,身材纤瘦,做管道清洁工作再合适不过,但我还知道怎么修理坏掉的吸尘器。这都是卡贡教我的,我也因此成了少数配有专用工具腰带的擦洗工之一。我的腰带是黑色的,用的布料和制服一样,上面的每个口袋里都装有一件工具,其中就有我的小型手电筒。普通工具包在又窄又细的管道里不适用,它们会晃来荡去,跟管壁磕碰,影响我的行动。

这一班没发生什么插曲。我有足够时间细想破碎人告诉我的那些话。它们越来越深地印入我的脑海,就像渗透金属的酸液。

他措辞狡猾,耐人寻味。"你父亲生前是加勒德家族的一员"——"生前",意思是他已经死了。"母亲来自桑奇亚家族"——暗示她还在人世。他是挺狡猾的,但忘了我从小就是擦洗工,家族对我而言毫无意义;至于我的生身父母是谁,那是人控警才操心的事。我也许对抚养过我的育儿嬷嬷有些感情,但也仅此而已了。破碎人不过是想把我哄进他的圈套,好给人控警循环我的理由。

吸尘器卡在了一个转角处,随着马达的转动发出呼噜呼噜的响声。我轻轻推了它一把,让它继续上路。通风管的弯转得越来越急,我将两臂支撑在管壁上,靠蹬两只光脚紧跟在吸尘器后头。通风管是"里面"管道网络的主干道,为各层提供空气。它从每一层中间穿过,如果我能打开二、三层之间空气滤网上的锁,就能一路直达第四层。

破碎人的声音还在我脑子里回荡。装着"闸门"信息的光盘就藏在第三层。这可能是真的,但更可能是假的。可是,如果我找到光盘,至少能向卡贡证明那先知是假货。

在这一班十小时的工作中,我跟着吸尘器一路打扫,脑中的想法变来变去,始终没决定去不去验证破碎人的说法。吸尘器打扫完我辖区内的最后一根通风管后,我关掉了它,把它装进一个清扫工具柜。

按照规定，四十点之前都是休息时间。这个安排对所有擦洗工都一样，我们休息十小时，再上十小时班，中途每五小时休息一次。不存在节假日。因为一星期由一百个小时构成，我们每星期工作五班。“里面”的一切活动都能以数字“10”为单位进行划分，这样一来生活才足够简单，即便愚蠢的擦洗工也明白。每个工作小队包含十名擦洗工，每位育儿嬷嬷照管十个小孩，每十周叫作一个“十周”，每一百周叫作一个“百周[1]”，诸如此类。尽管如此，还是有一些老人管“百周”叫“一年多”，可我完全不懂那是什么意思。

另外，劳动时刻表是将所有擦洗工分成两拨、错时排班的，所以无论何时，“里面”都只有一半的擦洗工在上班，这样可以节省宿舍铺位。我就和另一个从未谋面的擦洗工共享同一张床。当然了，我从不回自己的铺位睡觉。

我的清扫工作在D2区结束。这时，我必须做个决断了。在我的下方，一排又一排的上下铺占据了一、二层的DEF区。从这个位置出发，只需要往东走两个区，再向上爬一层，就是破碎人口中光盘所在的地点。

上层人居住的两层空间布满了宿舍套间以及专供高级官员居住的巨大套房。

只有少数特别忠诚的擦洗工才有资格清扫和维护上两层的设施，给上层人运送食品和衣物。我可不是那种人。我没兴趣讨好人控警，赢得他们的信任。好在人控警几乎不用探测器监控“里面”的管道网，因为他们过分相信自己的滤网，相信擦洗工逆来顺受。想到这里，我不禁笑了。他们基本没错，除了没料到我们当中存在一些异类。

但我又想起了一些传说：人控警曾经尝试在下两层安装监控摄

①本书中“百周”常作为一个“纪年”单位出现，为保持原书特色，译文保留了这种写法，特此说明。

像头,结果所有摄像头都凭空消失了,无一例外。没有目击者站出来指认犯人,人控警也一直没找到任何证据。最后,那些摄像头的去向成了"里面"世界的另一个未解之谜——我们有不少曾经拥有但后来失去的东西,它们也成了其中之一。我们的电脑里有一张长长的清单,里面记录着许多类似的玩意儿,可我对此没有兴趣。何必要为失去的东西伤神?不过是浪费时间罢了,还不如操心人控警现在使用什么样的武器呢。

要同时避开擦洗工和人控警的耳目寻找光盘,是项艰巨的任务。正如卡贡所说,我以前潜入上层的时候可没多想,但我那么做并不仅仅是为了打破人控警立的规矩,更多是出于自我挑战。结果,在旺盛的好奇心的驱使下,我最终决定上去看看。我找到一条合适的通风管,钻进了它狭窄的内部。

管道里的气流从我体侧涌过。我闭上双眼,用心感受这股拂面的热风。我一把扯散自己的马尾辫,任长发在身后飘舞。有那么一小会儿,我感觉自己仿佛飞了起来。

通风管的尽头是涤气机——那是一道密实的金属网,不解开上面的锁,取掉后面的空气过滤器,就无法通过。就是这道屏障把擦洗工困在了下两层。我倒是可以拆掉涤气机,回来的时候再把锁和过滤器装回去,但这么做太耗时间。

其实我有更妙的方法。我往回走了一段,找到一道乍看上去几乎没法发现的舱门,打开了它。通过这条管道,我爬到F2区的顶部。这里垂满了管子和线缆,纵横交错,我把这地方叫作"间隙带"。

"里面"的每层之间都有一道高度从一米到一米五不等的缝隙。而在"里面"真正的外壁与每层的墙体之间,也存在一道两米宽的间隙带。各层墙体是通过"工"字钢梁焊接在外壁上的,外壁上喷有一层绝缘泡沫。

据我所知，没有其他人知道间隙带的存在。通往间隙带的只有四道难以发现的“隐形”舱门，各层分别有一个。我也是长年待在通风管里，才有机会发现它们。我懒得去管这些间隙带为什么存在，反正它们给我提供了不少方便。

在蓝光的照耀下，我越过一条条管道，最终抵达了东面的外壁。我们的世界边缘有六面这样的外壁，正是它们把“里面”和其外的未知领域隔离开来。

外壁上焊有一道梯子，直接从“里面”最底部延伸到第四层顶部。从这里爬去三层要容易得多，只是存在两个问题。我所站的二层顶部间隙带的边缘距离梯子有两米远，如果我想爬上梯子，就得横跨连接间隙带和外壁的狭窄“工”字钢梁。一旦我脚下打滑，就会栽个十米深的跟头。那样一来，虽不至于立刻死掉，可要是双腿断了，我也就完蛋了，因为没人知道到这儿来救我。

梯子上的缺口是我面临的第二个问题。看样子，很久以前有个人把梯子上的一些部分截断了，目的是不想让其他人随便爬向上层。我用索链把缺口连了起来，但可惜此往上爬仍需要相当强的臂力。

呆站在这儿浪费时间毫无意义。我意识到这一点，于是缓缓挪上了“工”字钢梁。梁面只比我的脚背宽一点，我努力保持平衡，小心迈步向前。登上梯子后，我一鼓作气爬到了索链下面。深吸一口气后，我用两条腿夹住细细的金属链，用手臂将自己一把一把往上拉，朝另一段梯子攀去。

抵达上面那段梯子的时候，我已经汗流浃背，制服与掌心都湿透了。我再朝头上的梯级伸出胳膊时，手指突然一滑。

我开始下坠。幸好，心脏只狂跳三次之后，我便抓住了索链，没有继续往下掉。身体在半空中晃荡了两下，稳住了。脉搏还在飞速跳动，呼吸也混乱不堪，我不禁叹了一声“好险”。我歇了片刻，才爬回索链顶端。第二次往梯子上爬时，我没出岔子。

穿过间隙带的一条条管道，我找到了通往第三层的隐形舱门，爬进了通风管，开始搜寻F区的居住区。

破碎人说过，光盘在他房间上方的管子里。按逻辑推断，那不可能是水管，否则水会破坏光盘；也不会是电缆，因为电缆里没有空间藏东西。他当过空气管理员，所以我有理由相信他把光盘放在了通风管里。前提是那光盘真的存在。

我爬进居住区上方的通风管，一间间地数过去。哪间上方的长方形小洞透着白色灯光，就说明里面有人，我通过时得格外留神，不能发出一点儿动静。有时我也会窥视一下，看看那些对着电脑工作的上层人。

平时我尽量不来这种人口密集的地方，因为只要打个小小的喷嚏，我就会被永久性地发配到固体垃圾处理站——也就是说，成为一名淘粪工。没有哪项工作比疏通下水道更能令擦洗工望而生畏的了。

我抵达3421号房间上方时，朝底下的黑暗空间里瞥了瞥。黑暗本身就说明一些问题。"里面"有两种颜色的照明光线：白光说明室内的人在工作，蓝光说明室内的人在睡觉。如果一个房间里暂时没人，照明也是蓝光，而一旦有人进入，白光会马上亮起。擦洗工的宿舍则永远只有蓝光。

破碎人的房间里一片黑暗，说明已经有些日子没人居住了。我打开电筒，透过通风口向里面照去。起居区看上去平平常常。我用电筒扫了通风管壁一圈，搜寻光盘的踪迹。一开始什么也没发现，然后我注意到管壁上有一处凸起，在电筒光线下投出一小片阴影。我用手指摸了摸管壁凸起的地方，感觉比较光滑。

我的第一直觉是：这是个触发陷阱。然后我又想到，如果自己想瞒过人控警，藏起某样东西，我会怎么做：要么找一个他们不会搜索的缝隙,要么把东西塞在衬铅机器的铅板下面,要么利用周围环境使个障眼法。

我用指甲剥掉了管壁表面薄薄的金属片。底下是一个布包。

我曾经坚信破碎人撒了谎,所以现在几乎有点儿小失望。好吧,实话实说:假如“闸门”真的存在,我应该高兴才对。

我摇了摇头。这种想法相当危险,它会让我心怀希望,而心怀希望的后果就是痛苦。我压下这个念头,把注意力集中在了布包的内容上。里面是四张光盘,我拿出光盘,银白的盘面反射着七彩光泽。我一时陷入迷茫,手一松,空布包掉了下去,又落入通风口,飘向了房间地板。

我耸了耸肩。这没什么大不了。可下面突然闪烁起红光,房间也顿时被白光照亮,同时有烟雾嘶嘶地冒了出来。

我猜对了一半,这里确实有触发陷阱,但不是在藏布包的地方,而是在破碎人的房间里。烟气很快充满了通风管,我屏住呼吸,可眼睛还是开始刺痛。泪水上涌,模糊了我的视线。我手忙脚乱地往后退,摸索着想赶紧逃开。而底下的门被“砰”的一声撞开了,一个男声命令道:“停!”

我本能地停了下来。

“清空烟雾。”一道女声下令。

气泵的嗡鸣响起,我周围的灰烟渐渐消散。

房间里持续传来说话的声音,还有靴子踏在地板上的声响。

“守住门口。”

“分头搜查。”

“小心埋伏。”

我拭掉眼角的泪水,蹑手蹑脚地爬回通风口,偷偷朝下面瞥去。一个女人的身影映入我的眼帘。她的金发向后拢着,梳成了一个精致的发髻。她穿着人口控制警察的制服——紫色衣裤，袖子和裤腿外侧镶着银色条纹。装武器的黑色工具带夸张地凸起，乍一看仿佛是挂了只轮胎在身上。她的领口上，少校徽章闪闪发光。

她旁边的一个上尉报告道："没发现有人，长官。"

"不可能。继续搜。"她命令。

上尉小跑着离开了。

女少校扫视房间，然后发现了地板上的空布包。她头一仰，径直望向房间顶部的通风口。我全身的每一个细胞仿佛都瞬间冻结了。

"所有地方都搜过了，没有发现异常，长官。"另一个人控警报告。

"给我调一批远控温感器！"她吼道，"放进 F3 区的每一个通风口。马上去办！"

她这么一下令，我立刻被吓得清醒过来，连忙转身，用单手爬行能达到的最快速度沿着管道逃开。人控警的远程控制温度感应扫描器（简称"远控温感器"）利用热源扫描技术，能在整个管道网络中把我搜出来。我必须立刻离开 F3 区，找个温度较高的地方躲起来。

我掠过通风管，不时听到底下传来大批人控警的对话声。他们迅速逐个占领了全部通风口。我只比他们快了一点点。

"有人触发了陷阱！"

"那家伙从通风管逃走了。"

"用烟熏吧！"

"只能用电击枪。别用灭杀枪。"

"第三层全层警戒！"

我的心脏咚咚乱跳，几乎因恐惧而崩溃。人控警把守了每一个房间，这意味着我无法前往最近的隐形舱门了。于是我转而逃向 B3 区，那里有一个洗涤衣物传送滑道，位置不错，正适合我现在的情况。利用滑道不能往上爬。它是向下的单行道。

就要抵达滑道时，脚上突然一痛。我倒抽一口凉气，扭头一看，只见一个远控温感器咬住了我的脚趾头。可恶！

它小小的天线开始震动，应该是在报告我的方位。我想象着它传出的信息通过错综复杂的缆线网向各层各区扩散开去，猛地从工具带上抽出扳手，朝它砸去。我把远控温感器砸成废铁，然后从脚上扯了下来。

抵达滑道后，我一股脑儿滑下了两层，没被脏衣物蒙住头。这也算小小的幸事了。最终，我降落在一只半满的箱子里。

烘干机劲头十足地嗡鸣着，排出的热量让这地方成了“里面”温度最高的地方之一。即便远控温感器跟到这儿来，也没法从一大片热气和一大群在这儿劳动的擦洗工中辨认出我。

我在一排烘干机背后找到一处空隙，缩了进去，上气不接下气。

好多问题在我脑海里盘旋。现在我该去哪儿？不能把光盘交给破碎人，搞不好这一切都是他一手操控的。人控警在他的房间布下陷阱，显然是想抓住试图去取光盘的人。可他们干吗不直接在通风管里设套呢？也许他们并不知道光盘的具体位置。这就是说，破碎人和他们不是一伙儿的。那为什么他们不在破碎人被贬到下层之前，把他审个清楚？我原本不想招惹任何麻烦的，现在却骑虎难下。

我可以把光盘藏回第三层，任由人控警发现它们。如果破碎人不是他们的卧底，他们就只会知道有人来找过光盘，却不清楚是谁。那样我就能抽身了。这个办法最安全、最聪明。就让人控警把光盘拿去好了。

破碎人说过，光盘也许能告诉我们“闸门”的位置。我凭什么要为了这点虚无缥缈的可能性而冒险呢？我甚至不相信“闸门”存在。

可我不能让人控警得偿所愿。那样太憋屈了。我把光盘塞进工具带，匆匆去找破碎人。

大批人控警涌入了下两层。第三和第四小组正在擦洗工中巡视，偶尔停下来，拉住一两个人问话。我摸了摸装着光盘的口袋，感觉它仿佛在发烫。我尽量装出平静又不起眼的样子，去老地方找破碎人。

他原先当作讲坛的台子上空无一人。卡贡站在平台的旁边，双手掩面。

“怎么回事？”我问。

“破碎人走了。”他低头看着地板。

“他失踪了？”果不其然，他就是个卧底，而我竟然傻乎乎地上了当，连个三百周大的小孩都不如。

“不。他是被带走的。”卡贡抬头看我。他的前额到脸颊上被划了一道血淋淋的口子。

“卡贡！”我连忙跑到一边，从沿着走廊排列的衣物箱里抓了条毛巾回来。我们附近就有几个擦洗工在叠床单，仿佛压根儿没看见卡贡受了伤。可我知道他们一定看见了。

“来！”我替卡贡擦干净眼睛和脸颊，又用毛巾按压住伤口，“谁把你弄伤的？”卡贡是个大块头，敢惹他的擦洗工可能还没有出生。

“人控警。”他回答。

卡贡的话意味着什么，我过了一会儿才慢慢回过味来。我的世界仿佛在缩小，在周围越收越紧，快要把我挤成肉酱了。人控警只要审问过破碎人，下一个来找的便是我。

“什么时候的事？”我追问。

“就在刚才。”卡贡指了指走廊的方向，“我想跟他们理论来着，劝阻他们，可是……”他摩挲着自己的额头。

这丝毫不奇怪。人控警很清楚拳头才是教会擦洗工规矩的最佳手段。哪个擦洗工挨过一次打后还敢挑衅他们，便会立即被捕，再也不会活着出现在下两层。

“来了多少人控警？”

“教训我的有三个。”他苦笑，“但带他走的只有一人。他坐着轮椅，没什么反抗能力。”

“他们本来可以把你送去喂咀嚼机的！”我嘴上责怪他，心思却已飘去了别处。

“这只是一种可能，特蕾尔。他们未必真会这么做。而且，如果我不去帮他，一定会非常后悔。”他叹了口气，“算了，我是对牛弹琴，你根本不关心这儿的任何人。”

习以为常的争论又要来了——我每次都跟他解释，我有多么关心他；而他会说，那你表示关心的方式还真够奇怪的。但眼下不是争论这个的时候。“你说得没错。那你为什么还要理我呢？为什么每来一个先知都要拖我去看？”

“因为我心怀希望。即使大家身处逆境，也要看到彼此身上的闪光点。”他从我手中接过毛巾。把毛巾盖在布满血痕的脸上时，他肩膀一沉，“也许你说得没错，这一切都是骗局。”他指了指破碎人的讲坛。

光盘的事情并不是破碎人编造出来的，可人控警马上也会知道它们的存在了。我的大脑飞快转动，形成了一个计划，“人控警带着破碎人往哪个方向去了？”

“问这干吗？”卡贡浓眉紧锁，困惑地问我。

“回答我就好。”

“往 A1 区去了。很可能是要坐电梯上第四层。”

我必须抓紧时间，“卡贡，你最好去医务室看看。我得走了。”

“去哪儿？”他扫了一眼时钟，“还有两个小时你才上班呢。”

“不关你的事。”我说着，抬头看了眼上方的管道。我加快脚步，心里规划着前往 A 区电梯的最短路线。

可卡贡跟在了我的后头，“你干吗要问他们去哪儿了？”

我没有理会他。

“他的话一定是真的！”卡贡叫起来，声音再次兴奋洪亮。这才是他正常时的模样。“破碎人说‘闸门’存在的话是真的！不然人控警干吗要抓他?!”

我只是摇了摇头。

通往 A1 区的走廊里人山人海，挤满了擦洗工和人控警。人控警推着破碎人的轮椅，不可能走得太快。我看到一个通风口时，便爬上了金属墙。墙上铆钉的大小正适合我用手指、脚趾攀爬。我一钻进通风管，便沿着水平方向的管道手脚并用地迅速向前爬。

电梯发出的嗡鸣令我神经一紧。如果他们已经进了电梯，一切就来不及了。我偶尔放慢速度，透过通风口看一眼底下，搜寻破碎人的踪迹。

但我只能泄气地咕哝几声。我看见，一个人控警把破碎人的轮椅推进了敞开的电梯。

3

我只有几秒钟时间营救破碎人。好消息是，第一层的隐形舱门就在电梯旁边。我三下五除二爬出通风管，猫着腰来到舱门口。电梯井四壁都是封闭的，只有与各层间隙带相接的地方开着一道半米高的缺口。要是电梯从第一层升起，我就赶不上了。

我冲到缺口处，往电梯井里看了看。电梯还停在第一层，可下面已经传来了关门的声音。我从缺口挤出去，跳在电梯顶上。站稳后，我一动不动。我听见电梯门正要合上时，有什么东西硬是把它掰开了。

“住手！”一个声音命令道。

电梯开始上行。我赶紧抓住身下的一根缆线，才没有摔倒。我在电梯顶部蜷成一团，总算恢复了平衡。我冒着被发现的风险撬起电梯顶的舱盖，往下窥视。

下方一米处，破碎人萎靡地坐在轮椅里，一名人控警把电击枪对准了卡贡——这个大蠢货准是硬挤进电梯来救他的先知，结果搞得自己也落入法网。

我改变了计划,顺着缆线摸去,找到了电梯的供电线。我用橡胶柄钳子夹住白色电线,又打开电梯顶的紧急控制面板,大喊一声:“消防演习!”然后用力一敲面板上的停止按钮,同时剪断电线。电梯猛地停在了半空中。

电梯内变得一片黑暗。我希望卡贡知道接下来该怎么做。刚才那声提示应该足够了。我抬起舱盖,听到下面传来“砰”的一记闷响,接着是一声呻吟,然后是我绝对不会听错的、电击枪激发时的吱吱声。

“发生什么了?”破碎人问,声音紧张得发抖。

我屏住呼吸,咬住嘴唇。

“我们得赶快出去。”卡贡回答。

我松了口气,全身紧绷的肌肉舒缓下来。我把舱盖打开,发出“吱呀”一响。

“特蕾拉?”卡贡问。

“稍等,我有电筒。”我在工具带里胡乱摸索着电筒,这时破碎人也震惊地叫出了我的名字。

我斜身钻进舱口,一个跟斗翻进了电梯,举起电筒。那名人控警侧躺在地板上,毫无生气的眼睛大睁着,空洞地注视着前方。

卡贡目瞪口呆地看着自己手中的人控警武器,一脸恐惧。“这只是电击枪,”他叫喊道,“怎么会把人杀死呢?”

“它设在哪个挡位的?”我问。

卡贡无辜地看着我,眉头紧紧拧成一团,眼里满是困惑。

“它的电击强度是多少?”我重新问了一遍,“侧面有刻度。”

卡贡把手中的枪转了转,念道:“十。”

“所以他会死。电击枪被调到了最高挡。这个强度可以轻轻松松电死一个中等身材的人。”

卡贡五官扭曲,显然他还没有理解我的话,“你的块头是这个人控警的两倍，如果我想电晕你，也会把枪调到十挡的。听着，现在没空管这个了，我们得赶紧给破碎人找个藏身的地儿。”

“不可能的，”破碎人开口了，“‘里面’根本没有藏身的地儿。”在电筒光的照射下，他的面庞苍白无比。

看到破碎人对人控警的宣传这么买账，我只好微微一笑，抬起手臂抓住舱口，爬回电梯顶。我用橡胶柄钳子重新连好电线，打开了灯，又开始操纵控制面板。

“把电梯按到第二层。”我朝下面叫道。

到达第二层后，我打开了电梯的后门。电梯井的这个位置紧邻着一个维修间。

“卡贡，把他推进去。别忘了那个人控警。”

卡贡终于意识到在这个时候磨磨蹭蹭是件多么危险的事了。他迅速行动起来，把电梯里的人都运送了出去。

“就让他们待在维修间，你回电梯里来。”我透过电梯顶的舱口对他说。

“先知不能留在这儿。人控警一来就会搜这种地方。”卡贡说。

“我知道。但他不能通过走廊逃跑。我们得替他弄点儿障眼法。”

“怎么弄？”

“用洗涤房的箱子。”

卡贡明白了我的用意，面色和缓了些。他一直负责给上层运送洗干净的衣物，所以就算他推着装衣物的箱子在外面走动，看着也不奇怪。

电梯里只剩下卡贡一人了。我让电梯回到第一层，再次打开电梯后门。这回后门通向的是洗涤房，电梯门口堆满了一箱箱洗好的衣物。卡贡随手抓起一个，同时朝正在劳作的擦洗工们挥了挥手，然后把箱子推进电梯。我让电梯升回了第二层。

“站在门口。”说着，我把电梯的控制权还给了里面的控制面板，然后手臂吊着舱口荡了下来。“帮我把舱盖盖上。”我骑坐在卡贡宽阔的肩膀上，把舱盖放回了原位。

我们进入维修间和破碎人会合，电梯则恢复了平常的工作状态。箱子里装满了毛巾，我们拿出了一部分，卡贡把破碎人抬进了箱子。

我们用毛巾把他盖起来之前，破碎人问：“我的轮椅怎么办？”

“轮椅太大了，只能放弃。”我说。

“接下来怎么做？”卡贡盖好毛巾后问我。

“带他去C1区，但要换一部电梯。”

“去发电站？”卡贡问。

“没错。我等会儿在那边和你碰头。”

“那个人控警怎么办？”

“别管他了，早晚会被人发现的。”

“那把电击枪呢？”他追问。

“放回他的腰带上。那玩意儿留着太危险。”人控警发现有同僚被干掉后，当然会气得发疯，可如果他们意识到枪被擦洗工拿去了，事情会更糟。

卡贡蹲到人控警俯卧的尸体旁，把电击枪塞回了他的枪套，又在原地多停了一会儿，抬手合上了人控警死不瞑目的双眼。卡贡挪了挪他的四肢，把他调整到一个看起来更舒服的姿势——那个人控警会在乎这个就怪了。最后，卡贡把大手放在人控警的肩头，弯腰在他耳边低语了些什么。我只依稀听到“对不起”和“一路走好”。

我抑制住催促他的冲动，知道他必须这样才过得了心头的坎儿。结束这些后，他站起身，把箱子从维修间推进电梯。我又等了几分钟才爬进通风管。我回到第一层，准备打探一下现在的情况。

我一边在走廊上穿行，一边扫视着周围的面孔。第一层看似一切如常,人控警还没发现出了乱子。我朝 C1 区赶去。

我从几名擦洗工当中挤过,找到一个靠近地板的散热口。我钻了进去,把散热口的盖子放回原位,然后蜷在温热的金属管内歇息了片刻,努力平复呼吸。这时,我才猛地意识到自己刚刚干下的事情有多严重。我浑身颤抖,几乎要被恐惧和怀疑压垮了。我努力打消掉这些消极念头——没时间自责了。现在我只按照本能行事。

我迫切地感到必须继续行动,于是沿着散热管来到了它的源头。位于 C1 区的发电站是"里面"的心脏。它不停搏动,提供着电和热,我们所有人都得靠它才能活下去。发电站占据了从第一层到第四层的所有 C 区,主控装置在第四层,第一层则充斥着噪音、过多的热量、垃圾和燃料箱,几乎没人在这里工作。

越是接近发电站,空气就越发灼热。我的肺几乎要燃烧起来了,制服也被汗水浸透,但当我没能在发电站周围找到卡贡和破碎人的踪影时,却感到背脊上腾起一丝寒意。

忽然,浑浊的空气里传来呼唤我名字的声音。我一转身,瞧见卡贡正对我招手。原来,他躲在了一个燃料箱的后头。破碎人也从装毛巾的箱子里撑起身子看着我。

"下一步怎么做?"卡贡大喊着问我,声音盖过了机器引擎的轰鸣。

"进料阀旁边有一个废弃的控制室,"我指了指方向,"门上了锁,不过我能从里面打开。"

我找到横穿控制室的回气管道,让卡贡把我举进了管口。我一路向前爬,一直爬到控制室的通风口。我在过去的某次"远足"中偶然发现了这个小空间,觉得这是完美的藏身点,就逐渐把它改造成了自己的地盘。然而,我很快便理解了这个房间为什么一直空着:发电站的噪音和热气令人难以忍受,黑色细灰则轻易就能覆盖这里的一切。

所以,尽管这房间是难得的个人小天地,我还是被迫放弃了它。

卡贡将破碎人推进门,我则尽量用毛巾四处擦拭。卡贡把破碎人放到了一把椅子上,坐垫随之喷出一团灰尘。

在机器的轰鸣中,我们面面相觑了一会儿。

"我们搞出大麻烦了!"卡贡喊道,"躲躲藏藏也没用,他们很快会找来的。"

"他们会以为是我杀了那个人控警。我会被循环的。"破碎人说。

"他们本来就要循环你。"我说。

破碎人震惊地扭头看我。

"你以为他们审问过你之后会怎么做?"我问道。

"你为什么要掺和进来呢?"先知问。

"对啊,你为什么要管这事儿,特蕾尔?"

破碎人困惑地皱了皱鼻子。他要么太会演戏,要么就是真的惊慌失措了。我已经蹚进了这摊浑水,但对于要不要信任这个金发男子,我仍有些犹豫。卡贡一步跨到我面前,表情既惊惧又愤怒。我从没见他露出过这种神色。在这整个金属墙世界中,卡贡是我唯一在乎的擦洗工,尽管他总喜欢和我争论这是不是我的真心话。

该死。我掏出光盘,把它们在手里摊开,就像打开一把扇子。卡贡惊讶地张大了嘴,仿佛刚被人打了一记耳光。

破碎人用手指梳了梳头发,总算明白我为什么要救他了。"可人控警并不知道这些光盘的存在。"他说。

"为什么不知道?"我问道。

"我一向使用不可跟踪的端口,掩盖了传送文件的痕迹,只是上回入侵电脑系统时失了手,才被逮住了。在我出事被流放之前,他们审讯过我一次,但当时他们对系统里的隐藏文件还毫不知情。"他环视四周,"不过说不定他们已经开始怀疑了。"

“所以人控警在你之前的房间里安装了触发陷阱,以防有人回去。”我说。

“那为什么不直接把我抓去问话呢?”破碎人打了个寒战。人控警的审讯手段恶名昭著。

“他们知道你在什么地方,也知道你身上没有光盘。而且,如果他们耐心等候,就能发现你召集了哪些人协助你造反。”

“所以你才会救他。”卡贡说,“眼下的整个局面,都是因为你偷光盘而起的。”

我忍住没反驳他。其实我认为卡贡才是这一切的元凶,毕竟是他带我去见的先知。不过实事求是地讲,取光盘是我自己做的决定。“现在说这个也没用了。”我对破碎人说,“卡贡和我这阵子得低调行事。希望没人看见卡贡进过电梯。你得待在这儿。”

“扫描器不会发现我吗?”他问。

“这里的机器引擎散发着大量的热气和能量,会让那些扫描器混乱得找不着北的。况且这房间已经有几百周没住过人了。记得时刻锁好门。”

卡贡单手揉了揉脸,“我可以在门口装一个暗板。”

“暗板?”我问道。

“就是一片薄薄的金属板。养护队常用暗板来遮挡墙上的裂口和凹痕。只要把铆钉的位置对齐,其他人一般看不出板子和墙的区别。我下次上班的时候就过来装。”他解释道。

“很好。确保没人看见你。另外,等你完工了,就离这里远远的。破碎人由我来照顾。”

卡贡点点头,从工具腰带里抽出一副耳塞,交给破碎人,“我会再带些绝缘泡沫过来,能降低噪音。”

这个控制室配有一个厕所,但我得让它通水。再过几分钟,我们就该去上班了。“在我们这轮班收工之前,你能照顾好自己吗?”我问破碎人。

“我暂时没问题。”他回答道,可眼神里透着一丝狂乱。然后他伸出手,“光盘给我保管吧。”

“不行。那样的话,如果他们找到你,光盘就会落入他们手中。我会把光盘藏好的。”说着,我把光盘塞回了工具腰带。破碎人收回了手,表情警惕。

卡贡推门走出去,然后我在他身后关上了门,“等我下一轮班结束,就给你带些补给过来。”

先知冲我眨巴了下眼睛,却一言未发,只是戴上了绿色的泡沫耳塞。

我爬进通风口,找到阀门将水打开,然后匆匆赶去第二层的工作地点报到。

因为心思一直在如何藏好这些光盘上头打转,接下来的十个小时漫长得仿佛没有尽头。

上完班后,我爬上了第四层。这回手脚没有打滑,也没再撞见远控温感器。人控警虽然有超声波扫描器和远控温感器,可我知道许多藏身之地,它们分布在“里面”的各个角落,散发着能够扰乱超声波的电磁流。在扫描器的显示屏上,这些地方只会显示为一道墙壁。每次到处“游览”的时候,我都会用上那些小角落。

我在第四层顶上的间隙带藏了一个小盒子,里面装着自己珍藏的东西。那盒子很难被发现,想取到它也需要冒险,用来藏破碎人的光盘再合适不过了。

似乎没人动过我的盒子。到目前为止,我只往盒子里放了两样东西。我把光盘搁在我的育儿嬷嬷的绣像旁边。它是用彩线在一块白手帕上缝出来的,拿远点看的话,倒是能辨认出育儿嬷嬷的面部轮廓,还有她那双善良的眼睛。

她理解我为什么需要独自消失在管道间。在卡贡块头越来越大、不得不离开育儿中心之后,是她给了我活下去的动力。我很想知道,倘若育儿嬷嬷知道我们现在惹了什么乱子,她会怎么想。考虑到当年待在育儿中心时,我和我的同伴都搞出过哪些麻烦,我猜她一定会恼怒地一声长叹。

想到育儿嬷嬷皱起眉头的样子,我不禁嘴角上扬。因为不管表情多么愤怒,她都没法掩盖眼中闪动的光亮。那丝光亮说明她其实是为我们的创意而自豪的,说明尽管她在课堂上得按人控警的宣传策略照本宣科,实际上却鼓励我们独立思考。

当她管教的一批孩子长大离开、新一批孩子又到来时,她心里一定很不好受。育儿中心的孩子年龄有大有小,从刚出生到十四百周不等。

我把手帕叠好、抹平,然后放回盒子。盒里的另外一样藏品是一把梳子,梳柄上装饰着粉红色的珍珠。我用手指按压光滑的梳齿,然后开始梳理我长长的棕发。之前的几个小时太过惊心动魄,我都忘记重新辫好马尾了,结果现在头发有些打结。

随着梳齿扯动发结,关于这把梳子的记忆又涌入了我的脑海。听育儿嬷嬷说,它是我的生母留给我的。育儿嬷嬷一直替我保管着这把梳子,直到我十四百周成人的那天。过了这一天,你就不再是孩子了,而会成为一名擦洗工。你得突然直面一个残酷的现实:你的余生只剩下悲惨了。老人们管十四百周叫"甜蜜的十六岁",但我可看不出它甜蜜在哪里。

梳好头发后,我打量了梳子一会儿。我想不通,哪个成年擦洗工会舍得把这么一件贵重的礼物送我,却舍不得来见我。尽管不合规矩,但有些母亲还是会和她们的孩子保持联系。

可恶。眼下一刻也耽搁不得。我把梳子塞回盒子。真该管管自己，别再动不动就偷看它了。我“啪”地关上盒盖，插上插销。

每次往返盒子所在的地点，我都会选择不同的路线。这回我绕弯向西面走去，进入第四层的一条通风管。这根管道通往一个洗涤衣物传送滑道，我可以用来抄近路。通风管途经一间被人遗忘的储物间，每次从上方经过，我都忍不住用电筒透过通风口往下照，为这么好的地方惨遭浪费而叹惜。这个房间足够供四个擦洗工舒舒服服地居住了，可它竟被用来装坏掉的家具。

破家具看上去如同鬼魅。每次我从这儿往下瞧，都能发现它们表面锈得更厉害了，灰尘也越堆越厚——锈和灰常在“里面”搞破坏。

而这回我停下来时，发现底下亮着蓝光，房间看起来也变了样：沙发垫变得干干净净，显现出棕绿相间的几何图案。过去那些乱糟糟摆放的坏椅子堆到了墙角。对面的墙角有一张桌子，上面的废物被清理一空，桌前坐着一个上层人，正就着一盏小小的台灯工作。

我吃了一惊，往后退去，结果头撞在了通风管顶。这一下声响惹得那个上层人抬头来看。我只好小心翼翼、如履薄冰地开始爬过通风口。

“谁在那儿？”他喊道。

我停住了，把膝盖和全身大部分的重量都压在了通风口盖上。这是个重大失误。通风口盖“吱呀”一响，崩落了。我双手凭空乱舞，想抓住点儿什么，可感觉自己双腿已经一沉，把整个身体都带了下去。在和地板亲密接触前，我最后一眼看到的，是一名目瞪口呆的黑发男子。

4

撞上地板的瞬间,我把身子蜷成了一个球,好像胎儿一样。落地时双腿传来一阵剧痛,与此同时,我也准备好听到房间里这个上层人怒吼着报警的声音了。

然而,一张满是关切的脸映入我的视野。

“你没事吧?”他问我。他注视着我的脸,双唇微张,蓝眼睛透露出一丝惊讶。看来他暂时不构成威胁。

我呻吟一声,伸展了下四肢,检查自己有没有受伤。这不是我第一次摔落了,也不会是最后一次。我腿部的肌肉会痛上二十个小时或者更长,但所幸没有骨折。我小心翼翼地站起身,然而一阵晕眩袭来,我靠到了沙发上。

年轻男子退后一步,仿佛有些害怕。我强忍着没有发笑。我可能真的吓到他了。我一边整理头发,一边扫视着这个房间:这里堆满了饭碗、玻璃杯、签字笔,还有一块擦写板——一切都显示房间有主了。

年轻男子穿着一身黑银相间的连体制服,这表明他是一个第四层居民，正处于控制者分配给他的工作岗位的培训期。我还从没遇到过人控警之外的上层人。我对上层人及其家族体系的知识，全都来自育儿中心的学习软件。

“你是……擦洗工？”他问。

噢，是的，这个年轻人恐怕只有十五百周左右大。和我年纪相仿，可上层人对子女娇生惯养，在他们满十七百周之前，都把他们当作小孩子。

我指了指自己的工作服，“你猜。”

“噢。是的。呃，对不起。”他说着，苍白的皮肤有些泛红。

我头脑清醒了些。他似乎不急着报警求救，甚至很可能不知道自己应该这么做。我不打算再冒险了。我爬上沙发，试着伸手去够上方的通风口，可它离我的手掌还有一米远。通风口在天花板中央，所以我也没法利用墙壁上的铆钉爬上去。

我先试着一跳，以失败告终。我重重落在地板上，发出一声吓人的巨响。

“别折腾了。”他说。

他沉稳的语气让我一愣。“为什么？”我问。

“你弄出这么大的动静，别人听到的话，会过来看是怎么回事的。”

“这和你有什么关系？”我反驳道，“我才是不该出现在这里的人。会惹上麻烦的又不是你。”

他皱起眉头，“我不想别人知道我在这个房间。”他说，“我来这里就是为了能够独处。”

我忍不住笑出声来，“什么？你得和你的兄弟同住一间房吗？”我只是在猜，“可怜的孩子，”我讥讽道，“你怎么不试试和三千个人同睡一间宿舍呢？”

“我在这儿的时候，”他平静地说，“没人能找到我，没人能命令我干这干那，没人能在我耳边喋喋不休，说我工作偷懒，也没人能逼我向控制者宣誓效忠。”他步步逼近我，“而我不希望，因为某个擦洗工不懂得保持安静，我就得放弃这个房间。”

“那好吧。看来我该从这里消失，然后我们都该忘记今天的小小意外，这样对我们俩都有好处。你同意吗？”

“我同意，但我想知道你来上层做什么。”

我脑子飞转起来，“自然是来打扫通风管的，和每个安分守己的擦洗工一样。”我重新爬上沙发，“我已经清扫完毕，所以打算返回我归属的下两层啦。你能帮忙抬我一下吗？”

他双手十指交叉，但在我踏上他的手掌之前，他把手收了回去。

“你这是做什么？如果我在这儿被抓住，麻烦就大了。”

“下两层是什么样子的？”

“问这干吗？”

“我很好奇。”

“登录你的电脑账号，查询‘擦洗工’条目。”

“我已经查过了，但只能找到一小段文字。我想知道更多信息。”

“你不该知道。在这里好奇心可是会要命的。”

他双脚微微分开，干脆把双臂抱到胸前。

见他这么顽固，我不禁叹了口气，“想象一下，这房间里的每一寸空间都填满了人，要从房间这头走到那头，就好像‘游’过一个塞满人的箱子似的，只能不断被推来挤去。擦洗工的体味刺激着你的鼻孔，直到你想吐。每次吃饭、喝水、上厕所都得排队。工作和生活几乎一成不变，令人脑子都麻木掉。还得忍受其他人吃饭、走动、打鼾、交配的声音，以及他们拔高嗓门儿的声音，因为这么喊话才盖得过持续不断的机器轰鸣。下两层没有一个地方是安静的，你得不到片刻安宁。”

我深深吸气。方才我是一口气不歇地倒出了这么一大段话。年轻男子不小心打开了我胸中的“洪水”闸门,把我“冲”到沙发上坐下了。我环视了房间一周,说:“对于一个擦洗工来说,这地方就像天堂一样。”

我们凝视着对方。几次心跳的时间过去了。

“没有人应该过那样的生活。”他轻声说。

“超过一万八千人在正过着这样的生活呢。”我本想说句轻佻的风凉话,可这话说出来却格外沉重。如果哪个女擦洗工被逮到试图非法堕胎,她此后就会被强制生育,直到绝经。我们的人口一直在膨胀。人控警说,孩子是我们的未来。可他们怎么就是未来了?所谓未来,也只不过是挤在每一寸可用的空间里苟活而已。没有一个擦洗工知道答案。

我指了指通风管,“我得走了,不然有人会想念我的。”这是谎话。我怀疑根本没人会想念我。会有人发现我缺勤,告我旷工,对我加以训诫,但不会有人想念我。

他站到沙发上面,双手十指交叉,充当我的踏脚垫,托起了我。我好不容易爬进通风口后,朝着下面道了声谢。

我还没来得及离开,便听见他在底下说:“我的名字是莱利·纳雷尔……”他停顿了一下,好像有些为自己的姓氏感到不好意思。清了清喉咙之后,他继续道:“……阿什昂。以后你如果想静一静,欢迎随时光临我的秘密小屋。”

我脸上流露出震惊的表情,但他似乎视而不见。我匆匆看了他一眼,迅速离开了。他的慷慨提议令我有些惊讶。不过这个提议对我而言太过危险,我不能接受。擦洗工和上层人是不能混在一起的。绝对不能。为了让所有人乖乖待在所属的位置上,人控警制定了详细的规定。况且我们还互相憎恨。上层人可以住在宽阔的空间里享受天伦之乐,工作时间更短,还拥有更多的自由。他们做决策,我们只有听命行事的份儿。

我去看了秘密盒子，又偶遇了莱利，这些事儿让我的休息时间所剩无几，但我需要休息。于是我尽快地在管道中穿行，抵达下两层后找了条舒适的通风管，陷入了沉睡。

看到走廊空空荡荡的时候，我就该意识到事情不对劲了。我之前睡了几个小时，却在一片反常的寂静中醒来。于是我下到第一层，想打探发生了什么。原来，人控警正把所有擦洗工朝食堂里赶。我吃了一惊，打算退避，却被人发现了一把拽进人流中。

走廊上擦洗工摩肩接踵。紧紧挤作一团的人群散发着馊味，让我几乎窒息。人控警正往食堂里塞擦洗工，直到无法再多塞进一个人时，才关上门，守住出口。下两层总共有三个“集会”地点，我猜 A1、A2 区的公共区域也肯定被人控警塞满了擦洗工，并且也封锁了起来了。

我开始冒汗，不只是因为周围的人体散发了过多的热气。一名女少校站在食堂中央的桌子上面，当时闯进破碎人旧房间的人正是她。我瞥了一眼时钟：六十点。我惹麻烦不过是在二十五个小时之前，感觉却像已经过了一周。

“‘里面’的各位公民，我知道今天的集会有点不同寻常。”女少校说，声音通过扩音器在食堂里回响，“离我们一百小时一度的大会还有四十个钟头。但是，我们当中有一位公民失踪了。”

窃窃私语如波纹般在擦洗工中扩散开来。这里的每个人每个周末都得去指定的地方签到，收听新闻，学习最新的规则和纪律。人控警称之为周末庆祝大会，但我知道，这不过是他们监控擦洗工的手段罢了。在集会上，他们会检查是否有人怀孕，是否有人不守规矩。

“所有公民都必须待在安全的地方，直到我们找到失踪者。”女少校继续道。

这很好理解：这么多人在外面到处乱转，会妨碍远控温感器进行搜查。

“我们在寻找一个自称‘破碎人’的男人，他平时坐轮椅，所以我们很担心他可能受了伤。如果有公民知道他现在的下落，并且通报我们，就能自由选择下一个工作岗位。”

我的血液瞬间凝固，身体也僵住了，连呼吸都变得无比困难。为了这样一个奖励，恋人都可能互相告发。卡贡和我这下完了。我不该去取那些该死的光盘的。也许我们应该自首。谁知道呢，说不定他们不会循环掉我们。是啊，也许我还会被邀请去上层，获赠一个家庭、一个房间和一个有趣的工作呢。如果我要欺骗自己，那就索性把白日梦做大点儿吧。

噢，算了。把精力浪费在后悔上毫无意义。自己做了决定，就要承担责任，坦然接受命运为我安排的结局。

我麻木地看着一个个擦洗工挤上前去，和女少校说话。大汗淋漓的人们在这里等待了两个小时，以至于食堂成了桑拿房，空气里飘荡着放了一周没洗的脏衣服的味道。

女少校一边聆听擦洗工的话，一边用掌上电脑做着笔记，直到她的通信器哔哔作响。她把通信器拿近耳边接听信息时，一道道红光投射在她脸上。突然，她紧抓住脑后的发髻，匆匆对其他人控警比画了个手势，朝他们下达了某种命令。人控警们立即会意，开始列队从房间离开。

她打开话筒，说：“各位公民，我们仍然需要寻找破碎人，但不能继续把你们留在这儿了。去工作岗位报到或者回宿舍吧。如果任何人还有信息要上报，立刻来找我。”

人控警打开了唯一的大门，开始放擦洗工们出去。我松了口气。再等一个小时，我就可以呼吸到新鲜空气了。

终于抵达门口时，我和旁边的人被带到走廊里的一群人控警跟前，他们用黑色的调查记录仪——用来统计人口数据的工具——给我们逐一登记。女少校就站在一旁，正对着通信器讲话。她语速很快，似乎有些紧张。

“姓名、宿舍和出生周数？”我面前的男性少尉问道。

“特蕾拉。117号。第14548周。”我不假思索地回答。每过一百周，他们就要像这样询问一遍身份信息。我记得自己的精确年龄。我有1514周大，或者说15.14百周大。按照旧时候的算法，我有17.3岁大了。

他输入了我的数据，然后挥手让我离开。我正想开溜，女少校却一把抓住了我的胳膊。

“特蕾拉？”

恐惧如蚂蚁般啮咬着我的心。我转过身，看向她紫罗兰色的眼睛和轮廓分明的脸庞。我思绪如麻，用尽全力才点了点头，保持面无表情的模样。

“跟我来。”她命令道。

她的手仍然紧握着我的胳膊。我别无选择，只好随她穿过走廊。直到我们远离了其他人控警，她才停下脚步，放开了我。我四下瞅了瞅，盘算要不要逃跑。但看见她身上挂满武器，我脚下一动也不敢动。

“有线人告诉我，这周十九点的时候，他们看见你和破碎人谈过话。这是真的吗？”她问道。

我担心自己一说话就会露馅儿，所以只是再次点点头。那些洗涤房的兔崽子告了密。擦洗工对人控警满腹怨言，总说他们多恨人控警，永远不会相信人控警，可一旦自己有了讨好人控警的机会，他们就恨不得蜂拥而上。我早料到了，谁叫这回的奖励这么优厚呢。但我知道，换作我自己，就绝对不会出卖其他擦洗工。

“那你为什么没有向我报告？”她质问。

“我以为这事不重要。”

她露出一个傲慢的笑，“重不重要由**我**说了算。告诉我，你——”她查了一眼手里显示屏上的数据，“同卡贡跟破碎人说了些什么。”

该死。她知道卡贡也有份儿了。他们已经把他抓起来了吗？我不由得担心起来。众所周知，卡贡很容易听信先知的瞎扯，所以我决定利用这一点。

“卡贡想让我去见见破碎人。他说新先知能证明‘闸门’是存在的。”我耸了耸肩，“卡贡是我的朋友，所以我就去洗涤房见了那个先知。他跟我胡扯了一通，说可以运用冥想找到‘闸门’，把自己传送到‘外面’去。可他一点儿证据也拿不出来。”

“是啊。你们这些擦洗工就是不愿意相信现实，偏爱幻想什么‘闸门’。”女少校摇摇头，“继续说。”

“我叫卡贡离他远一点儿，不然可能会惹上麻烦。之后我就去上班了。”我再次耸肩，尽量表现得事不关己。

她审视了我的脸庞片刻。我装出一副无辜的模样。

“十九点你们见过面，之后你还和破碎人说过话吗？”

“没有。”

“如果你听到什么，或者看到什么，必须立即向我报告。明白了吗？”

“是，少校……怎么称呼您？”

“我是卡拉·特拉瓦。去工作岗位报到吧。”

“是，长官。”我转身离开，感觉她的视线几乎快在我背上烧出洞来了。我努力压抑住拔腿就跑、跳进某条管道里躲起来的冲动，只是不紧不慢地走着，直到转角处才回头看了一眼。我们目光相接。卡拉少校正眯着眼，若有所思地盯着我，如同一条致命的毒蛇。

5

逃离卡拉少校那令人毛骨悚然的视线后,我立即舒了口气。这事情这么快就过去了,我逃脱得很轻松。简直太过轻松了。但我感觉卡拉少校的瞄准镜已经对上了我。这个状态至少是有些危险的。

人控警在和擦洗工打交道时往往过度自信。是啊,他们可以随意拘禁和循环任何人,而且不会受到反抗,但他们很少草率地下结论。他们惯于观察和等待。他们知道,要找到一个擦洗工再容易不过了。但他们偏偏喜欢等待,看看还有哪些不安分的擦洗工会蹚这摊浑水。

正因如此,我一直认为那些先知都是人控警派来的奸细。先知宣扬“外面”的存在,说生前逆来顺受的人死后能获得奖赏。擦洗工中有人会相信他们的鬼话,但也有人会心存怀疑。持怀疑态度的人会被人控警清除,就像磨掉铁锈一样。如此一来,人控警才能把有缺陷的基因从总人口中筛出去。

但我搞错了一点:破碎人不是奸细。如果他是人控警的一员,他们根本不会大费周章地搜查他。而现在人控警意识到在下两层也有人可以玩失踪了,这意味着他们以后可能不会再对擦洗工掉以轻心。

我本能地认识到,卡拉少校不会放弃搜索破碎人。所以我完了,注定要成为水培植物的肥料。事已至此,我还有什么盼头?就算真找到“闸门”,可能也于事无补。

我其实也渴望“外面”是真实存在的,只不过这种想法一直被我压抑在了内心深处的小小角落。此刻,它又冒了出来。这种渴望可能会逼疯我,使我沦为一个边念叨着“一百万周,一百万周”,一边在“里面”的简陋走廊里跑来跑去的精神病。这些走廊毫无特色,要不是每层、每区都有数字和字母标记,人们肯定动辄会迷上几周的路,而且根本没人会想念他们。擦洗工也和这些走廊墙壁一样毫无个性,因为我们都知道,所谓的希望、期盼和渴求,对我们仅有的那一点内心安宁来说,是致命的毒药。

我之所以寻找“闸门”,其实是为了证明它并不存在,为了说服自己抱有希望是个错误,强迫自己接受眼前的人生,从而将精力集中在一件事上:如何在“里面”争取这个世界可能提供的渺小快乐——就是卡贡已经找到的那种快乐。然而,卡贡一直都被先知所吸引,相信那些善行得善终的故事。

这些没用的想法盘踞着我的脑海。之前在食堂的集合耗掉了很长时间,后来又被卡拉少校留下问话,接着很快就要轮到六十点到七十点的班了。还有五个小时。

管他的。我绕路回到食堂,希望卡拉和她的打手已经离开。果然只有几个人控警还在食堂晃荡。对这个片区而言,这属于正常情况。

我加入了排队取餐的队伍,可以感到周围弥漫着紧张气氛。取到一碗绿叶蔬菜汤后,我拉开一把空椅子,准备坐下。食物也没能让擦洗工们的情绪好一些。就在我落座前,一个擦洗工把我推到一旁,占用了我的椅子。这就是下两层公民的典型作风。

要不是想到破碎人可能会饿死，我是不会再回去排队取食物的。半个小时后，我终于又舀到一碗炖菠菜。回到餐桌时，之前和我坐在一起的大多数擦洗工都已经离席。于是我穿过食堂，假装在寻找座位，直至来到后门前。我扫视四周，确定没有被人控警盯上，这才打开门溜了出去。把食物拿出食堂吃其实不是什么稀罕事，但考虑到人控警在搜寻破碎人，恐怕现在带走一顿饭会立即引起他们的怀疑。

我钻进了最近的通风管，把炖菠菜推在前面，自己在后面爬。管道内的温暖气流拂过肌肤，随着靠近破碎人的房间，空气越来越热，但我坚持从管道内部前进。这种时候，从外面进入他的房间风险太大了。

“特蕾拉！你到底干什么去了？”破碎人一见我的脑袋钻出通风管，就立刻质问道。

我没有回答他，只是一边流着汗，一边翻身从通风口跳到地面。

破碎人正四仰八叉地躺在地板上，衣服上遍布黑色的污痕。

“怎么回事？”我问。

“你走的时间太长，我必须上洗手间。”

从椅子到洗手间的地板上，一地灰尘中的确拖出了一道干净的痕迹。以他现在的身体状况，要滑下椅子比较容易，但要再爬上去就困难了。

我站起身，把他扶回了座位。我曾向卡贡保证过照顾好破碎人，但现在才意识到他的身体缺陷有多严重、当初的一口承诺有多莽撞。

我把食物递给破碎人。他大口大口地吃起炖菠菜，我突然发现，原本震耳欲聋的发电站噪音此时听不见了。墙体表面已经喷上了隔音泡沫。我打开门一看，只见门外已经封上了一块金属板。

我等破碎人吃完饭，替他把碗收了起来。他浑身散发的汗臭味扑面盈鼻，我赶紧咳嗽几声来掩饰自己的表情。见他也皱着一张脸，我便猜到自己的气味也好不到哪儿去。真奇怪，人们能忍受自己的体臭，却受不了别人的。我把卡贡离开后外面发生的事一五一十告诉了他。

“那个少校因为你的失踪十分生气啊。”我说，“你认识她吗？”

“少校？”破碎人用勺子敲了敲下嘴唇，“哪个少校？”

我走神片刻，想象一队克隆人般一模一样的少校在下两层巡逻的样子。“她说她叫特拉瓦。”

他嗤了一声，“特拉瓦是个姓氏。几乎所有人控警都姓特拉瓦。”

“噢。卡拉·特拉瓦。她怎么不换个姓氏呢？”

“特拉瓦家族的人从不改姓。就连特拉瓦家族和其他家族联姻生下的小孩，也只姓特拉瓦。事实上，只要你和特拉瓦家族的人结亲，就得改姓特拉瓦。”他想了想，“不幸的是，我认识卡拉。你从未多问过一句关于你亲生父母的话。”

“因为我有点儿忙。”我语带讽刺地说，“另外，你为了让我帮你，没少胡说八道吧？”

“你爱信不信。但是，当心那个卡拉少校。她很聪明，既狡猾又直觉敏锐。她的家族不仅掌管着人控警，还和控制者们合作密切。她和一切有权有势的人都关系紧密。”

“为什么要担心控制者呢？他们不是只管上层人的事吗？”

“他们给特拉瓦家族下达指令，然后特拉瓦家族才为‘里面’做种种决策。这里的每一个上将都姓特拉瓦，而且不管哪个上层人哪次连接电脑，特拉瓦家族都会知道。维持‘里面’运作的机械系统里，每个关键位置都有特拉瓦家族的人。”

“一直以来不都是这样吗？听你的话，好像有什么不对劲似的。”

“并不是一直都这样。你们擦洗工对上层的事情一无所知，这正中特拉瓦家族下怀。”

我其实不在乎上层人如何。这里弥漫的热气和灰尘让我感觉嗓子都开始冒烟了，况且之前我只短短打过一个盹，体力、精神都没有完全恢复。“我得在下一班开始前睡一觉。”

“我需要更多的食物。”破碎人说，“我研究了一下这地方，发现那边有个厨房，只是没通电。”

“我会把电打开，但带食物来可能得等一阵子。我尽快。”

破碎人冲我一皱眉，但还是点了点头，“我也应该睡几个小时了。”

我帮忙把他挪到了床上。床垫上的黑灰扑面而来，呛得他直咳嗽，我感到一阵内疚。也许还要过二十个小时，我才能再次带食物过来并帮他洗澡。

卧室和洗手间是两个相邻的小方隔间，分别朝起居室开着门。起居室的另一侧是同样的小方厨房。“里面”被划分为各种各样的长方形与正方形。最初的设计人员一定有方形强迫症。我再次咒骂那些人贫乏的想象力。

我从厨房里取出几个水杯，给其中一个接满水，然后把所有杯子都放在了床头柜上。破碎人不解地盯着空杯子，我解释道，它们可以用来尿尿，这样他下次就不用一路爬去洗手间了。他听明白后，面部肌肉悲伤地松弛下来，然后我挥手道别。

重新接通这个小房间的电路耗费了我不少力气。要不是我过于疲倦，只需原来一半的时间就能搞定连接器的。

最后，我终于在一条散热管里找了个安静的地方小憩。渐渐入睡之时，一个奇怪的念头从我脑海中一闪而过：为什么“里面”总是这么热？

我醒来时已经是七十九点。“里面”的每个房间、每条走廊都挂着时钟，以免擦洗工拿不知道时间当借口。离下一班还有一小时，于是我径直朝 F1 区的盥洗室走去。我脱下被汗水浸得发硬的制服，站到喷着温水的淋浴头底下。擦干身体，换上干净制服后，我立刻检查起了工具带，确保所有工具都在原位，电筒也能正常照明。如果胯上感受不到工具带那熟悉的重量，我会觉得自己仿佛没有穿戴整齐。

我朝指定打扫的通风管一路挤去，中途遇见了卡贡。他正从走廊墙壁上刮掉剥落的墙漆碎片。金属墙面上露出了一块块锈痕。锈是“里面”不能容忍的大害之一，所以擦洗工必须时时重新给墙壁涂漆。

我很高兴遇见他，走过去碰了碰他的胳膊。他用浅棕色的眼睛朝我这边一瞥，汗淋淋的脸庞上浮起紧张的神情，手上仍旧刮着剥落的墙漆。

“怎么样了？”他悄声问，“一切都还好吧？你知道我是说——”

我点点头，“他很好。”

卡贡朝在走廊尽头打转的两个人控警偏了偏头，“他们在监视我。”

“发生了什么？”我问。

卡贡面部一抽搐，“人控警把我带去了他们的办公室。因为破碎人被捕之前我跟他们发生了小争执，所以他们问了我一些话。”

我关切地打量了一遍他的脸，没有发现瘀青。卡贡懂得我在看什么，用手碰了碰肋部，然后又疼得脸一抽。

“他们说我的嫌疑最大，还威胁说：单凭我替破碎人说话这一点，已经足够循环我了。他们警告我，最好还是供认自己杀了他们的同事，并且交代破碎人躲在哪里。”卡贡紧咬牙关，眼中闪过一丝轻蔑，“我会承认杀了人，但绝不会交出破碎人。”

“为什么？你可以和人控警谈判，告诉他们破碎人的位置，条件是他们不能把你送去喂咀嚼机。”

他盯着我，仿佛我说的全是疯话，“他很重要，特蕾尔。他能找到‘闸门’。”

“他只是可能知道‘闸门’的位置，两者之间区别非常大。而且为了这种事被循环太不值得。”

“他确实知道。我的直觉告诉我的。”

我烦躁地叹了口气，“拜托，卡贡！你是个聪明人，怎么能没有看到证据就相信‘闸门’存在呢？”

“光盘就是证据——”

“光盘可能只是诡计的一部分。”

他微笑了，“那你为什么要冒着受罚的危险去取光盘？”

“为了证明破碎人是错的。”

“那你就继续呀，证明我们错了。”他得意洋洋地说。看见我恼怒的表情，他又咧嘴一笑，仿佛已经把我看穿了一样，“你没法抵抗挑战的诱惑，不然，你在育儿中心时就不会惹那么多麻烦了。”

“我们已经不在育儿中心了。”我轻拍了一下他受伤的肋部，强调自己的观点，“这一次，风险更大。”

“回报也更大。”

我摇了摇头。我们又陷入了无休无止的争论之中，而且在这争论上耗费了太多的时间。人控警朝我们的方向走了过来。他们一直对卡贡保持着兴趣，这说明他仍是他们的头号嫌疑人。

“他们为什么要放你走？”我问。

“我被盘问的时候，两个擦洗工向人控警报告说，在电梯门关上之前，他们亲眼看到破碎人正试图抢走人控警手里的武器。”

我惊讶得一时忘了呼吸。怔了片刻后，我问：“你知道他们的名字吗？”

“还不知道，但我会弄清楚的。”

“继续装无辜。”人控警快要靠近时，我对他低语道。然后我换成较大的嗓门说：“而且我的清扫装备一直在发出奇怪的噪音。”

“我会报告给养护队的。”卡贡回应道。

“谢了。”我掉头走开。

事情又起了转折。我叹了口气。那两个擦洗工为什么要撒谎?特别是在这种时候,明明说实话能让自己的生活舒服很多。

但我得先对付自己的主管,回头再思考这个问题。在我存放吸尘器的储藏间前面的走廊上,她正来回踱步,纤长的手指攥着一副红手铐。她皱眉看着手铐。

“特蕾拉,”她一见我便厉声说,“下一班你总要上了吧?”

我强打精神。怎么就这么倒霉呢!主管通常一周来检查一次,看是不是每个擦洗工都在规定的地方老实工作,而我运气太糟,她才会在上一班的时候来查我的岗——至少,我希望这只是因为我运气差,而不是因为那个少校给她下了指示。

“你去哪儿了?”她问道。

“临时大会。”我看了一眼那手铐。如果她“啪”的一声给我戴上,我就得去人控警的牢房报到了。他们很可能会罚我下班时间去固体垃圾处理站干活儿,活干不完,手铐就不能取下来。那样的话,每个人都会知道我犯事了。

她怒气冲冲地吁了口气,“大会开了两个小时,你却失踪了八个钟头。”说着她打开了手铐。

“我花了差不多两个钟头才走出食堂,然后又被卡拉少校叫去谈话,谈话前还等了一段时间。”

如我所愿,卡拉少校的名字起了作用。她的手在半空中停下了,她脸色苍白地看着我。来下两层巡逻的通常只有少尉和上尉,少校这个级别的警官屈尊前来可是特例,就和时刻表有变一样罕见。所有擦洗工都知道该和这样的人保持距离。

“呃,如果是那样的话……”她放低手臂,或许是在想象:和人控警少校共度一段时光,可比在固体垃圾处理站干活儿难受多了。

我从没想过，自己有朝一日会利用擦洗工对人控警的恐惧来寻方便，但我知道，主管肯定不会去找少校求证的。她站在原地注视着我。我拿起吸尘器放进通风管，然后爬了进去，开始干活。

我跟在吸尘器后头，开始了为期十个小时的通风管大扫除，同时在心里盘算用什么方式给破碎人取食物最好。我的选择很有限。要想从厨房带走充足的食物填满破碎人的冰箱，一百小时大会是我唯一的机会。问题是，集会时我也必须到场。

集会的铃声响起，我老老实实地前往食堂报到，站在了队列里。

“姓名、宿舍、出生周数？”面前的人控警头也不抬地问道。

我说了一遍自己的信息。

“有健康问题吗？”

“没有。”

“验血。”他指了指另外一名人控警。

我排着队，把手臂抬到腹前，看着人控警用“吸血鬼箱”从前面的擦洗工手腕上抽血——我们在电脑上读到一些神秘故事后，给抽血的装置起了这么个名字。允许我们阅读的故事包括神话和传说，有些是关于诸如吸血鬼、鬼魂之类的怪物，有些还会提到我们从未见过的物品和动物。每次我们提问，育儿嬷嬷都解释说，那些东西如今已经不存在了。

我跟着队列往前挪动，有些害怕轮到自己。把手腕伸进吸血鬼箱后，里面会有两道刺扎进皮肤，通过一根管子把几滴血液吸进一个盒子，在那里进行即时分析。

通过验血，人控警监控着擦洗工的非法物质摄入、怀孕状况和其他健康指标，但擦洗工对这些其实毫不在乎。验血是不定期在一百小时大会上进行的，但两次验血的时间绝不会超过六周。检查时间是人控警提前定下的,只要花点儿钱,就可以搞清楚下一次是在什么时候。一个叫贾西的擦洗工手里握有完整的线人网,总是知道人控警把验血和其他检查安排在什么时间。

下一个抽血的是名女性擦洗工。负责血液分析器的人控警少尉抓住了她的胳膊,她还没来得及反应,手腕就被套上了一道亮黄色的手环。她怀孕了。她努力消化着这条新信息,脸上交杂着恐惧、惊讶和不知所措的神情。

"接下来的八周你必须接受检查。"少尉阴沉沉地说,"去医务室报到吧。"

他挥手催促女人快走。她步履蹒跚地朝食堂门走去,用另一只手握着那个没法取掉的手环。现在,所有擦洗工都知道她有身孕了。她得照常上班,直到分娩,接着在医务室待上一周,然后把孩子交给育儿中心,自己返回工作岗位。整个过程感觉就像在运行一道程序,而非创造生命的奇迹。这也是我绝对不要小孩的诸多原因之一。

又一道铃声响起,说明全体擦洗工都到达了指定位置。

卡拉对着人群发言:"各位公民,欢迎参与周末庆祝大会。现在,第147002周开始。"

我旁边一个年迈的擦洗工念诵起来:"一百万周!一百万周!一百万周!"

另一个擦洗工凑近他说:"嘘!老头子,你能再撑两周不错了。没人在乎什么一百万周,我们都活不到那时候。"

他的同伴笑了。"想想就可笑,"这个人说,"再过七千周,这个房间里的人都不会存在,但新换的一代人还得被灌输同样的鬼话。"

两个擦洗工一起哈哈笑出声来,年迈的擦洗工则斜眼瞪着他们。第一百万周在擦洗工的心目中已经被吹捧成了一个神乎其神的存在。一些人预言,一百万周时,我们的燃料和空气将耗尽,所有人都会丧命，另外一些人则说，到时我们都能去“外面”。这里的人均寿命只有六七十百周，从现在算起到第一百万周，中间大概还有一百二十二代。这么想来，人们实在很难为如此遥远的事情担心。

年迈的擦洗工用粗糙的手指敲了敲那个叫他闭嘴的男人，“你们爱笑就笑吧，但一百万周不是终点，而是开端。”

“……破碎人。”卡拉·特拉瓦的声音穿透周围的嗡嗡低语，进入我耳中。我的注意力猛然被她吸引过去。

“我们仍然需要相关信息。只要提供线索，帮我们找到他，就能获得奖赏。”她停顿了一秒，“但别对我撒谎。”她的语气变得充满威胁，然后她打了个手势。两名人控警把一个擦洗工拖了上来，卡拉扯住他的领子，把这个可怜虫拽到了充当讲台的桌子上。他瘦弱的双腿抖个不停，双手打着战，脸上写满恐慌。沉默笼罩了整个食堂。

卡拉轻拍她的武器带，似乎在犹豫选哪个武器更好。然后她手指飞快地一掠，把灭杀枪抽了出来，枪口抵在了他的胸前。

“这，”她说，“就是撒谎的下场。”随着枪底的噼里啪啦声越来越响亮，那个擦洗工抽搐扭动起来。

少校把武器抽走后，他摔落到地板上，沉重的砸地声在食堂中回荡。

6

那个擦洗工摔落地板的声响烙进了我的脑子里，就像灭杀枪灼烧在他的胸口上一样。我坐在椅子上瑟瑟发抖，感觉脸热胸闷。我想象着自己被卡拉少校一把按住，灭杀枪杵在胸口的场景。

她一步跨下桌子，让平时主持大会的少尉来宣读每周公告。我原本打算这时去收集食物的，但现在看来，这个计划太危险——反抗人控警的代价又被卡拉提高了。

然而，我不能任破碎人活活饿死。时间一分一秒地流逝。我只好假装咳嗽发作。身边的擦洗工厌恶地瞥了我一眼。我阵阵猛咳，一会儿像要呛死，一会儿像要噎死，然后站起身来朝厨房走去，希望有人注意到我，以为我只是去取水喝。

我一关上厨房门，便朝冰箱猛冲而去。我抓起奶酪、羊奶和装满炖蔬菜的餐盒，统统堆到不锈钢橱柜上，然后关上冰箱，又冲向冷冻室取出一些冰冻的羊肉。恐惧促使我手脚麻利无比。我跳上食物堆旁边的柜台。头顶就是一个通风口。我打开通风口，把那堆食物塞了进去。把食物往里推的时候，我还得小心翼翼地不让它们堵塞空气流通，累得气喘吁吁。

好不容易完工后，我把通风口盖子放回原位，跳回地板，再给自己倒了一杯水。我溜回食堂，一边用喝水来掩饰自己急促的呼吸，一边坐回了自己的位置。没有哪个擦洗工看我，我希望也没人起疑。

大会解散的铃声响起时，我跟在其他擦洗工后面鱼贯而出。在某个地方，队列朝两旁偏斜。尽管那个擦洗工的尸体已经被抬走了，但每个人仍然有意地避开了他落地的位置。

我经过卡拉身边时，她紧抿嘴唇，头朝一侧倾了倾。我低眉看地，尽量表现出不起眼的样子。可她还是开口叫了我的名字。

“特蕾拉，你过来。”她命令道。

我一步迈出队列，心脏在胸中狂跳，“什么事，少校？”

“你感觉好些了吗？”

“您说什么？”

“你的咳嗽。我希望你没得流感。”

她这么关注我还真是吓人一跳。“没有，长官。”我答道，脑子飞速转动，“我肯定只是吃错什么东西了。”

“噢，是呀，我懂。”她的语调波澜不惊，“我自己也总是吃错东西，弄得一嘴苦味儿，有时候还会噎住，胃里翻江倒海。”

我无言以对，脑中警铃大作。

她审视着我，这短短一分钟仿佛有永恒那么长。然后她说：“零点了。是时候去你的工作岗位报到了。我记得是二十二号通风管道。”

“没错，长官。”我勉强挤出一句话来，然后重新加入擦洗工队伍，朝走廊移动，途中不敢再回头看少校一眼。她读过我的档案。她知道我的一切，而且想让我明白这一点。该死。

二十二号通风管最有意思的地方在于，它刚好从厨房上方穿过，而且沿着它走得够远的话,最后就能到达破碎人藏身的小屋。

一到清理站,我就把吸尘器放进了通风管,又迅速翻找起维修物品储存柜,取了更多工具。我做了一个粗糙的滑板,跟在吸尘器后面向前爬去。一路上我不断回头看,生怕卡拉少校派了远控温感器来监视。

抵达我存放食物的地方后,我关掉了吸尘器,又将滑板绑在了上面。透过通风口,我朝下窥去。厨房里一派忙碌,擦洗工要么在往盘里装菜,要么在切菜。两个少尉在这片混乱中踱来踱去,可能是在留意刀子的动向,记录它们的数量,以防被哪个擦洗工偷走了袭警。

卡拉不在其中。我为自己突然松了口气而惊讶。潜意识里,我认为她会在这里伏击我,认为她会掀开通风口盖,大喝一声“抓到你啦”,然后一把电死我。

我一面想象着这个恐怖的场景,一面尽快把食物统统搬到自制滑板上,接着重新打开了吸尘器。额外负担了这么多重量,吸尘器的引擎发出痛苦的声响。我只好苦笑,揭开机器侧面的控制面板,拧了拧一个小螺钉。卡贡教过我怎么加大吸尘器的输出功率。吸尘器跑得越快,我就越能早完成手头的活儿,也能有更多的休息时间——假如没被人逮到的话。

被抓的恐惧令我一直回头张望,查看有没有远控温感器的存在,但我还是跟着吸尘器安全抵达了破碎人的小屋。我推开通风口盖,吊着开口处荡了下去,降落在地面。

“嗨,特蕾拉。”他招呼道。

我转过身去。他坐在起居室的一角——我能直接闻出他的位置来:他都快馊了。

“我没多少时间。”说着,我拉过一把椅子到通风口下方,站在椅子上取食物。

“我也来帮忙吧。”破碎人趴在地上，一点点地爬了过来。他挣扎着坐起身，朝我伸出手。

我把食物递给他，他把东西堆在腿旁边。清空滑板后，我跳下椅子，把食物搬到厨房。

“你饿了吗？”我在厨房里问他。

“很饿。”

我替他取了一把勺子，他吃起一盒黄色的炖蔬菜来。东西都安放好之后，我再次踏上椅子。

“下班之后，我会给你带些干净衣服来。”我说。他挥挥勺子跟我道别。我爬进通风口，打开吸尘器，继续完成清洗通风管的工作。

打扫完所有的指定管道后，我朝盥洗室走去。洗过的制服和便衣都堆放在大大的帆布箱子里，箱底装有轮子。空箱子是用来收脏衣服的。

我收集了一些外衣、内衣和肥皂，又用一条毛巾把它们全部绑在一块儿。我还找了一些清洁用品，破碎人住的地方满是黑灰，得打扫一下。

我把这捆装备“扑通”一声扔到破碎人小屋的地面上时，破碎人已经回到房间角落了。我指给他看我带来的东西，他如释重负地微微一笑，我却被他齿缝里的黑灰吓了一跳。

“想冲个澡吗？”我问道。

“麻烦你了。”

我尴尬地犹豫片刻。我该怎么帮他才好呢？幸运的是，他已经想在了我的前头。可怜的家伙，他得独自待那么长的时间，而我却没想到给他带点儿解闷的玩意儿来。

“从厨房搬把椅子放进浴室就好。”他用公事公办的口吻给我下了指示。

我将椅子放到淋浴喷头下面，他自己爬了过来，开始脱衣服。我替他扯掉裤子和内衣，又把他扶上椅子时，他才流露出不好意思的神情。我打开淋浴，递给他肥皂和搓澡巾，然后就留他自个儿沐浴了。

我一边擦拭小屋里的灰尘，一边思考破碎人的下背部怎么会有一道锯齿形的长疤。他的胳膊和身体上也布满了短一些的疤痕。我搬动他的时候，他萎缩的双腿虚弱无力。我暂停了用抹布擦拭的动作，试着想象出事之前他过着什么样的生活。把他扶到淋浴喷头底下时，我发现了一件事：他的金发是天生的。初次见面时，我还指责他肯定会回上层去染发，现在想想，也许我该为当时的话道歉。

我去敲浴室门的时候，破碎人已经关上了淋浴，坐在椅子上浑身滴水。我递给他一条毛巾，又帮他擦干身体，穿上衣服。我思考着该怎么移动他才好。我个头虽小，但长年在各种管道里爬上爬下，肌肉还算发达。我可不想再让他爬回去，又弄脏身上的干净衣服，于是把他的两只胳膊搭在自己肩上，一路弯着腰，慢吞吞地将他驮回了起居室的椅子上。

“谢了。”他用手指梳理着湿头发，对我说。

“来点儿吃的吗？”我问。

他点头，我给了他一只碗。

他一边吃，一边指了指墙上一道波浪形的图案。那是这面墙上唯一算是有特色的东西。

“看见了吗？我敢说那是一个电脑终端。我坐在地板上够不着，你能把它揭起来吗？”

我打量了那个图案一会儿。它是由若干两厘米宽的金属条构成的，就像一道窗帘。窗帘的底端有一个凹槽，刚好能容我把手指伸进去。

“这就对了。”他说。

我把它掀开,金属窗帘顿时缩进了墙里,还发出轰响,吓得我后退了一步。金属窗帘后面是一块电脑屏幕和一个布满按钮插头的控制台。

“没错!”破碎人说。自打我们救下他以来,这还是我头一回见他露出兴奋的神情,“把我扶近点儿!”

我将他的椅子推到了墙边,他朝一个按钮伸出手。

“等等。”我警觉道,“你不怕开机了会被控制者发现吗?”

“不怕。只有连上网才会被发现。给擦洗工用的基本公共系统没必要装备网络端口。况且,我只想试试它能不能用。”

他按下一连串按键,动作熟练而优雅。电脑屏幕一亮,“里面”的标志性符号浮现出来——一个前面标着大写字母“I”的立方体,一如既往地缺乏想象力,连育儿中心的孩子都嫌它无聊。不过很少有人知道,在育儿中心接受教育的时光已经是他们一生中最有趣的部分了。破碎人切换屏幕上的图像时,我赶紧摇摇头,甩掉这令人不快的想法。

过了一会儿,破碎人开口道:“它仍然连着主系统。我们可以从这儿查看我的光盘。”

“控制者会因此发现我们的位置吗?”我问道,再次担心这一切似乎来得太简单、太容易了。某个上层工人曾经在这里居住过,所以小屋里有台连接着主系统的电脑,这还说得通。可它竟仍然能用,这就令人生疑了。

“本来会的。只不过,我有一个程序可以用来欺骗跟踪程序,将控制者诱导到另一台位于第四层的电脑去。”

“你确定这个程序有用?”

“这么说吧……”破碎人挠了挠后背,露出思考的模样,“我最初使用的程序显然有一点瑕疵,但我发现电脑系统里还隐藏着一个更有效的程序，所以把它拷贝到了光盘里。可惜我还没来得及用，就被逮捕了。”回忆令他脸上流露出痛苦的表情。他眯起蓝眼睛，仿佛看见了自己的过去。

“是谁编写了那个程序呢？”我问道。

“它的加密做得太好，我无法破解。但我觉得作者可能是加勒德家族的成员。”

“加勒德？”

“他们对现状不满。所有的大家族都不欢迎特拉瓦家族接管大局，但最后都接受了现实，也相信自己无力恢复原先那种各家势均力敌的局面。”

“等一下……特拉瓦家族接管大局？”我问，“他们不一直都是统治者吗？”

“不，不一直是。但特拉瓦家族想让擦洗工相信他们从来都是统治者，而且他们还希望，随着人口一代代更替，最终连其他上层人也忘记他们曾经对‘里面’的管理事务有发言权。但我发现了真相。九大家族曾经拥有平等的投票权，各家分别选举一人进入委员会行使代表权。委员会制定决策，监控‘里面’的各个机械系统。”破碎人一蹙眉，“每个家族都掌握着某一领域的特殊技能——空气系统、废水处理、电力——但这反倒成了他们的短处。”

“为什么？”

“特拉瓦家族的特长是安保，所以只有他们持有电击枪和灭杀枪。”

“噢。”

破碎人和我四目相对。他脸上的皱纹愈发深了，好像让特拉瓦家族当家都是他一人的错似的。我猜他的年纪在四十五百周左右。

“曾经有一群上层人试图夺回几个系统的控制权，可失败了。”

他说。

“如果你真能找到‘闸门’的话,那群人会愿意帮忙吗?”我问。

“不会。”破碎人仍在摆弄电脑,“对上层人来说,被抓的风险太大、太不值了。”

我只是在假设的基础上提的问。我本打算证明“闸门”不存在的。我要让卡贡确信,“里面”的人被彻彻底底地和“外面”隔绝开了。

人控警坚称“外面”只是好人离世后灵魂安居的最终场所,但关于“外面”的谣言却五花八门,从夸张的猜测到恐怖的传说,应有尽有。我知道墙的外面一定存在什么,至于它是“外面”还是别的东西,人们的想象力就如脱缰野马般不受管束了。

一些擦洗工说墙外是一片巨大的废墟,另一些则说那里有一个魔法王国,仙子在空中飞来飞去;还有人认为“外面”堆满了我们从前排放的垃圾。我们循环利用一切东西,但总有一小部分纯粹的废物通过控制者维护的冲洗系统后消失了。这点常常被卡贡当作“闸门”存在的论据之一。

以上所有谣言都无法使我动摇。为什么要为一个无法前往的地方费心思呢?猜来猜去又有什么用?我们都被困在了“里面”。我们的最终归属无非是精神湮灭,肉体送给咀嚼机做成肥料。

破碎人说上层人不会帮助我们,我的脑子还在围绕那番话打转。它听上去合情合理——为了一帮擦洗工,上层人凭什么要拿性命和舒适的生活冒险?但我不禁想起在第四层的秘密小屋遇见的莱利。

他的姓氏对他似乎很重要——是某种自豪的资本。那他又怎么看待特拉瓦家族的统治呢?也许莱利和某些上层人对于改变也乐见其成?我不由得做了个鬼脸。天真的蠢蛋。我是越来越傻了,放任自己的希望一点点滋长。砍掉,砍掉!我忙在内心挥刀斩断自己的臆想。

“如果电脑能用,我只要取回光盘,你就能播放它们了,是吗?”我问他。

破碎人咬住嘴唇,一言未发。

“哪里不对吗?我以为你嘴里的缺口里有个端口呢。”

“我嘴里是有个缺口,”他顿了顿,接着说,“问题是……我的牙齿没了。”

“啥?”

“那其实不是真牙,而是访问网络时必需的端口。之所以如此设计,是为了方便人控警追踪哪些人在上网,并通过没收端口来限制上层人的网络接入权。”

我一屁股坐在了地板上,双手揉脸,“现在你才说这个?”

7

我已经无能为力。到此结束了。人控警夺走了破碎人的端口，而没有端口，他就不能查看光盘里的信息，没有信息，就意味着我们不能证实或证伪“闸门”的存在。

“卡拉少校此前没收了我的端口。”破碎人说。

我盯着他。他可是认真的？“你想让我去找她要回来？”

“动动脑筋，特蕾拉。她不知道光盘的存在，拔掉我的假牙只是走个程序。她应该是把我的端口送给电脑管理员检查了，他们应该已经发现我之前都在系统里查看了什么内容，并且提交了一份报告给卡拉。”他的灰眼睛中猛然闪过一丝领悟的神色，“报告！我早该想到的！可能是我之前查看过的一些文件让卡拉起了疑心，所以她才在我的房间安装了触发装置。要是在她给我的房间设陷阱之前认识你就好了。”

他的最后一句话令我回忆起自己当初是怎么搅和进这桩事的。卡贡知道我抵挡不住挑战的诱惑。“如果卡贡没跟你提起我，我们也不会落得现在的田地。”

他摇了摇头，“没遇见卡贡前，我就对‘管道女王’的大名颇有兴趣了。”

“但卡贡是唯一真正了解我本事的人，而且他太好骗了，别人说什么都信，而且总是兴冲冲地掺和闲事。”

“和你正好相反？”

“当然了。我可不是他那种人。每来一个新先知，他的希望就会破灭一次。”

“但你还是掺和进来了。”

掺和进一个不知如何收场的麻烦事儿里。“都怪我一时心软。这次我也算好好上了一课，学会了未来什么该做什么不该做——假如我还有未来的话。”

“我也见识了下两层是什么情况。你真的愿意在这种环境里过完下半辈子吗？”他质问。

作为一个擦洗工，这时的标准回答该是耸耸肩，表示自己也无能为力，或者说一段人控警宣传的那些死后上天堂的鬼话。可我面前有一个真正的机会，可以证实或证伪“闸门”和“外面”的存在——如果我愿意赌上性命的话。对我而言，光是活着就够了吗？我真的愿意试也不试一下就放弃吗？

破碎人看出了我眼中的答案，“卡拉的办公室在第四层，位于——”

“A区，我知道。那是唯一我得绕道走的区域。”我最不希望发生的事，便是在人控警办公室和监牢上方的管道里被逮住。我喜欢挑战，但我不是疯子。我平时甚至都尽量少爬去第四层间隙带看我的盒子。

但为了设法取回破碎人的端口，我终于跨越了理智与疯狂的界线，“你知道她的办公室有哪些安保措施吗？”

“她的门永远上着锁，但我想你也不用走门。”他微微一笑，“可能还有各种常见的运动探测器吧。”

卡拉知道有人通过管道取走了光盘。那她会不会因此在自己办公室上方的管道里布下陷阱呢？破碎人说过她很聪明，所以我得假设她布了陷阱。可她知道管道上方存在间隙带吗？我得去她的办公室勘查一番，这需要详尽的筹划。

“我怎么知道哪个端口是你的？”我问。

“底下刻着识别码。”破碎人背了一串数字，我把它记在了脑子里。

“上班前我得吃点东西。但愿我能想出办法绕过少校的安保措施。”

返回第二层主廊的途中，我把各种可能出现的情形都想了个遍。但直到我站在取餐的队列里，从尾排到头，又找到了个空位坐下，都没能想出什么好点子。今天的炖蔬菜也没能激起任何特别的灵感。

进入卡拉办公室的唯一方法，就是找到运动探测器的电源线，在不触发探测器的情况下切断它。这事费心劳力，而且非常危险。我极可能漏掉某个探测器。

食堂里的噪音发展到令人难以忍受的地步。我抓起自己的托盘，正打算离开，却发现旁边站着两个擦洗工，一男一女，都很年轻。他们的鼻子生得一模一样，都十分小巧精致，再加上都长着鹅蛋脸和浅棕绿色的眼睛，一看就知道有血缘关系。他们穿着单调又难看的灰色工装，显然是回收站的工人。

男孩提高音量，盖过周围的噪音对我说：“我们想加入。”

我退到一旁，把位子让给了他。

他摇摇头，“我的意思是，我们想帮助你。”

“帮我做什么？”我茫然地扫视了这两人一眼。

女孩指了指桌子，这儿还有两个空位。于是他们坐了下来，她还把我也拖回了椅子上。

我一把挣开胳膊,“你们是……”

“我叫安-杰德,他是我弟弟洛根。我们想帮你找‘闸门’。”

我张口结舌地瞪了他们几秒钟,“可是我没……”

“骗人的话就留给人控警吧。”洛根说,“我们知道你在忙什么。卡贡进那个电梯之前,我们看到你和他在一起。我们还看见电梯停下,卡贡推着洗衣箱从电梯维修间里走了出来。不难猜是怎么回事。”

他们没向卡拉报告这件事,看来是想跟我谈条件,“你们到底想怎么样?”

“我们想帮忙。”安-杰德说。她的嘴唇紧抿成一条直线,鹅蛋脸上的表情非常严肃。

“为什么?你们会被循环的。”

她抬手一挥,指了指周围的人群,“这样的生活我没法忍受。我宁肯被循环,也不愿继续像家畜一样活着。”

我本能地警觉起来。参与的人越多,露马脚的风险就越高。另外,我也无法信任他们,况且我喜欢独自一人工作。“抱歉,答案是‘不’。我不能再让其他人搅和进来了。”

“我们已经搅和进来了。”洛根说,“你以为是谁去替卡贡打掩护的?”

我好不容易才答出话来:“听着,我很感激你们救了卡贡,但我真的不知道你们能帮我干什么,而且——”

“你听。”洛根把一个金属制的发条玩具举到耳边,然后递给了我。

“这是什么……”

洛根打手势示意我把玩具放到耳边。我不情不愿地照做了,接着差点儿没让手里的东西跌到地上——我耳边响起了破碎人的声音!他在侃侃而谈“闸门”和光盘的事,然后我听见了自己那刻薄的回答。

我瞪着手心里这个能在耳边窃窃私语的小耗子。它的金属发条匙还在转动。“这是怎么做到的？”

洛根咧嘴一笑，“我在破碎人的衬衣上缝了语音传输设备。这个——”他拿过金属耗子，“能记录并传送你们的对话。”他把这个玩意儿放在右手掌心，似乎毫不介意他的举动会给我们招来多么可怕的危险。

我终于恍然大悟，并且意识到，自己所处环境的安全水平每况愈下了。我惨兮兮地哼了一声，“你们是技术佬。”

技术佬是指那些在回收站工作，同时会“挽救”上层人丢弃的一些物品的人。他们会玩弄非法的科技——至少对擦洗工而言是非法的——然后变废为宝。人控警猎杀起这些技术佬，就跟他们捕杀传播疾病的寄生虫一个样。洛根和安－杰德能活到现在真是奇迹。

“你们是怎么……是从哪里……”我没能问出完整的句子。回收站的工人干活儿时是被监控的，连宿舍铺位也要定期接受检查。

“他们准许我们利用废物做玩具和一些与众不同的玩意儿。”洛根扭动发条匙，“大部分都送去上层给他们的小孩儿当玩具了，但我们总能给自己留下一些**特别的**东西。”

在特殊条件下，擦洗工被允许拥有副业。“东西在哪儿？”

“到处都有。一些就带在身上。这个小耗子是我目前最中意的。如果有人控警问起，我就说是在做安全测试，之后才能把东西送去上层。”

这话令我既钦佩又恐惧，“你们听到了多少？”

“你和破碎人、卡贡之间的谈话，”安－杰德说，“还有救人的全过程。但是从破碎人现在藏身的地方，我们收不到任何信号。”

至少他们对端口一事毫不知情。“我还是不认为你们能帮上我。”

“我们猜想，在寻找‘闸门’的过程中，你们总得进入几个有安保措施的地方。我们的**其他**设备能用得上。”安－杰德说。

看我没有做出回应，她沮丧地叹了口气，“你打算怎么绕过那些运动探测器呢？”

“切断它们的电源线。”

“没那个必要。我们做了一个隐身装备。”洛根自豪地说。

我无法掩饰自己的怀疑，“你能让我隐身？”

“在探测器面前隐身。只要你打开我们的‘不在场装置’，探测器就无法感知你的存在。”

洛根的眼中闪耀着热情，可我没那么容易上当。“你们俩要么是人控警的探子，要么是疯子。”我起身准备离开。

“这个证据还不够吗？”洛根举起手中的玩具耗子。

“这是你们替人控警办事的证据。”

洛根开口想要说些什么，但安－杰德瞪了他一眼。“好吧，”她说，“你爱怎么想就怎么想，但记住我们帮过卡贡，你欠我们一次。”

“我不——”

她打断我的话，“在H1区的储物柜里有一个小小的清扫设备。”

“安－杰德，如果她不信任我们，我们也不该信任她。”洛根抗议道。

她对他皱起眉头，“总得有人迈出第一步。”她转脸看向我，“你知道我说的是哪个吗？”

“齐皮士？”“齐皮士”只有普通吸尘器的四分之一大，是专为窄管子设计的。

“你给吸尘器取名字，竟然还说我们疯了？”她夸张地拍了拍胸口，“只要你在……齐皮士的开机按钮上持续按十秒钟，它的功能就不仅仅是清除灰尘了——如果你出现在不应该出现的地方，它能抹除所有你存在的证据。”

我小时候听的童话都比这更可信,“齐皮士怎么可能抹掉所有证据?”

洛根头一昂,“运动探测器会发出脉冲——”

“她没必要听一大堆乱七八糟的技术原理。”安-杰德制止了他,“这就是个信任问题,特蕾拉。你带齐皮士出去兜一圈吧,然后再告诉我们还有什么能帮上忙的。”

他们从食堂里拥挤的人群中穿过,同时带走了他们的“玩具”。多重噪音合成的喧闹似乎比平时更加刺耳了。我忍着喧嚣,好不容易挤出食堂,赶往下一个上班地点报到。

我不禁回想着与那两个技术佬交谈的场景。如果人控警发现我和他们搅和到了一块儿,还使用非法科技,一定会把我立刻处死。我毫不怀疑自己终有一日会被捕,但我希望那至少是在……什么时候?找到“闸门”之后?

我在心里责怪自己太多愁善感。我所有努力的最终结果,很可能只是证明这一切是个恶作剧。比起继续浪费时间,我还是选择把精神集中在接下来的任务上,免得被不必要的情绪影响判断力。倘若齐皮士真的能起作用,那取回破碎人的端口就容易多了。但万一它没用呢?那我就只能祝福自己这次还能跑过人控警了。

上班时,我一直盘算着如何接近卡拉少校的办公室最妥当。我将吸尘器的速度调至最大。提前完成清洁任务的话,就能在潜入第四层前先睡上几个钟头了。

“你想知道些什么?”贾西用低沉的嗓音问道。他倚靠在上下铺之间的柱子上,看起来挺放松,其实心里紧张得要命。他的两个跟班就在附近晃荡,给这边放风,以确保我们的对话不被人控警听到。D1区的擦洗工宿舍亮着蓝色灯光,房间里充满了鼾声和沉重的呼吸声。

空气里混合着脏袜子的臭气和睡着的人呼出的废气,混合成一股恶浊逼人的气味。正因如此,我才只在管子里睡觉。

“我想知道卡拉少校的日程安排。”我说。

我们所在的角落光线暗淡。一排又一排的上下铺填满了整个房间。上下铺有三层,每层只有一米高。每层配有两个抽屉,分别属于那两个轮流在同一张床上睡觉的擦洗工。

当下,我们所在的这排铺位有一半都是空着的。刚上完班的擦洗工大多正在食堂用餐。

“你要她的日程安排做什么?”贾西的双眼之上遮着深棕色的刘海儿。透过头发缝隙,他审视着我。

“这不重要。”

“不,这很重要。”他站直身体。

离开育儿中心之后,他长高了不少。我一偏头,迎上他的目光。我早就看出最近的天花板通风口在哪儿了,如果他想要惯用的把戏,如果我需要逃跑,这里的上下铺爬起来再容易不过了。

“卡拉少校已经给我们找了很多麻烦,我不想再惹她了。事实上,她还找我问起过你。”

一阵寒意蹿上我的背脊。贾西是和情报打交道的,他的五人小组随时掌握着人控警的动向。每次有突袭检查,他们都会提前警告自己的客户。擦洗工虽然得卖力干活儿,但也能挤出时间来从事一些非法活动。

“你怎么告诉她的?”

“当时可是有支灭杀枪抵在我胸口呢,所以我记不大清了。如果你告诉我为什么对卡拉少校这么感兴趣,或许能帮我回忆起来。”

他的表情仍然充满戒备,而我猜这混蛋已经知道我的意图了,只不过是想确认而已。

“你不知道的话，能活得更长。”哈，我成功地让他吃了一惊，“你到底要不要告诉我卡拉少校的日程表？”

“我能得到什么好处呢？”

真是典型的擦洗工，样样东西都要标价。“我会帮你探一次风。只有一次。”

他笑了，“有数不清的人想给我们探风。”

“在七十二号通风管探风吗？”

他的笑容凝固了，“没有上层人帮忙，你也能去那儿？”

我点点头。七十二号通风管穿过一系列高度敏感区域，包括控制中心和人控警总部。上层人可不想让心怀不忿的擦洗工在附近晃悠。被允许进入七十二号通风管的擦洗工只有两个人，还总有一名人控警在场陪同。

他振奋起来，“你能帮我在那儿装一个窃听器吗？”

“窃听器是违法的。你怎么会……”肯定是技术佬给他的，不需要问下去了，“你想让我把它装在吸尘器碰不到的地方吗？”

“对！”

我考虑了一下，“这比探风危险多了，值得换两样回报——给我卡拉的日程表，告诉我你在她面前是怎么说我的。”

“成交。”

他回答得也太快了，我有些后悔，该多提些条件的。

“我会在一个小时内拿到她的日程表。”他的姿势放松了些，但眼中浮现起一丝忧虑，“我跟卡拉少校说了实话。”

我的胃部一阵剧痛，仿佛刚从管道里跌了下来，“然后呢？”

他吁了口气，“你还真是一点儿没变啊，特蕾拉。说话总是咄咄逼人，连对我这个育儿中心里的老相识也一样。”

“经常欺负我、折磨我的老相识？要是我真怀念起我们共处的旧时光,你才应该觉得奇怪吧?"

他不以为意地挥挥手,"那是因为你太冷漠了。我们之所以欺负你、捉弄你,就是想看看你能有什么反应。"贾西弯腰凑近了些,同时压低嗓音,"我把所有事都告诉她了,包括你总是逃进管道里自个儿待着,没有朋友,也没兴趣和其他擦洗工扯上关系。但我故意没提'管道女王'的绰号。"

"为什么?那只是取笑我的话罢了。"就连破碎人都知道这名号。

"真的?你在管道里待的时间太长了。你肯定了解'里面'的每个犄角旮旯。假如是我在搜寻失踪的先知,并且查遍了所有已知的角落都没发现的话,我肯定会去咨询咨询'管道女王'的。"他顿了顿,让我有空想清楚这段话的意思,"她已经开始怀疑你和这事有关了,如果再知道你的绰号,便有了逮捕你的理由。"

"可是……你为什么不告诉她我的绰号?你本来有机会升职的。"

他耸耸肩,"我是看在老相识的情分上才这么做的。况且,如果真是你把破碎人藏起来了,那就意味着你其实懂得**在乎**别人,说明你还有救。一小时后来这里找我。"他迈着大步走开了,他的伙伴们也跟着离开。

之后我不断回味着贾西对我的评价。他才没搞清楚呢。卡贡离开育儿中心以后,我还是结交到朋友了的。那是在我被欺负、被捉弄之前的事了——在我成为各种恶作剧和卑劣谣言的受害者之前,至少有一两个女孩跟我做朋友。我只是记不起她们的名字罢了。

我把卡拉少校和自己的日程表对照了一番,发现我有两个钟头的时间——也就是三十八点和四十点之间的空当——来搜查她的办公室。

散热管道是进入卡拉办公室的最佳途径,它们和地面平齐,朝每个房间都开着散热口。虽然口子是窄了些，但我和齐皮士刚好能挤进去。房间之间的墙内也分布着散热管，但它们的缺点在于，各层之间没有互相连接的通道。发电站贯穿了一至四层，每一层都有独立的管道系统。另一个缺点就是，通过散热管没法直达间隙带。

我需要先爬上第四层，然后进入散热管道。我径直朝那个废弃的储物间赶去，同时祈望莱利不在那儿。我把齐皮士绑在工具带上，穿过一条条通风管时，不由得回想起这个曾被我吓了一跳的年轻上层人。

莱利的话在我脑海中回荡。他来这个储物间是为了逃避分配给他的工作，也是为了回避向特拉瓦家族宣誓效忠。也许他的日子没有我想象中的那么好过。

抵达目的地时，我放缓了脚步。透过通风口盖上的缝隙，我小心地扫视了下面一圈，发现家具的位置又变了，但屋里没人。那条绿棕相间的沙发如今被摆放在了通风口的正下方，侧墙上还靠着一道金属活梯。

莱利一定是为了我才这样挪动家具的。我微微一笑，下一秒却连忙打消掉这个念头。哪个上层人会在乎区区一个擦洗工？不可能。我不会任自己抱有这种想法。我悄声提醒自己：按原计划行事。

我吊住通风口边缘，落到了沙发上，然后等待片刻。没人应声冲进屋里来。于是我钻进了窄小的散热口。我按着齐皮士的启动键，默默数到十。它沿着管道“嗡嗡”移动起来，我则手脚并用地跟在后面爬动。

但愿我弄出的动静只会被当作正常打扫发出的声响。即便齐皮士不能让我“隐身”，万一我被发现了，还能用它做个幌子。

抵达卡拉的办公室时，我已经汗流浃背、手臂酸痛。我把齐皮士调到空挡，透过散热口盖打量房间内部。

一张大大的桌子占据了我有限的视野，上面放着三台电脑显示屏。对面的墙上挂着各式各样的武器和手铐。我的心不禁抽搐了几下，然后加速跳动起来。

我再次聆听周围的动静。现在应该是卡拉的下班时间,但贾西警告过我,日程表并非百分百可靠。

我在制服上擦了擦湿滑的双手,取掉散热口盖,把它缓缓地拉进管道里面。听破碎人说,人控警都把运动探测器设在房间的四角,目的是实现监控范围的最大化。

完成所有准备后,我把齐皮士推出散热口,然后屏住呼吸,准备随时逃跑。它打了几个转后停住了,发出的嗡鸣变成了一阵低沉的突突声。确定警报不会再响起,也没有人控警破门而入,我才松了口气,钻出散热口。

我查看了桌面,又尽快把所有抽屉搜了一遍。卡拉的办公室里还有一张长长的工作台、一条沙发和一把配着锁链和手铐的长椅。我脑海里突然浮现起自己被绑到长椅上接受卡拉少校审问的画面。

房间的另一面墙上都是架子,摆满了远控温感器。我没有理会这些仿佛在盯着我看的机器,不过,若是其中一个突然动起来,我肯定会马上冲回散热管。

我的绝望在一点点增长。这里压根儿没有破碎人的端口的影子。我闭眼片刻,深呼吸几口,动脑思考:换作是我,会把端口搁在哪里呢?我再次环视房间,角落里的一个灰色橱柜吸引了我的目光。

橱柜门打开的一瞬间,我的兴奋顿时消失了。橱柜门后的架子前挡着一道铁丝网门,架子上放着五花八门的东西——很可能都是证物吧。铁丝网门上着锁,锁的表面装有一个小键盘。我身上没有一样工具可以用来开这把锁。我需要开门的密码。

架子第三层上摆着一排端口,破碎人的肯定也在其中,离我只有咫尺之遥。已经这么接近了。

“别动。”这时背后响起一道命令的声音。

8

我闭上双眼,恐惧瞬间如同一股电流蹿过我的全身。

“把手放在我看得见的地方,动作要慢。”那人命令道,但他的声音有些尖,或许因为太紧张,或者因为太年轻。

也许我能耍耍嘴皮子应付过去。我把双手慢慢举起来。

“转过身来,慢一点儿。”

我转身面对他,满腹惊讶化成了怀疑,“你跟踪我来的?”

莱利放低了电击枪,“没有,我……你在这儿做什么?”

“我还想问你呢。莫非你是卡拉少校的助手?你为什么没告诉我你是人控警?”

“我不是……我负责监控电力系统。”他指了指头上的耳机,“我发现这里电能消耗陡增,才来调查的。”

“好吧,那你就调查吧。”我朝房间挥了挥手,“我刚刚打扫完这里的管道。”说完,我捡起齐皮士,朝开着的散热口走去。齐皮士微微发烫。

“等一下。”莱利一步踏进房间，在身后关上门。他仍然握着电击枪，但枪口是对着地板的。“你没有权限打扫这层。”他瞥了一眼还敞开的证物柜，“你来这儿到底做什么？”

我回避了他的问题，“你怎么知道我没有权限？”

“我查过了。”

“可你不知道我的名字。”也不太可能查到。

“我把准入名单通看了一遍。我猜你和我差不多大，但我只在名单上找到一个年龄在十六百周以下的擦洗工，还是个男生，名字不记得了。”

“我这周才被分配了特别任务，记录还没有更新吧。”齐皮士烫得我有些难以忍受了，我一把将它抛进散热口，俯下身打算往里钻。

“站住，否则我就开枪了。”

我回头看去。他把电击枪枪口对准了我。我知道他是认真的，因为我从他的蓝眼睛里看出了紧张。他看上去似乎比上次高大了些。我之前怎么没注意到他这么健壮？

“你是不打算告诉我为什么来这儿了，对吧？”

“对。”我回答。

他往旁边一站，来到证物柜前，手里的电击枪仍然对准我。他迅速瞥了一眼架子，又将视线集中回我的身上。我直直地与他对视。他眯起双眼，似乎脑子在飞速运转。

“房间里这么多可以随便带走的武器和装备，你却站在这儿。你想要端口，对吧？但你用不了，擦洗工都用不了。”

莱利比我想象中聪明。聪明过头了。

我希望能摆脱他，于是诓他道：“我只是好奇，想看看是什么东西这么贵重，值得锁起来。我之所以来这儿，只不过是停下来修理我的吸尘器。”齐皮士的嗡鸣越来越响，一缕黑烟直朝天花板冒去。好家伙……

“不对。我对下两层的事情有一些了解。你们如果擅自来上层被逮到，准会遭到严厉惩罚，更不用提还是在卡拉的办公室……你可能因此丧命的……对了，下两层最近出了件大事，有人失踪了。”他目光涣散，显然是在竭力理清思路。

没时间了。我拿起齐皮士。发烫的金属烫得我手疼。

他打了个响指，“你想要多莫托的端口！”

我关掉齐皮士，抬起一只胳膊，触发了运动探测器。一阵尖利的响声瞬间刺穿了空气。莱利被这声音惊得分了神，转头寻找来源。趁此机会，我毫不犹豫地将齐皮士塞进散热口，自己也钻了进去，拼命推着它在狭窄的管道里迅速往前爬，也顾不得手指上的疼痛了。

“听着！”莱利在我身后喊道。

这真是奇怪的要求。我扭头朝后面看去，只见他的双手抓起散热口盖，一把封住了出口。片刻之后，警报声戛然而止。可恶，我本想利用这噪音给撤退打掩护的。正当我拿不准该不该继续逃跑的时候，外面传来了凌乱的脚步声，接着门被“咚”的一声撞开了。

援兵来了。该死。

我才爬到离散热口三米远的地方。人控警只需要放一只远控温感器进来追踪，就会立刻把我逮住。

“怎么回事？”卡拉质问道。

我听到她的声音，心跳仿佛都停止了。这时候真该被电击枪来一下，说不定心脏会复苏？

“感应器出了故障，少校。”莱利回答。

“可这警报……”

“是我的错。修理设备的时候，我不小心触发了它。给您造成了不便，我很抱歉，长官。”

“不便?! 你搞出的这个意外迫使我们中断了会议,还吵醒了第四层每一位正在休息的官员。这事必须上报。你的名字?”

“莱利·纳雷尔·阿什昂。”他的声音保持着平静。考虑到卡拉审问人的模样是多么可怕,他的表现挺令人钦佩的。

“纳雷尔? 你怎么在监控安保系统?”

好问题。只有特拉瓦家族的人才有权管理安保系统。

“我是监控电力系统的,长官。设备发生故障的时候,我的工作站就会监测到异常信号。刚才就发生了这种现象,所以我才会过来调查。我以为自己能修好这个感应器,长官。”

“这不是你该管的。你哪周出生的?”

“第 145414 周。”

哈。他只比我大七十三周呢。

“你才完成培训,是怎么分配到电力系统的?”

“我自己选的,长官。”

“自己选的? 这么说,你是班上的第一名? 但我觉得你显然还缺乏训练。去温科·特拉瓦指挥官那里报到,接受额外勤务分配。”

“额外勤务”意味着你得全程戴着可怕的红手铐,去下两层干重体力活。上层人如果被罚“额外勤务”,多半会被派去做无聊或者无须动脑的活儿,通常都是没人愿干的那种。

“是,长官。”莱利干脆地答道。

几秒钟的沉寂过后,我才恍然意识到,莱利这次又没有举报我。就算会为此面临惩罚,他也没有多嘴。我感到一阵如释重负,同时混杂着……说不清道不明的感觉,怪极了。

“你可以离开了,阿什昂先生。亚诺上尉,可以让你的小队返回岗位了,但请你留下。”她下令道。

一连串脚步声渐行渐远,接着门轻轻地被带上了。我决定待在原地等候。没必要冒险让卡拉觉察到我的存在。我只是好奇，自己得被困在这儿多长时间。

“我们之前说到哪里了，亚诺？”卡拉问。

“正讨论到下面的情况。”亚诺说。

“有任何消息吗？”

“没有。没人提供线索。擦洗工们吓坏了，朋友之间都在互相举报。这周我们发现的非法活动比过去三十周加起来还要多，甚至抓到了一个自己抚养儿女的女人——她竟然组建了一个完整的家庭。”

“这我还是第一次听说。温科怎么处理的？”

“那些孩子年纪太大，不能送进育儿中心了。他们记得自己有共同的母亲，有可能会纠集到一起。温科最后把他们送去喂了咀嚼机，那个女人则被派去养羊了。”

他说起小孩被处死时，语气平常得仿佛只是在说一件索然无味的事。我怒火中烧，简直想一把掐死他。

“手段很激进，”卡拉的话音一滞，但立刻又毫无感情色彩地继续说了下去，“却很恰当。任由擦洗工之间形成忠诚的关系是很危险的。”她停顿了一下，“寻找多莫托一事，就你真向他们施压，也还是没有结果？”

“是的，长官。”

多莫托？莱利也提起过这个名字。

“卡贡的嫌疑最大，但有一大堆擦洗工出来给他做担保。”她又是一顿。

一大堆？哇噢，我知道他挺受欢迎的，但没想到有那么多人愿意为他冒生命危险。

“他肯定知道些什么，我能感觉到。”卡拉说，“那我们的线人呢？他们有没有听到什么风吹草动？”

“没有。所有人的口风都很紧。没人瞎猜，也没人嚼舌根，就好像多莫托从未存在过一样。以往有先知失踪的时候，擦洗工中通常都会发生小骚动，把他们说成烈士。这次却什么反响也没有。”

多莫托一定是破碎人的真名。

“那个女孩……特蕾拉呢？”

这一瞬间，我感到四周的管道仿佛猛地一缩，朝我挤压过来。我拼命保持着呼吸。

“我让下属去打听过她。”亚诺说，“她总是独来独往，没有缺勤记录，没有受处分记录，除了卡贡之外没有朋友。”

“这一点联系很有意思。把他俩都抓起来。如果我们用特蕾拉的性命做筹码，也许卡贡愿意告诉我们一些信息。反之亦然。把他们分别关进不同的审讯室。人抓到之后，报告温科指挥官。”

“是，长官。”

我必须警告卡贡，他得躲起来。可我又能把这么个大块头藏到哪里去呢？破碎人的小屋？不行，卡贡已经把那儿封起来了。

亚诺离开了办公室，可卡拉没走。没时间了。冒着被逮捕的危险，我一边把齐皮士往前推，一边顺着管道爬。齐皮士的温度降低了些，又开始发挥作用。我很好奇洛根和安－杰德有没有发明什么能开锁的工具。想到这里，我紧咬嘴唇忍住笑。我能够再活十个小时都算走运了，怎么还敢奢望重来这里偷破碎人的端口？

我抵达了莱利的秘密小屋。这里没有声响，但我还是逗留了宝贵的数分钟，然后打开通风口盖。房间里没人，不过活梯被挪到了通风口的正下方。沙发上放着一张大大的写字板，上面有一条给我的留言：

我掩护了你，接下来轮到你掩护我了。五十八点钟在此见。

我用袖口擦掉了板上的字。等到五十八点,我要么已经进了号子,要么就是在逃亡途中,实在很难保证赴约。我感到心中泛起一丝失望,这令我吓了一跳。我不禁念诵起自己的人生箴言:永远不要相信上层人、人控警以及擦洗工。现在我亟须解决的,只有生存问题。

但我爬梯子的时候还是忍不住想着:只要生存就够了吗?

"你现在不是应该在打扫通风管吗?"卡贡问。他正在固体垃圾处理站的一台机器里,全身只露出手肘以上的部分,工作服和地板上都满是黑色污迹。空气中弥漫着一股恶臭。

"人控警就要来逮捕我们俩了。"

他手上的动作停住了,"你怎么知道?"

"我偷听了卡拉少校说话。如果你不供出破碎人的藏身位置,他们就会以循环我来威胁你。你得躲起来,马上。"

可他没有走,反而继续干起活来。

"卡贡!"

"安静一会儿。我得想想。"

"我已经想过了。我俩都得躲起来,然后——"

"然后什么?余生都东躲西藏地活着?还是找到'闸门',离开这里?你相信'闸门'存在吗,特蕾拉?"

"我相信上层有阴谋。我相信人控警一直在骗我们。"

"别岔开话,你得回答我的问题:你相信'闸门'存在吗?"

"这不重要。我们必须先给你找个安全的地方,然后再操心下一步做什么。"

卡贡哼了哼,扯出了一团黑布,"走私品,"他打开黑布,一个瓶子从中掉了出来。"在人控警突袭检查的时候冲进废水系统的。"

"卡贡!"我愈发恐慌。他表现得太无所谓了。

“你相信与否,这很重要。”

“为什么?”

“因为这里没有可以容下我的地方。他们轻而易举就能找到我,接着就会继续搜寻你。我会故意送上门的,坦白是我自个儿杀了人控警,洗清你的嫌疑。然后我就说我把破碎人藏起来了,告诉他们很多错误的地点。等他们发现找不到他的时候,我再供认说自己连他也杀了,尸体被分解后扔进不同的箱子里。但愿我的每一种说法,他们都得多花点时间查证。”

我瞪着卡贡,恐惧到全身麻木。

“明白了吗,特蕾拉?如果我要支撑下去,就必须知道你相信‘闸门’的存在,并且会去寻找它。我得确定自己是在帮你拖住人控警,以便你能找到‘闸门’。”

“可你会被送去喂咀嚼机的!”

“我并不害怕这个。”

“可我怕。”

“这和你无关。”

“你认为找到‘闸门’比你的性命还重要?”我质问。

“没错。”

“为什么?你现在不也过得挺满意吗?你对每个人都笑呵呵的。你有一大把的朋友。”

他举起两只脏兮兮、臭烘烘的手,“这就是我的余生。如果不行动,什么都不会改变。我一直在等待合适的时机,现在我等到了。”

一个养护队的擦洗工慌慌张张地挤过来,“卡贡,有一队人控警在找你。需要我们把他们引开吗?”

“谢谢,不用了,回去干活儿吧。”卡贡迎上我的视线。我们之间的那个问题仍然悬而未决。

“我不知道我到底信不信‘闸门’存在，但在‘闸门’被证实或者证伪之前，我不会停止寻找的。这个答案你能接受吗？”

一阵喧闹的叫嚷声传到我们耳中。

他笑了，“可以。现在，赶紧离开！”他挥手催我钻进散热口，“如果你在这里被捕，我的故事就编不下去了。”

“养护队的擦洗工看到我了，怎么办？”

“他会替我打掩护的。”

我冲向散热口，手脚并用地爬了进去。人控警肯定已经准备好镇压卡贡的反抗了，见卡贡愿意乖乖跟他们走，反而都大吃一惊。当然，另一个擦洗工始终没提起我来过的事。他本可以用这条情报交换更好的职位的。这再度证明了卡贡的人缘有多好。

我靠在温暖的管壁上，很久以来，头一回感觉到真正的孤独。

如果卡贡决意牺牲自己，那眼下我所能做的，就是去工作岗位报到，假装一切如常。我打算补救之前浪费的三个小时，于是把吸尘器调到了最高挡，这又令我想起了卡贡。

我们一同在育儿中心长大。我记事之初，见到的就是一张又一张令人困惑的新面孔，它们沮丧又充满渴望。尽管卡贡比我大两百六十八周，他还是乐意与我交朋友。有他在，吵闹又混乱的生活就可以勉强忍受。后来卡贡满了十四百周，便从育儿中心“毕业”，离我而去。

我早就知道有一天他会离开，却一直没有做好准备承受离别带来的心理创伤。有时他会来看我，我也找得到他，可他的新生活、新朋友让他越来越忙碌。从前我随时有他陪伴，后来却每两周才能和他见上一小时。这个变化令我暴躁不安，从此我就成了别人经常欺负的对象。

育儿中心里的其他伙伴并不理解我。我宁可待在管道里，也不愿被其他人捉弄。刚满十四百周,我就离开了育儿中心,而卡贡找到了我。我发誓不再接近他或任何人,免得再经历离别的痛苦。可卡贡不肯放弃。然而现在,他再度离开我了。

我又无依无靠、孤身一人了。我任由悲恸在胸中翻涌,仿佛在管道里被水流冲着走一样。

最终,我拼命控制住了自己。我把所有悲伤压在心底,开始全神贯注地思考眼前的局面,不知不觉中便到了下班时间。

接近转角时,吸尘器开始减速。前方几米处就是维修区。进入维修区之后,我关掉了吸尘器,把它放进工具柜,留给下一个擦洗工使用。

我正犹豫着接下来该走管道还是主廊的时候,三个人控警走了进来。

我本想立刻发足狂奔,可双腿却像灌了铅一样。理智提醒我:别去理会这股恐慌的冲动。我给进来的三个人让出了些位置,也朝管道口靠近了些,以备必要时逃跑。

其中一个上尉扫了眼我的制服和光脚,"你刚上完班?"我记得在卡拉的办公室听见过他的声音。是亚诺上尉。

"是的,长官。"我努力不让声音发抖。

"你被捕了。"

我的胃开始抽搐,"为什么,长官?"

"因为你对卡拉少校撒了谎。"他厉声道。

"撒谎,长官?"卡贡不可能这么快就屈打成招了。除非……我努力不去多想。

"不管你之前怎么说,我们已经知道你和破碎人的失踪脱不了干系。你必须告诉我们他在哪里。"他的语气里流露出一丝疑虑。

他左边的人控警从腰带上取下一副手铐。我估算了一下自己离管道口的距离,但还是犹豫了。只有犯了罪的人才想逃跑,而我——好吧,我的确犯了罪,但我相信卡贡。他不大可能这么快就放弃。

亚诺身上的通信器响了起来。他抓起黑色的通信器,“什么事?”

他听对方说话时,拿手铐的人控警就在一旁等着。

“你确定?”他凶狠地瞟了我一眼,“好吧,我这就过去。”他放好通信器,对两个同伴说,“这个小擦洗工好像是清白的。”他又转向我,“你的朋友卡贡刚刚招了,说是他一个人杀了我的下属。你还是自由身……暂时是。”

他大步离开了,另外两人也跟在他身后走了。门关上的一瞬间,我全身瘫软,靠在了墙上,好让金属墙壁给我滚荡的皮肤降降温。我没逗留多久。下一班就在十个小时之后,而我还有一个诺言要兑现。

吃了顿饭,又小憩几个小时后,我径直朝破碎人的藏身小屋赶去。我已经有三十多个小时没去看过他了,但至少他有充足的食物。我跳进房间时,他正坐在电脑终端前面。作为一个逃犯,他看起来还算光鲜整洁。

他如释重负地笑了笑,“谢天谢地,你没有被捕。”

“只是暂时还没有。”

他的语调严肃起来,“卡贡会供出我的位置吗?”

“你怎么知道卡贡被捕了?”我连忙扫视四周。有其他人来过吗?但这里看起来并没有异样。

“是电脑。我能查到一般的公开信息。看到卡贡的工作被重新分配给了其他人,我就猜到他出事了。”

“他的确被捕了。但别担心,卡贡不会出卖你的。他顽固起来很要命。”我向破碎人说明了卡贡的自我牺牲计划。

他闭上双眼,以手掩面,“他是烈士,将被永远铭记。”

我感觉像被吸尘器堵住了嗓子眼儿。我努力咽了咽口水，盯着地板，然后注意到破碎人的椅子腿上多了几个轮子。“你从哪儿弄到这椅子的？”我质问。

他擦了擦眼睛，眯眼看向我，“椅子？”

“这把轮椅。”

“哦，我自己做的。我找到了一只旧工具箱和一台坏掉的小推车。反正没有其他事可做，我就花时间整出了这个玩意儿。”他在轮椅里挺了挺身，微微咧嘴一笑，“其实，我已经学会了不少独立生活的技能。我能自己洗澡，也能自己爬上椅子。我猜是我的肌肉变强壮了。”但他又蔫儿了下来，“特蕾拉，你能帮我一个忙吗？”

我整个人一僵。他还想怎么样？“得看情况。”

“如果你被逮住，就把我的位置供给人控警吧。”

“为什么？”

“我宁肯被电死，也不想在这里活活饿死。”

很有道理。“我一定会让其他人知道你在哪儿的，**多莫托**。”我保证道。

他沮丧的表情一下子变成了惊异，“你怎么知道我的名字？”

我把在卡拉办公室遭遇的险情讲给了他听，“莱利知道我想拿回你的端口。我们得设法不通过端口连接电脑系统了。”

“不可能。”他两眼放空了片刻，“那个男孩姓什么？”

“纳雷尔·阿什昂。问这干吗？”

“他是雅各布的儿子。”他盯着我说，“你从没向我问起过你家人的事。”

“那是**你**编出来，好哄我帮你的吧？”

“我没有……”

“无所谓了。就算你说的是真的，从我读过的关于上层人的东西看来，没有哪个靠谱的家人会把自己的小孩抛弃到下两层的。所以，我没兴趣了解他们的任何事。”

他投降似的举起双手，“罢了，随你吧。但我们还是得拿到端口。你有什么办法吗？”

“我再去试一次。”但怎么试还是个问题。齐皮士的确有用，但那东西只要一打开，就会被莱利监测到。除非技术佬还有其他好用的工具，否则我也没法开锁。

“趁莱利当班的时候去。”

“为什么？”

“他之前替你掩护了一次，之后可能还会这么做。有可能他内心是支持我们的。”

破碎人的话令我想起了莱利的留言。他叫我去见他。叫我信任他。我的确欠莱利一次情，也打算五十八点钟去见他，但是，信任他是不可能的。

9

回收站占据了整个2区,一堆堆废旧物品填满了这个地方。一些擦洗工负责给垃圾分类,另一些负责把它们送进各种机器里:金属送进鼓风炉,玻璃送进烧窑,线头送进织布机。在设备的另一头,另一组擦洗工负责用融化的玻璃、新制成的金属板和布料制造新产品。

我穿着回收站工人的简陋制服,很容易就融入了人群当中。几名人控警在附近巡逻。我在脑子里编了个出现在这里的借口,以备不时之需。

机械散发的热量令空气格外浊重,我的衣服和皮肤表面都覆上了一层细沙。这里充斥着炽热的金属气味。我在喧闹的工人中挤来挤去,寻找洛根和安-杰德的身影。

踩在嘎吱作响的地板上,我总算知道为什么在这儿干活儿必须穿厚底鞋了。我绕过一堆堆坏掉的厨房用具和破布。"里面"总是物尽其用,所有东西都一再循环利用。人类粪便和厨余垃圾会被送进废物处理系统,转化成肥料供水培植物使用。污水会经这里的净水装置处理,废气则需通过一系列的净气箱和过滤器。

就算死了,人们也得继续做贡献。尸体会被送咀嚼机之穴——固体垃圾处理站旁边的一个房间——转化成……我也不确定是什么的东西。关于那个地方,有太多不着边的谣言和怪异猜测。没多少擦洗工被允许进入那里——呃,反正不能活着进去。一些人管那儿叫“终极闸门”。

我的思绪飘回到卡贡身上。每当某个受人爱戴的擦洗工死去,其余人就会在咀嚼机之穴外面的长廊上排成长列,表达自己的敬意。我赶紧把这种伤感的念头甩开。它太令人分神了。

安-杰德和洛根正在整理一大堆小电路板。我加入了他们。安-杰德厌烦地看了我一眼,但洛根露出了欢迎的微笑。为了装出工作的样子,我把这些东西拿过来又搬过去。

“你来这儿干吗?”安-杰德小声问,语气有些不满。

“我需要你们的帮助。”

她扫了附近的人控警一眼,“你就不能等我们六十点上完班再说吗?”

“不行,那个时候我又开始上班了。”

洛根靠近了些,“齐皮士帮到你了吗?”

“帮到了一些吧。”

他们等着我继续讲,于是我解释说,齐皮士功率太大,被电力系统管理员监测到了。

“这是个问题。我们得再装一个……”

“现在不行。”安-杰德怒气冲冲地摇了摇头,金色长发跟着甩动,“你需要什么?”她问我。

“我想要一个改进过的新版齐皮士,还有一个开锁工具。”

“齐皮士好说,只要给我一些时间……”洛根两眼放空,很可能已经开始在脑子里重新组装齐皮士了。

“多长时间？”

他耸耸肩，“一周。”

“太长了。”我盘算着，考虑到我已经知道破碎人端口所在的位置，下次便可以缩短在卡拉办公室里待的时间，争取用电陡增被监测到之前离开。“那锁呢？”

洛根朝我露出欢快的笑容。他从口袋里掏出一支细长的计时器，递给我，“我早料到你会用上这个。把它放到密码键盘下面，再按下按钮，三四秒钟后上面就会显示数字，那可不是时间，而是开锁的密码。”

我惊叹不已地看着这个设备，“这是怎么做到的？”

“你真想知道吗？”安-杰德问。

“不想，但这太棒了。”

“还有其他事吗？”

我犹豫了一下。破碎人说过进入上层人的电脑系统是不可能的，但是，有这两人在，或许能化不可能为可能。“你们有进入上层人电脑系统的设备吗？”

安-杰德和洛根对视了一眼。她再次地环视周围，才问：“比如端口？”

我点头。

他们又交换了一个意味深长的眼神。“那可是技术佬的终极追求。”洛根说，“我试过不用端口侵入上层人的电脑系统，成功了，但能进入的深度有限。只要我拥有端口这把开门的钥匙，整个系统基本就是我的天下了。任我宰割！”

“有人达成过这个目标吗？”我问，只是好奇技术佬是什么样的人群。

“没有，可是……”他探询地看着安-杰德，征求同意。尽管紧张地绷着脸,她还是挥手示意他说下去。

洛根朝我靠近一些,“可是,我们已经快成功了。”

“多快?”

“还需要二十周,也许更久些。”

太迟了,对我没有帮助。“你们有没有可能加快进度呢?”

安-杰德转向我,“不可能。制作这些设备非常耗费心力,而且我们只有俩人。你眼前的俩人,就是硕果仅存的全体技术佬了。人控警把我们的同伴剿杀得一干二净了,我们之所以能够活下来,仅仅是因为我们行事总是一步一步慢慢来,而且最大程度地保持谨慎。至今为止,我们比人控警更聪明。”她的脸颊上浮起两团红晕。

“我们知道自己终有一天会暴露。”洛根说。他的语气平静依然,仿佛是说一件再寻常不过的事,“我们只是想在被送去喂咀嚼机之前,尽量造成最大程度的破坏罢了。”

齐皮士在前面开路,我在后面跟着,在第四层的管道里爬行。来这里越来越像我的日常安排了。这真是个坏兆头。破碎人出现之前,我限制自己每五到十周才能来上层一次,而如今,我每次下班都得来这里一趟。

接近莱利的秘密小屋时,我关掉了齐皮士。尽管还差几分钟就五十八点了,但没必要现在就让他发现我。我透过通风口朝下看,搜寻着人控警的身影。

莱利就坐在沙发沿上。片刻后他站起身,瞥了一眼时钟,把身上的衬衫抹平,又调整了一下头戴的耳机。我说不准他这么做是因为紧张还是无聊。人控警可能在走廊上候着,就等他一声信号呢。话说回来,他又为什么戴着耳机呢?

错过现在,就再没以后了。我移开了沙发正上方通风口的盖子。

莱利一听见动静就跳了起来。我忍住了朝他做鬼脸的冲动。他很紧张——因为这是个陷阱,还是仅仅由于看到了我?至少他没带武器。

我把齐皮士扔落在沙发上,顺着活梯往下爬,接着在最低的一级上站住了,准备一有变故就逃走。

“我以为你不会来了。”莱利说。

他看起来似乎成熟了些。培训期结束了,所以他穿着简单的灰衬衣和黑裤子。他的两颊和脖颈上有一些新近留下的刮痕,左边袖子被扯破了,还沾着血。

“怎么回事?”我问,指了指他的胳膊。

他嘴唇一弯,露出一抹苦笑,“温科指挥官分配的‘额外勤务’。指挥官酷爱比试刀法,而且喜欢拿手无寸铁的帮手当靶子练习。”

我忍不住问:“手无寸铁?”

他的脸上流露出一丝顽皮,“至今为止我都成功地保住了小命,这可让他够心烦的。”他揉了揉肩膀,调皮的表情也消失了,“可他的花招越要越多。不过,我约你来不是为了讨论这个。”说完,他目不转睛地看了我一会儿。

我脸上升腾起一股热气。我想起自己现在的模样可能有碍观瞻:辫子早就松散了,掉出一缕缕棕发,粘在汗湿的脸颊上;清洁工的连体制服上满是污痕和裂口,我突然间觉得这衣服紧得过分了;再搭配上一双布满老茧的光脚,我这形象也算完美了。我不知道自己怎么忽地在意起外表来,以前我可从没担心过这方面的事。

“你要下来吗?”莱利指了指沙发。

“我站在这儿就好。”

“就算我替你打过掩护,你还是不肯信任我?”

没必要掩饰这回事,“对啊。”

“那你来这儿干吗?”

“我欠你一次情。”

“好极了。”他一边咕哝,一边双臂抱在胸前,皱起眉头,“那你可以走了。如果你不信任我,我也没法帮你。”莱利转身打算离开。

我没料到他来这么一招,“帮我什么?”

他停下了,“拿到多莫托的端口。”

“为什么?”

莱利转身面对我,蓝眼睛里带有一丝挑衅。对于看惯了下层人深深浅浅的棕眼睛的我来说,这抹蓝色挺让人着迷。

“你想知道原因的话,就坐下来。”他大大地挥了挥手臂。

好奇心真是会害死猫。早在育儿中心起,擦洗工们就学会了不去问太多问题,不去质疑上面教给你的任何东西。善于接受和赞同的人能获得更多特权,遭受更少惩罚,分配更体面的工作岗位。一些人在这方面总是学得更快,还有一些人至今没能学会。

我的育儿嬷嬷总是遵照人控警的旨意行事,但她内心对此很有看法。她惩罚学生是迫不得已,而不是因为她赞成那些规矩。如果我们当中有谁成功钻了规矩的空子,她还会以此为荣,为我们的创意拍手叫好呢。

不幸的是,我在钻空子方面的创意大大地受到了约束。我身上那些曾经纵横交错、如今已经消失的伤疤时刻提醒着我,应该好好控制自己的好奇心。然而,应该怎么做,不代表我会那么做。我来到沙发跟前,挨着齐皮士坐下。

莱利指着齐皮士问:“你就是用这个让运动探测器保持安静的?”

“你没说清楚为什么要帮我之前,我不会回答任何问题。”

他忍住没立刻回嘴,而是深吸了一口气,这才说:“第一次在这儿见到你之后,我搜索了很多关于下两层生活的信息。我的兴趣触发了一个警告,还好我当时处于培训期,所以这道警告被发送给了我的导师,也就是我的父亲,而不是控制者。”说着,他摸了摸自己的左臂,那儿的几处刀伤还渗着血。

“如果这事被控制者发现了,会怎么样?”

他的脸孔一抽搐,“你最好别知道。”

“不,我就是想知道。你是上层人,处罚会严重到什么程度?”

他沉默片刻,“有意思。看来我们互相都不知情。”他把胳膊搭在沙发的扶手上,偏过脸,看向我的脑后,“但也很好理解。特拉瓦家族不愿让上下层联合起来。”然后莱利的视线回到了我身上。

“我们也不愿意联手。你们这些上层人把我们看作肮脏的家畜,豢养起来只有一个价值:干活儿。”

“看来人控警的宣传已经起到作用了。你相信他们。”

我一下子跳了起来,“我才不是那些愚蠢的绵羊。我不会听信他们的胡说八道。”

“真的吗?”他挑起半边眉毛,露出嘲讽的冷笑,“你懂得那么多关于上层人的事,都是从哪儿学到的?”

“在育儿中心。”

“人控警开设的育儿中心。”他的脸上换成了得意洋洋的表情。

我还是宁可看到他的嘲笑,“所以你邀请我过来,只是为了证明我是个无知的擦洗工?”

“不。”他斩钉截铁地回答,同时举起双手做了个暂停的姿势,“我只是想搞明白,你为什么理所当然地认为,我是个身在福中不知福的人?我还想提醒你,想一想你所拥有的知识都是从哪里来的:不是人控警,就是控制者掌控的电脑系统。但这两者都不可信。”

“我的天,多谢你的金玉良言啊。我真想知道,以前没有你的建议我是怎么活下来的。”我起身朝活梯走去。待在这儿真是浪费时间。

“留步。”他抓住我的胳膊。

我猛地从工具带里抽出了一把螺丝刀,他放开了手。

“请听我说。”他对着我的后背说,“我没想到事情会变成这样。当我父亲问起我,为什么会对擦洗工的事感兴趣时,我告诉他——”

我转身面向他,“我就知道这是个圈套!你父亲是不是就在外面,旁边还有一队人控警?”

“不是!”这回轮到他生气咆哮了。莱利的双手在颤抖,仿佛他在拼命控制自己不再伸出手来抓住我似的,“我告诉他我想帮助擦洗工,替他们做一些事……只要能够改善他们可怕的生活环境。”

“真的?”我的语气仍然半信半疑。

“真的!”他简直是吼出这俩字的。

“为什么?”

“因为上次……就是上周,你给我讲了那些事。你掉下来之前,我一直以为擦洗工就像……”他用两只胳膊胡乱比画了一个圈,“就像你这个小小的清洁工具一样,只是体积大一点。我们只知道擦洗工负责搞清洁、干活儿。我们还被警告说,如果做了坏事,就会被流放到下两层去。在我们的想象中,即便有谁去了下两层还能活下来,剩余的日子也会被没完没了的苦工填满的。”他举起一只手,阻止我开口反驳,“听着,我们的培训课电脑里没有图片信息。老实说,我压根儿没认真想过下两层住的人是啥模样。可你当时出现我面前,是一个有血有肉的人,和我年纪相仿,而且……”他胳膊一坠,拍了拍自己的腿,“罢了,你不会相信的。父亲说我根本帮不到你们。他说得没错,但后来事情起了变化——多莫托失踪了,而我在卡拉的办公室逮到了你。”

“逮到?”我尽量装出一脸无辜。他方才的一番话还在我脑子里回响,而我还没能完全理解其中包含的意义,“你是说‘遇见’吧?”

“不,就是‘逮到’。你是没看到自己转过身时那副目瞪口呆的表情啊。尽管你立刻就掩饰好了,但我没法忘记。”他回忆起当时的情景,微微一笑。

他倒是笑得出来。倘若我被逮到，被送去喂咀嚼机的可不是他。“你的重点到底是什么？再过一个小时我就要上班了。”

“我父亲告诉我，曾经有几个上层人尝试绕开电脑网络里的种种安全系统，但失败了。有传言说，多莫托在出事故被发配去下层之前，也干过同样的事。你出现在上层寻找多莫托的端口时，我就猜到你是在帮他，并且知道他的下落。”

“破碎人想不想绕开电脑系统，关我什么事？”

莱利凑近了一步，“如果其他上层家族重新获得‘里面’的控制权，我们就能让下两层的日子好起来。”

我审视着他的表情，想找出谎言的痕迹。破碎人曾说过，上层家族是不会愿意出手相助的。不过，也许他这么说只是为了让我集中精力寻找“闸门”。莱利看起来很真诚，况且他已经猜得七七八八了。就算我把一切告诉他，结果还能糟到哪里去呢？

“你是对的。我来这儿的确是为了拿回……多莫托的端口。”

“你愿意让我帮忙吗？”

他尽力没表露出他的得意。佩服，佩服。我点点头。

“我下次上班的时候，会监控整个第四层的用电状况。我没法让运动探测器失效，因为那样做会有记录的，但我能把你的设备导致的用电陡增隐藏起来。”他瞥了一眼齐皮士，“上回我看它冒了烟，还能用吗？”

“能。”洛根在我出发前就把它修好了。

“很好。我无法找到开锁的密码，你打算怎么打开证物柜呢？”

“我有别的……呃，设备。”

他挑起眉毛，示意我说得详细点儿。

“你还是不知道比较好。”

“最好它能很快开锁。”他说着,一只手滑进了口袋。

我身体一紧,但见他掏出的是一个端口时,又放松了。他把端口交给了我。

“这是做什么用的?”我细细打量着它的白色表面。这端口的大小和形状就像三颗排成一列的臼齿,只不过下面有一块四方形的金属底座。金属底座上蚀刻着一串数字,里面是空的,只有一排铜针,我猜是用来插进人的颚骨,好固定端口用的。

“用它来替换多莫托的端口。如果架子上空出一块,卡拉少校会发现的。你知道他的ID号码吗?”

“知道。但我怎么对付卡拉少校?她也要上下一班的。”

“六十点钟时,所有高层官员都要去控制室开会。会议差不多有一小时长。她多半是要参加的。”

“多半?”

“等六十点过几分钟时你再进她的办公室。电脑会列出每个重要人物的位置信息,以备在紧急情况时联络他们。如果到时我在电脑上发现她没出现在会议室,就让她办公室的灯闪几下,通知你。”

“你任何时候都能知道她的位置吗?”

“也不是。我只有二级安全权限。但六十点的会议和参会人员身份是公开信息。”

对上层人来说是公开信息,擦洗工可就一无所知了,而我们知道的是不是事实也很值得怀疑。

“你先进散热管里去吧。”莱利说,“你没躲起来之前,我可不想打开门。万一走廊上有人就糟了。”

“为什么这儿只有你一个人呢?”

“这地方不好找,而且早就被遗忘了。我怀疑外面根本不会有人,但谨慎些总没坏处。”

这点我同意。“万事小心”应该成为我们的座右铭。我转过身去，不让莱利看见我嘴角泛起的笑意——我们的座右铭，就像我们是一伙儿似的。我打开散热口的盖子，拿着齐皮士钻了进去。

莱利弯下腰，替我把盖子放回原位。但在盖好之前，他碰了碰我的手臂。这一回我没有缩开，他手上的温度仿佛把我的血液都烧得滚烫起来。我与他视线相交。

“保重。”他说。

卡贡也总是叫我保重，可莱利的声音听起来如此不同。我分不清他的语气里是恐惧抑或关切。

“你也是。”我说。

他点了点头，然后把散热口盖上了。齐皮士在前面开道，我沿着狭窄的管子朝卡拉的办公室溜去，但脑子里还在一遍遍回放着与莱利之间的奇怪对话。控制者会和人控警一样坏吗？这很难想象，但莱利手臂流血的情景在我脑海里挥之不去。我也始终忘不掉他的手留在我肌肤上的温热触感。

接近卡拉的办公室时，我放慢了脚步。我爬到散热口前，探听里面的动静。柔和的蓝色灯光透过盖子的缝隙照射进来，表示房间正空着。我的身体已经自带十小时制生物钟，不必看时间也能感觉到现在到了六十点。希望主管没去找我。

房间里仍然保持着蓝光。几分钟后，我取掉散热口盖，又等了几分钟，我才打开齐皮士，把它推进屋去。警报声没有响起，于是我迅速冲到灰色的证物柜前，打开柜门。我取出洛根给的设备，放到键盘底下，按下了按钮。

它发出轻轻的嗡鸣，接着小屏幕上冒出了一连串数字。我敲出这串密码，做好听到警报响起的心理准备，但锁真的开了。我用假端口替换了破碎人的端口，把破碎人端口上的 ID 号码检查了两遍，然后重新锁好柜子。

房间里闪了几下白光。我抓起齐皮士,一头扎进散热口。办公室门外传来了对话声。盖子偏偏在管道里卡住了,我用力拉扯它,这时门口响起了有人按密码开锁的声音。盖子终于松脱了,我赶紧把它放回原位,同时门开了。

“解除警报。”卡拉少校说。

白光亮起,将蓝光一扫而空。白光透过盖子的缝隙照在我身上,同时映出了眉头紧锁的卡拉。我几乎想不起这女人什么时候笑过。

“你找我最好是有重要的事。”她对跟着她走进房间的上尉说。

“犯人给了我们一条关于多莫托位置的线索,我需要您批准派遣一支搜查队。”上尉说。

“他有揭发其他人吗?”

“没有,长官。”

“很难相信他光靠自己就能把一个残疾人藏起来。”她的声音里流露出一股沮丧。

“他强壮皮实,相当挨得住痛,长官。”

我的心咯噔了一下。要了解一个人能挨住多少疼痛,只有一种方法。

卡拉哼了一声,“但他块头太大,进不了通风管。这事肯定还有另一个擦洗工牵扯其中。”

“可我们手头没有真凭实据,长官。那个布包可能是被吹落在地上的。它那么轻,完全可能被回流空气卷起来。”

“不,当时通风管里确实藏着个擦洗工,而我一定会找出躲在那儿的是谁。”她赌咒发誓道,“没有擦洗工能逃出我的掌心。”

“搜查队的事怎么安排,长官?”

“带上第四小队,有情况立即向我汇报。明白?”

“是,长官。”上尉踏步走出房间。

少校对着他离去的背影皱了皱眉头,又站在原地盯着门看了一会儿,似乎陷入了沉思。接着,她命令警报系统重启,随即离开了办公室。

我等了数分钟,确定她的确离开了。我体内腾起一股冲动,催促我必须做点什么。我浪费的每分每秒,卡贡都在受苦受难。我不顾一切朝莱利的秘密小屋爬去。虽然早就知道他不会在那里,但亲眼证实这点时,我还是万分失望。我把齐皮士藏在沙发底下,朝多莫托所在的房间赶去。卡贡不会白白受苦的。

10

我把多莫托的端口夹在拇指与食指之间,轻轻甩了甩它。

破碎人在空中抡了抡拳头,咧嘴笑道:“干得漂亮!”

“要多长时间才能查到信息?”

“四五十分钟。”多莫托说。

我呻吟了一声。

“如果鲁莽行事,会被系统发觉我在上网,我们的位置就会暴露。”他打量着我的脸,“特蕾拉,去睡几个小时吧,你看起来糟透了。”

我忽略了他的建议,却忆起了莱利的话:他说破碎人似乎也试过绕开电脑系统。“你打算告诉我你真正的计划吗?”

他在椅子里不安地扭动了几下,脸上的狂喜消退了,取而代之的是警惕的神情。我没有把端口递给他。

“你真是在找‘闸门’的位置吗?还是说,这只是用来引诱我帮你取回光盘和端口的借口?”

“事情很复杂。”他说。

“你的意思是，复杂到一个愚蠢的擦洗工不可能理解？”我的手捏紧他的端口，握成了拳头。

“不是。”他把眼前的发丝拨开，长长的金发松散地垂在脸旁，“我的意思是，你不够了解上层，也许没法理解就算我们找到了‘闸门’，如果没有关键电脑系统的控制权，也无法打开它。”

“你到底相不相信‘闸门’存在？”

“我相信。”他的目光仍然很坚定。

可恶。他要么是个高明的骗子，要么就是在说实话。

“你打算怎么取得电脑系统的控制权？”

“通过网络，但在此之前，我得先找出控制者的真实身份。”

“你是指特拉瓦家族的人？”

“不。所有上层人都以为特拉瓦家族的上将、中将和上校就是控制者。但我在一份被遗忘的文件里发现了一张指挥流程图，才知道控制者的级别凌驾在上将之上。”

“那控制者到底是哪些人？”

“没人知道，就连特拉瓦家族的人也同样。但我偷听过他们的猜测：他们认为控制者住在‘外面’，通过电脑给‘里面’下指令。他们的存在有些像神灵。”

我震惊不已。“外面”有人，或者哪怕只是神一样的存在，在指引着“里面”——这个念头着实令我难以消化。

“特拉瓦家族的猜测未必就是真的。”

“他们知道‘外面’是什么吗？”

“不，没人知道。一切都仅仅是推测。特拉瓦家族的一些人认为，神灵就存在于电脑网络中；还有一些人觉得电脑本身就拥有智慧。”他耸耸肩，“关于过去的知识，早在数千周前就从电脑系统里删除了。我们的墙壁之外肯定有什么东西。控制者肯定知情。”

我思考着这些信息,"'闸门'可能仅仅是和控制者相连的一道电脑连接,而不是通常意义上的出口。"

"是有这种可能性。你手上的东西,就是我们找出真相的唯一机会。"

我松开了手指,端口静静地躺在我的掌心。它是卡贡用命换来的。现在箭已离弦,不能回头了。我必须坚持走到底。

他一把从我手上夺过端口,就像饥汉夺食似的。这时他脸上的焦虑终于消失了,露出如释重负的表情。他细细检查端口,接着把它插进了右边的下牙床。我帮他把轮椅推到了电脑前。

"去休息一会儿吧。"他心不在焉地说,"你可以用我的床。"

还有几个小时才下班,我得去露个面才好。但我还是先去了他的厨房,查看还有多少存粮。剩下的不多了。几只盛着炖蔬菜的碗孤单地占据了小冰箱。离下一次大会还有三十几个小时,再靠假装咳嗽混进厨房似乎也不太可能了。一想到为了领取更多食物而重复排长队的情形,我就一阵胆寒。

我整理了一下盘子,又检查了他的卧室。身后一直传来他敲击鼠标和键盘的声响。他的床单垂到了地板上,毯子卷成了一大团。对于双腿不好使的人来说,整理床铺一定很艰难。

我把床上的东西全扯了下来,换上了干净的床单和被套。这是个错误。新换的床单在召唤我。我全身疼痛、脑袋发晕。我忽然感到无比失落,然后跌坐在床沿上,双手抱住了头。

我到底在期待些什么啊?把端口交给多莫托就万事大吉啦?几分钟之内就能找到"闸门"的方位啦?我疲惫又好笑地吐了口气,在心里承认道:是的,虽然我一直拒绝相信"闸门"的存在,一直告诫自己不要抱太大的希望,但我还是期盼我的付出能取得立竿见影的效果。在我的潜意识里,其实非常渴望存在通往"外面"的真正出口。

而现在,我知道所谓的"闸门"也许只是个电脑连接,而非真正的出口,所有的希望都烟消云散了。

我应该开心才对。多莫托的发现会证实我最初的想法是对的。然而,一想到控制者和我们可能并不处于同一空间,他们甚至不是人类,我就感到一阵恐惧的战栗爬上脊梁。

疯狂的念头不断在我脑海中回荡。为了摆脱它们,我躺了下来。我打算休息几分钟。

"可恶的特拉瓦混球!"多莫托的咒骂把我从无梦的深眠中唤醒。这一睡岂止几分钟,几小时都过去了。上班时间早已结束,我只能祈祷主管没去检查我的工作。我伸了个懒腰,朝起居室走去。

多莫托恼怒地看着电脑显示屏。他敲打了几个键,又把拳头重重砸在桌面上。

"怎么回事?"我问。

"他们安装了新版安全系统。"

"所以呢?"

"我可能无法绕过它们了。"他敲下几个单词,"这些程序……很奇怪。控制者们通常没这么……有创意。他们总是使用那些已知的有效方法。"

"也许你之前侵入过系统,引起他们的警惕了?"

"有可能,但我的另一个程序应该有用。看来事情变得更复杂了。"他的注意力又回到了屏幕上。

我留下他全神贯注地工作,自己冲澡去了。我的胃发出了饥饿的抗议,于是我决定把接下来的五个小时都用在替自己和多莫托取食物这件事上。

我道别的时候,他哼了一声以示回应。我沿着散热管一路来到主廊。走廊上来来往往的擦洗工根本没有理会我,没有咒骂,也没有奚落。我融入了人流，朝G2区的餐厅走去。

我排在领取食物的队列中，发现周围的人显得格外僵硬不自然。众所周知，我不喜欢这些人，他们也不喜欢我。他们叫我“管道女王”，认定我自以为高人一等。我早已习惯别人的怒视和嘲弄，可现在他们都避免和我四目相对了。不对劲。还有些人碰上了我的视线，朝我点头致意。有几个人露出了鼓励的微笑。更奇怪的是，房间里非常安静，只有柔和的低语声。人控警在桌子之间的过道里巡逻，恐惧弥漫在充满汗臭的湿热空气中。

我把托盘放在金属桌面上，指了指炖蔬菜。掌勺的擦洗工给我的碗里舀了满满一大勺菜，接着还添了第二勺。我惊讶地扫了他一眼。

“厨房的通风管堵了。”他说，“你能帮我们清理一下吗？”

我愣了片刻，才反应过来他是在对我说话。“跟厨房经理报告吧。”

他直视着我，“我报告过了。她说会让人在八十点钟来检查。”然后他继续舀他的菜去了。我身后的擦洗工在往前挤，令我不得不朝餐桌方向走去。

怪事。方才的这段对话让我担忧起来。其他擦洗工不可能知道我在干什么，对吧？不可能。否则他们一个转身就已经出卖我了。我往嘴里填着食物，却压根儿没尝出滋味来。

其他擦洗工有大把机会去举报我，换得好处。可我现在还好端端地坐在这里，享用着双人份的食物。这分量足够我和多莫托吃了。于是我没再回去排队，而是装好余粮，又查了查清洁工作时刻表。

我下次上班是八十点钟，头一个清扫地点就是二十二号通风管，而那条管道正好经过擦洗工厨房的上方。我不禁舔了舔发干的嘴唇。刚才那人说管子堵了。这会是个圈套吗？不，他们何必弄得这么麻烦呢？明明直接给少校送一张匿名小纸条就能搞定的。

一定是发生了什么事。我决定去找贾西，他平时就在宿舍的一角

“上朝”。一声铃响起，我知道又有一拨人要去上班了。我留在后面，等待人群散去。他看见了我，很快其他擦洗工都匆匆离开了。

他扫了宿舍铺位一眼，从衣兜里掏出两张圆盘递给我，“这是窃听器。”他说。

我想起之前答应过他，要帮忙在七十二号通风管安装窃听设备。现在它们就躺在我手中，冷冰冰的。两张银色圆盘大约各有四分之一英寸厚，大小不超过我的掌心，一面蒙着一道金色网丝，另一面则粘着黑色磁铁。

“把这俩玩意儿贴在通风管壁上。就算被吸尘器碾过去，它们也不会松脱。”贾西解释道，“一个放在人控警总部上面，另一个搁到控制室顶上。”

我把圆盘藏进了工具带，“我还有一件事要问。”

“好极了。我还有很多窃听器呢。”

“不是那种问题。我需要的答案没什么交换价值。”

他用手抹了抹头发，露出深色的眼睛，“现在我有点儿搞不懂状况了。”

“我只是想知道最近有些什么流言，人们都在传什么八卦消息。”

贾西打量着我的脸庞，“你以前从不关心这些，现在是怎么了？”

“下两层的气氛感觉有些……反常。”

“人控警添了双倍人马在下层巡逻，所以大家既害怕又紧张。”

“我明白，可是……”我要怎样准确地措辞，才能不暴露太多信息呢？“可他们明明有机会……改善自己的生活条件，我不懂为什么没人出手。”

“你应该知道原因。真的还需要我替你作解释吗？”

我点点头。

他摇晃着脑袋，“那你得再帮我多装两个窃听器。”

就知道他会提条件。“那你的答案不能是瞎编的。”

“我不会瞎编，我很认真。”他凑近一步，压低嗓门，“尽管你对其他擦洗工有成见，其实人家并不蠢。大家都清楚这是怎么一回事：一名先知失了踪，卡贡因为窝藏罪被捕，卡拉少校又在四处打听你的消息。”他竖起三根手指，“如果我们把你卖给人控警，先知的藏身地点就会暴露，你和卡贡都会被循环。”他把手指向内弯曲，和拇指一起组成数字“0”，“那我们就失去了一切。特蕾拉，没有希望比恐惧更糟糕。现在，我们都巴不得你在进行某个对大家有利的计划。”

这番话令我顿时五味杂陈，失去了逻辑判断能力，只有恐慌填满了空洞的头颅，“如果我什么都没进行呢？”

“没人会相信这话的。醒醒吧，所有人都知道现在出大事了，能够让‘管道女王’迂尊降贵混到其他擦洗工当中来的大事。”

“可……可是……”我感到头昏眼花，于是深深地吸了几口气，空气中弥漫着潮湿的霉味儿，混杂着人的体味，“如果我失败了呢？”

“没关系。”

“啥？”

他对着我伤感地笑了笑，“关键是**努力**过，结果不重要。”

这话从一个专干江湖包打听的消息贩子之口说出，实在教我没法相信。其他擦洗工要么就是在等人控警开出更优厚的条件，要么就是在盼我替他们召唤出奇迹。顺民都是惜命的，怎会为了别人担掉脑袋的风险呢？

可当八十点钟稍过，我目睹到所谓“管道堵塞”的真相时，之前坚定的想法动摇了。管子里堆满了装食物的盒子。这些东西够我和多莫托吃上好几周了。

我透过通风口盖的缝隙往下瞧，只见厨房擦洗工正忙碌地走来走去。人控警自然也没放松对厨房的监视，可他们仍然冒险藏起了食物。

他们都把希望寄托在我身上了。恐慌再次席卷而来,差点儿压垮我。如果我不能给下两层带来什么改变,他们一定会大失所望,还会悔青了肠子,因为他们可能为此赔上自己那点微不足道的安宁。

我强压住不安和恐惧,转而将精力集中在手头的任务上——得把这些食物搬去多莫托藏身的小屋。多亏了临时滑板和吸尘器,我总算把所有食物从通风管道运到了多莫托的房间上面,这才回头开始自己的打扫任务。

时间一分一秒地流逝。每次我在管道里拐弯,都做好了一转角就被捕的心理准备。当我撞上第一台远控温感器时,差点儿没尖叫出声。这玩意儿把它的天线对准了我。

"姓名和出生周数。"一道机械的声音质问道。

我如实回答。

"收到。继续工作。"它说。

然后它走开了,我的心却狂跳不止。接下来的另外两条管道里,我又被两台不同的远控温感器问了话。

挨到九十点钟,我的肌肉紧张极了,仿佛刚刚一口气爬上了一条垂直的管道一样。工作终于结束时,我满心感激地把吸尘器放回了储物柜。

"你可出现啦。"我的主管说。她的眉头恼怒地绞在一块儿,手指上吊着一副红手铐。

我本想反唇相讥,但咬住嘴唇没吭声。没必要再给她火上浇油了。

"我在你上一班工作结束的时候在管道口等着,你却一直没露面。去哪儿了?"

我的脑子高速运转,"吸尘器在管子里抛锚了,所以我只好拿回去修理。害得我晚了一个小时才完工呢。"我希望她没等上一个小时。

她把红手铐轻轻在大腿上敲打,我则保持着面无表情。

“下回遇到这种事，先别管吸尘器，出来看看我是不是等着再说。人控警眼巴巴地盯着我呢——他们想知道谁没按时上班。”

“是，长官。”每次管她叫“长官”，她的气都能消一消。

不出所料，她脸色好看了一些，“我想告诉你，管道里会出现很多远控温感器。人控警觉得通风管里肯定藏着线索。”她难以置信地哼了两声，“我们**必须**在那些玩意儿的监视之下干活儿。下次上班的时候注意点儿，别把哪台机器碰坏了。”

“是，长官。”

她把我的名字从名单上划掉，转身去查看下一个擦洗工了。我等自己的心跳平静了些，才钻进散热管，往多莫托的小屋赶去。对我来说，走通风管暂时不安全了。我只希望远控温感器没找到我藏在多莫托房间顶上的那堆存粮。

我从管口进入他的房间。多莫托正弓着身子趴在键盘上睡觉。我一刻也不浪费，赶紧把通风管里的食物统统搬了下来，放进冰箱。

我忙活完后，多莫托从椅子里微微直起身来，但他用一只手捂着额头，再加上他的头发盖在脸上，我看不清他的表情。

我没法再干等下去，径直问他：“有进展了吗？”

他声音含糊，我没听清，于是往前迈了几步，碰了碰他的肩膀。他胳膊一坠，看着我的眼睛，眼神一片空洞。

“怎么了？”我问道。

“我们完了。”

11

我能看出他的脸上写满了失败与绝望，却不知道缘由。

“怎么回事？”我追问。

“我碰壁了。他们加强了安全系统，我绕不过去。”

我的喉咙像是被人突然扼住了一样，好不容易才挤出一句话：“你还有其他办法吗？”

“没有。”

“一定有的。”我只能低声说，整个身体仿佛被困在一台金属压缩机之下。

“没办法了。”他用一只手揉搓面颊，目光直愣愣地盯着前方。复杂的情绪从他脸上一闪而过，我根本来不及解读。“除非……除非我学卡贡的榜样，让特拉瓦家族发现我。他们会知道我拿到自己的端口了，也会找到我的位置。但在他们赶过来抓我之前，我可以找出我们需要的信息。”

我审视着他的表情。他是下定决心要牺牲自己了。很好。“你说你可以找到——是确定可以，还是觉得有这个可能性？”

“我确定能找到信息，但不敢保证能赶在控制者切断我的连接之前搞到手。”

这风险太大了。我努力思索着解决问题的办法。尽管我对电脑和安全系统一无所知，却记得洛根说过一些关于上层人的电脑系统的话。

“等我回来后再尝试获取信息吧。我得先确认几件事，还要去一百小时大会报到。”

他同意等一等，于是我迅速出发了。在大会开始前的短短数小时里，还有许多事等着我去做呢。

“当然可以。”洛根说，脸上绽放出愉悦的微笑。

“不行。”安-杰德却几乎同时脱口而出。

我再次穿着松松垮垮的回收站工人制服，混到技术佬旁边和他们一起整理一大堆衣物。我们从破旧的衣物上扯下扣子，剪掉拉链，然后把衣服送去喂撕碎机。那机器本来有更专业的名字，跟它循环线头的工作原理有些关系，但擦洗工就是喜欢给啥都取诨号。

“‘不行’是因为他做不到？”我问安-杰德。

“‘不行’是因为我不允许他那么做。太危险了，他会被逮住的。”

“我们迟早要暴露的，还不如搏上一把。”洛根说。

洛根噘了噘嘴，她怒目而视。我见她紧绷着肩膀，便知道她的主意不会动摇了。这时一名人控警从旁踱过，我们赶紧埋头干活儿。

她的反应不合情理啊。他们都替卡贡撒过谎了，还帮我搞定了齐皮士，为什么这事就不行呢？我的手指捋过一件破破烂烂的衬衣时，上面的纽扣便叮叮当当地落进桶里；我一边想着这个问题，一边噼里啪啦地扯着上面的拉链。

答案其实就摆在眼前,一看他们手上的动作便知道了。他们工作起来合二为一,不需要任何形式的交流,就能亲密无间地配合处理掉一堆衣物。安-杰德害怕的并不是洛根遭到循环,而是她没能和他一块儿被循环。他们姐弟俩不能分开。

我晓之以理,"如果洛根不帮忙,破碎人肯定会靠自己去获取信息的。到时破碎人就会被逮捕、受审,然后人控警会找到我,接着我就会让他们找上你们。"我控制着自己不要颤抖。一想到自己可能供出他们,那份痛苦就令我不寒而栗。

"你是在威胁我吗?"安-杰德猛地抬起手中的剪刀指向我。

"不,我只是陈述现实。我们已经走得太远,没法儿回头了。如果破碎人失败,你和洛根就会白白地送死。"

她的胳膊垂了下来,然后低下头去剪拉链,"你需要他什么时候去做?"

"大会一结束就去。洛根,我们在育儿中心外面的走廊上碰面。"

他迅速朝我咧嘴笑了笑,可安-杰德继续头也不抬地干活儿,对着线头布料又扯又剪的劲头似乎猛得过分了。我转身离开回收站的瞬间,身后传来衣物被狠狠撕裂的声响。

接下来还有一些事情要打点。得替贾西安上窃听器。七十二号通风管在第四层上方,并不经过莱利的秘密小屋。事实上,这条管道只为两个区域提供空气:G4区的主控室和A4区的人控警总部与牢房。那里装有额外的过滤器,使用特殊的涤气器。

我回想起多莫托原来的房间里放着一些会释放气体的罐子,我猜它们应该是一种附加的安保措施,目的是预防有人从通风管投放经空气传播的毒物。

要进入七十二号管道只有两条途径:通过底下办公室里的通风口,或者从供气的源头出发。鉴于卡拉少校不大可能允许我借用她的办公室，我只好选择朝I4区的空气站赶去。我也可以从间隙带朝下打洞，直接在管道上开个口子。但管子上并没贴标签，要从外面弄清哪根是什么用途得耗上不少工夫，我可没那么长时间。

我换上空气站工人朴素的制服，把头发挽起塞在了安全帽底下。这儿的过滤器和涤气器有人定期来清洁，但在换班的间隙，只有寥寥几个擦洗工在此看守。我装出急着要检查设备的样子，朝一个两米高的长方形箱体大大咧咧地赶了过去。一道庞大的通风管从箱体一侧插入，从另一侧导出。我顺着梯子爬上箱顶时，没人凑过来问这问那，于是我爬进了箱顶的入口，它是专供擦洗工拆卸过滤器进行清洁的。

我躬下身子，从一排排过滤器间挤了过去。它们由柔软的布网构成，呈袋状，作用是吸附空气中的尘土颗粒。箱体之内始终吹着一股强劲的气流。我小心翼翼地拂开周围的过滤器，尽量不碰坏它们。然后我来到箱体的进气口，钻进超大号的通风管，沿路爬进了它的一条支线——七十二号通风管。

我通过一排排过滤器、安全隔离网，终于抵达了人控警总部上方，把窃听器装在了通风口旁。

我没能管住自己，最终还是绕路去监牢走了一趟。这么做的风险的确不小，但也许能有办法救出卡贡呢？来到一排排被栅栏焊死的通风口前，我知道这儿就是目的地了。我如履薄冰般缓缓移动着，只有衣料在几不可闻地窸窣作响。

在我身下，白色灯光亮得刺眼。房间里满是全副武装的人控警，四处散放着自带镣铐的桌椅，似乎是对囚徒进行审问的地方。后墙几乎被一道双开门占满了，门上挂着许多把锁。

我继续往前爬，底下房间的照明变成了压抑的黄光。咸湿的汗味、血腥味与恐惧的气息混合在一起。我不敢大口吸气，偷偷地朝阴暗潮湿的牢房看去。黑色的栅栏围着一个个窄小的囚笼，面积仅够放下床和马桶。不过,管那金属板叫床有些勉强。牢房里的每道墙边都排有三个囚笼,中间留有一条短短的过道。这里关押的人只有一个:卡贡。

他庞大的身躯占据了整个床板,脚还伸出了床尾。晦暗不明的光线中,我看见他脸上血痕交织,翻开的皮肉像是已经腐坏化脓。他紧闭的眼皮高高肿起,呼吸困难沉重。我把额头在管壁上靠了一会儿,想摆脱恐惧和内疚。我脑子和胸口里的压力不断积累,仿佛随时可能爆炸。我拼命克制住啜泣的冲动。

这都是我的错。我取光盘只是一时兴起,其实根本不相信"闸门"存在,也不在乎先知说什么。而我一招不慎,失手掉落了包光盘的布,结果如今卡贡……虽然极不情愿,但我还是强迫自己去直视这样的画面:卡贡毫无生机的尸体被塞进咀嚼机,被压碎、碾磨,支离破碎的骨头嘎吱作响,体液发出湿答答的声音。就这样,我把自己的行为即将造成的后果深深烙印进脑海。

覆水难收,我只能寄望于未来——在遭遇与卡贡相同的命运之前,我希望能尽力挽救局面。用洛根的话说,我要尽量给人控警"造成最大程度的破坏"。

"卡贡?"我悄声喊。见他没有反应,我把手掌拢到嘴边,稍微提高音量又叫了他一遍。我连喊四声后,他终于抬了抬头。

"特蕾拉?"他的嗓音嘶哑刺耳,有如生锈的门枢发出的刮擦声,"你被抓起来了?"他看上去气急败坏,挣扎着想坐起身。

"没有。我在你上面的通风管里。"

他闻言如释重负,又按照原先的姿势趴了回去,"很好,我可没本事掰开这里的通风管口栅栏帮你逃跑。你千万别给逮住喽。"

"你还好吗?"

他抬起手来晃了晃,"不必担心。你还没找到'闸门'?"

尽管伤痕累累,他语气中却充满信心,令我很惊讶。我忍住没说出诚实的答案,“还没有。”

“还需要多久?”

“我不知道。”

“我希望能撑到‘闸门’打开的那天,就为了看看少校脸上会是什么样的表情。”

他被送进咀嚼机的画面在我眼前一闪而过,令我心口一痛,“卡贡,需要我帮你带点儿什么来吗?”

“不用,但有件事要你帮我。”

“尽管开口。”

他猛然爆发出一阵咳嗽似的刺耳声音,起先我还担心他是被呛到了,后来才意识到他是在笑。他一边大笑,一边上气不接下气地说:“之前我得死乞白赖……你才肯……去见破碎人。那时你要是……有这么爽快……就好了。”

“卡贡!”我嗔怪道。

“哟。这就……原形毕露了。我需要你替我把破碎人的衣服放到合适的位置,制造证据。人控警一直没找到他,以为他还在东躲西藏呢。不过,下回……”他深深吸了口气,“下回受刑的时候,我打算供认自己杀了他,所以需要证明这一点。我会告诉他们说,我把破碎人的衣服塞进了育儿中心的220号储物柜。你知道那地儿吧?”

我回想起卡贡曾经给我看过他的“藏宝箱”,不禁嘴角上扬,“就是你藏……你管那东西叫什么来着?”

“‘幽灵’。”

“对啊,我记起来了。你叫那玩意儿‘幽灵’,因为抽了它之后,你就会感觉自己的身体轻飘飘的,像鬼魂一样。”

“而且你当时也相信我的话。”

“我没信。”

“你信了。你总是到处充当我的跟屁虫,生怕我不小心变成鬼魂。”

“你记错了,是**你**跟着**我**。而且多亏有我罩着,**你**才没到处闯祸。”

“我闯祸?你去探险的时候,是谁替**你**打掩护的来着?我,是我!而且直到现在,我都还在保护你。”

温馨的回忆有如泡沫,顿时被匕首般的残忍真相戳破了。冷冰冰的现实砸醒了我,令我回想起现今的处境。

这时突然传来一记重响,响声在牢房中回荡起来。房间里的白光随之亮起,将黄色灯光一扫而空。

“你在和谁说话呢,擦洗工?”一个男人发问了。

“老鼠。”卡贡说。

男人发出难听的笑声,折磨着我的神经,“它们回答你了吗?”

“没有。”

“我怎么一点儿也不惊讶呢?看来老鼠也不屑与自降身份和下等擦洗工交流。”

“**你**不就在和我交流吗,温科?难道你连老鼠都不如?”

温科咆哮道:“叫我温科**指挥官**,擦洗工!看样子你现在没心情聊天啊,那不如……看守,把我的刀拿来!”

我听见有人咕哝着应了句话。我很想看看传闻中的温科指挥官是副什么模样。这个男人既伤害了莱利,又伤害了卡贡。

“该死的大会。等我下次上班的时候,再让我的刀同你好好聊聊。”温科说。

随着门“啪”地关上,白色灯光减弱然后消失了。

“特蕾拉?”卡贡压低嗓音唤道。

“我还在。”

“你不该久留的。赶紧回去吧,免得大会去迟了被人抓住把柄。”

“可我得先替你藏破碎人的衣服。”

“后面有的是时间。十二点之前，人控警都不会去找那玩意儿的。”

他说出的这个时间点是如此精确，语气又如此不容置疑，令我生出不祥之感。一股冰冷且不安的感觉爬上我的脊背。“你怎么这么确定？”

“温科的下轮班在十点钟开始。我挨得住拷打，也能忍受大部分疼痛。但温科用刀的话，两个小时就是我承受的极限了。”

我从装满袋状过滤器的箱体里爬出来时，一百小时大会的铃声正好响起。该死。制服布满了污迹和汗渍，可我没时间更换了，只好朝集合地点——食堂——飞奔而去。最后我排在了短短的队列后头，和卡拉少校之间只隔着三名擦洗工。她倚靠着一张桌子，监视着擦洗工们依次报到。我很想知道她怎么又来了。

轮到我报出个人信息的时候，我的声音平静如水，一个颤也没打。可当卡拉打量着我的制服，耐人寻味地撅起嘴时，我的心脏就狂跳起来。我试着不动声色地从她身边走过。

“差点儿迟到了？”她问道。

“抱歉，长官。”我继续朝食堂的方向迈了一步。

她挡住了我的路，“大会之前不该你上班。休息时间你都干什么去了？”

她咄咄逼人的视线能把最温暖的心脏也给冻僵。我只能眨巴着眼睛。被她出其不意地逮到疑点，我一时间脑海里一片空白。

“嗨，特蕾拉。”有人叫了我一声。是排在我前面的那个年长擦洗工，他刚刚已经报了到，“多谢你帮我们疏通下水道。没你那双小手，我们还真不知道该咋办。”

“随时效劳。”我朝他招招手，说道。

卡拉一把抓起我的手，检查我短短的指甲。

“你指甲里挺干净呀?”她等着我做出解释。

“我洗过手了,毕竟在原生态的污水里泡过呢。”

她连忙放开我的手,生怕被染脏似的,然后摆摆手,让我进食堂去参加擦洗工大会。于是我站到刚才替我打掩护的那人身边,卡拉朝食堂前面挤去时,我凑近他低声道了句谢。

“随时效劳。”他眨了眨眼说。

卡拉少校站到一张桌子上面,对人群朗声说:“各位公民,欢迎来到周末庆祝大会。第147003周从现在开始!”她扫视了一眼底下的擦洗工,“我有一个好消息要宣布。我们抓到了致使我的部下提前被循环的那个人,而且,我们也很快就要找到破碎人了。不过,倘若你们知道有谁帮忙窝藏了破碎人,就应该立即向我举报。消息准确的话,举报者可以获得奖赏,被提拔到上层。”

死一般的寂静笼罩了整间食堂。我感到浑身干燥,就像所有水分都通过嘴和毛孔蒸发了似的。我忍不住瞟了一眼身边的那个男人。为什么他没有举起手来,告诉卡拉少校他刚才替我撒了谎?他一动不动。所有人都一动不动。

卡拉少校身体一僵,然后开始发抖,似乎难以抑制住自己的愤怒。她对人群怒目而视,“好极了,那你们就是想**集体**接受审讯咯?一次来一个。”

她走下桌面,换了主持大会的少尉上台。后者宣读每周公告的时候,底下的人窃窃私语起来。但在这些嗡嗡低语中,我听出了一丝愤怒。

身边的擦洗工朝我靠近了些,“她犯了一个错。”他直视我的眼睛道,“不管你的计划是什么,动作得快点儿了。我想你肯定是她审讯名单上的头号人物。”

少尉站在桌上念完了剩余的公告,我却一个字也没听进去。各种想法在我脑海中翻涌，最终都指向同一个结论。我拼命克制，才没有一时冲动跳上桌子、朝着所有擦洗工大喊一声："别白白抱希望了！"

大会结束后，我一头扎进厨房。卡拉就站在食堂门口，我可不想再让她看见我。如果她以后再找上门来，我可以说自己是赶时间上班去了。从某种意义上来说，这话不假。

暂时还没有人控警进厨房，而厨房擦洗工正在为下一餐做准备，但他们对我的闯入视而不见。站在柜台上方的话，我倒是够得着通风口，但想爬进去就困难了。我扫视了厨房一周，寻找可以当踏脚板的工具。

身后突然发出"咚"的一响，我转身一看，只见柜台旁边多出了一把活梯——就是只有几级台阶，用来够高处柜子的那种。我毫不迟疑地跳上柜台，爬上梯子。

"多谢！"我攀住通风口边缘爬了进去，同时喊了一声。我合上通风口盖时，下面的梯子已经不见了。我沿着管道朝 H2 区育儿中心外面的走廊而去。抵达后，我立即往下探了探，只见来来往往的擦洗工络绎不绝，纷纷往自己的工作地点赶去。我等了好几分钟，才跳到人群中间。

没有咒骂，没有嘲讽。这新待遇我挺受用的，可一旦我失败了，没能帮上擦洗工们，那些谩骂就会卷土重来。我不禁笑了笑——如果我失败，那我需要担心的，就远不止擦洗工怎么看待我那么简单了。

洛根一边咬着指甲，一边沿着走廊踱步。我迅速扫了眼附近，确保周围没有人控警。他也看见了我，停下步子。我一把拽下他的手。

"别表现得这么紧张。"我说，"你这样容易露馅，在做齐皮士和其他设备的时候，竟然没暴露？"

"多亏了安－杰德。她心思细密，从不犯错。"

"我们很快就要从其他人眼皮子底下消失一阵了。"我领着他来到育儿中心附近的一道窄门跟前。我从工具带里掏出他给的密码破解器,悄声叮嘱道:“帮我把着点儿风。”说着,我便把解码器放到了门锁旁,摁下了按钮。

“安-杰德?你怎么来了?”我听见洛根问。

我回头,只见安-杰德站在身后。她赤着脚丫,身穿深蓝色的紧身制服,浓密的秀发拧成了一股麻花辫。

“我得问问特蕾拉的出生周数和宿舍号。”她回答。

“问这干吗?”洛根追问。

“这点子不错。”我对她说,然后一口气报出了自己的信息,“我待会儿该去上班的地儿是——”

“111号管道,我查过了。”说完,她便匆匆离开了。

我在脑海里回顾了一遍自己的排班表——这回的清洁目标是第一层的两条水管和一些通气管。搞定这些任务对她来说不太难。

解码器工作完毕,我打开门锁,把洛根拽进了门后的狭小储物间。这里面的架子上堆满了亚麻尿片。我关上门,打开电筒,便看见架子底下有一个散热口。平日里我自己钻管道的话,其他擦洗工早已见惯不怪,连眼睛都不会多眨一下,但要是带着另一个擦洗工,肯定会引人怀疑。我早想到了这点,所以记起了这个散热口的存在。但我没法避免自己翘班的问题,只好希望能尽快办完手头的事,再赶回来按时完成清洁任务。没想到安-杰德已经考虑到了这一点。

“哦!”洛根说着,露出恍然大悟的表情,“她要去替你打扫管道,这样一来,人控警就不会起疑了。聪明!”

“你也是啊。”我说。

“我没有她那种聪明。”

“聪明还分种类吗?”

“当然分了。我懂技术,但她更擅长掩藏我们的行动。人控警平时就在我们做的小玩意儿旁边走来走去,可就是看不出来。我们什么时候从回收站收集些什么东西,也由她决定。当初之所以没向其他技术佬表露我们的身份,也是因为她一再坚持。"

"明智之举。"我赞成她的做法。我扯掉散热口的盖子,朝里指了指,"跟着我,没有多远。你爬进来后就把盖子合上,同时保持安静。管子里会产生扩音效果。"

他点点头,又开始咬指甲了。我猫腰钻进散热口,往里移了两步,给洛根腾地方,结果我的手臂一碰到地面就疼痛不已。老这样在管道里匍匐前进,手肘和手腕上会磨出新茧的,要是卡拉少校问起,这该怎么解释才好?

这回去多莫托的秘密小屋花了平时两倍长的时间。洛根身材细瘦,在管道里来去无阻,但他手臂肌肉太弱,不太承受得了爬行时的体重。我们最终抵达秘密小屋时,多莫托猛地惊醒了。他本来在沙发上睡觉,这时撑起上半身坐起来,警惕地打量着洛根。

"我希望他就是你所谓的'要确认的事',而不是一个便衣人控警。"他对我说。

"洛根是来这里帮忙的,替我们看看能否找到破解电脑系统的方法。"

"除非他是个科技魔法师,否则……"

洛根看见电脑,便一刻也没浪费,径直坐到了显示器跟前。我把多莫洛扶上轮椅,推到洛根身边。

技术佬洛根惊喜地尖叫出声,手指飞速敲打着键盘,"你有端口!"他咧嘴笑道。

"是的,可你没法……"

"我知道怎么用隐身模式登录,隐蔽得跟鬼魂一样。你进入系统想做什么?"

多莫托开始了一大段满是科技术语的讲述，在我听来和废话无异，洛根却听得眼睛发亮，一副跃跃欲试、迎难而上的神情。多莫托点头不已，一边和洛根探讨，一边不时发出赞叹之声。我坐进沙发，本想打断他们，替卡贡问多莫托要他的衣服，好完成伪证的布置，但睡意一阵阵地涌上来，难以抵挡。我不由得回想着自己上次睡觉是什么时候的事，但疲惫不堪的大脑现在实在没有力气思前想后，于是我干脆把头倚靠在了沙发扶手上。

“……需要一台上层电脑来获取数据。”洛根说。

我坐起身，揉了揉眼睛。洛根和多莫托出现在我的视野中，两人都盯着我，一脸挥之不去的凝重表情。

“怎么了？”我问。

“我们找到了信息的位置。”多莫托说。

这是好消息，他的神情却与之不大匹配。“可是……”

“只有通过位于上层的电脑才能获取它。”他停顿了几秒，好让我理解这句话的意思，“你能把洛根带到第四层去吗？”

“他不是需要端口才能进入电脑系统吗？”我问。

“下次不用了。”洛根露出志满意得的微笑，“我建立了自己的账号，只要有密码及正确的连接就可以登录。”

“为什么这儿的电脑不行？”

洛根试着跟我解释什么是“对下层电脑的限制功能”，可第二个短语之后的内容在我这儿就左耳进右耳出了。

多莫托好心地打断了他，“他只需要五分钟就能搞定。你能带他上去吗，特蕾拉？”

我能吗？往上层爬可比钻散热管道困难多了。我怀疑洛根没有沿着索链往上攀的臂力，除非……我们待在电梯顶部升上去。可我们又上哪儿去找一台无人使用的电脑呢？即便找到了，又怎么知道自己能用多久、会不会有人过来打扰？

“我得花几个钟头想想。”

“也许莱利能帮上忙，”多莫托说，“我确信他知道上哪儿找电脑。”

“我觉得不该把他卷进来。”我说。

“莱利是谁？”洛根问。

“你还是不知道为妙。”已经有太多人知晓我们的事了，而每增加一个知情者，我们暴露的危险就增加一分。得尽量造成最大程度的破坏，我默念道。

“他已经证明自己值得信任了。这事太重要，我们不能乖乖地听天由命。”多莫托说。

我不禁嘟囔了一声，尽管他说得没错。

“我们最好现在动身，我可不想上班的时候迟到。”洛根说。

他这么一说，倒提醒了我问多莫托要衣服。

“当然可以，你需要什么拿就是了。”

我从他的卧室里取来了他差点儿被捕那天所穿的衣裤。洛根抓起他的衬衣，扯掉了最上面那颗纽扣。我记起来了：那是窃听器。

“我不想丢掉这个。”说完，他又把光盘递给了我，“但是，我们现在不需要这玩意儿了。”

我看了多莫托一眼。他刻意避开我的视线，在椅子里挪了挪位置，仿佛要换个舒服的姿势似的。我一边等着他发话，一边在大腿上轻轻敲打着光盘——就是这几张小玩意儿充当了致命的诱饵，引我做了傻事。

最后，他局促地朝我地笑了笑，“光盘上面的程序**现在**没用了。假如我被捕**之前**使上它的话，应该还能派上用场的。”

“但它们能帮上卡贡。”洛根说。

这些光盘只能推迟他那不可避免的大限之日。我赶紧甩掉这可怕的想法,“有总比没有强。”

十点钟到来,洛根如期赶去了上班地点,我也把衣物和光盘藏进了指定的储物柜,接下来,就得开动脑筋想想怎么把洛根带上第四层了。我在洗涤房外面暂停下脚步。“里面”的所有衣物都是在这里清洗的。擦洗工们推着白色帆布箱来来往往,运送干净的和待洗的衣物。还有一些箱子放在滑道下方,专用来收集上层人的衣物。

沿着左边墙壁,放着一堆堆供擦洗工穿着的干净制服,每一堆按所属工作区域和大小型号归类。相比之下,管道工专用的蓝色制服最为鲜亮。洗涤房和厨房的工人都穿同样的白色制服。

要偷擦洗工制服只是小事一桩。这些衣服堆跟前总是人来人往、熙熙攘攘,不管你顺走一件还是一百件都没人在乎。不过,上层人的衣服是按家族归类的,放在做了记号的箱子里,还一直有人控警看守。

我在洗涤房里逛了一圈便离开了,心知自己没法从箱子里“借”到上层人的衣物。然而,只要我不挑三拣四,在滑道中途截下几件衣服还是可行的。

我在一条滑道中设置了一道网。滑道很少出现堵塞的情况,但“很少”不代表不存在。我希望自己能截住一件符合洛根身材的衣服,供他假扮上层人用。

另一个问题则没那么容易解决。我一面朝莱利位于第四层的秘密小屋爬着,一面揣摩如何寻找电脑终端。我可以监视某间上层人的套房,记录他们通常何时离开、何时回来,这样就能发现规律,搞清房里什么时候没人。可这需要多长时间呢?另外,我自己还得下去上班,有一半的时间都无法来这里观察他们的作息。

通风口缝隙里射来秘密小屋的蓝光。确定里面没人后,我打开盖子跳落在沙发上。白光瞬间自动亮起,我被吓得双脚离地——这种情况前所未有啊!

然后我看到了小小的运动探测器。它的感应器对准了沙发,而且有一根电线将它与电灯开关连接了起来。屋里其他的东西还是老样子:活梯靠在墙边,家具也都放在原位。过了一会儿,什么也没发生。我又查了查沙发底下,齐皮士也还好端端地藏在原地。

我松了口气。看样子只是莱利费了些工夫把这地方布置了一番。我在屋里闲晃一周,发现了好几样他的私人物品:一只坏掉的键盘,下面伸出一团乱糟糟的电线;一支上端被咬过的签字笔;一块写字板,上面画着一幅电路示意图;还有一只绵羊玩具——不是用真羊的皮毛做成的,但它的"羊毛"摸起来当真又柔软又蓬松,其余部分则是布制的。这是小孩子的玩意儿。看它磨损得这么厉害,我能想象主人一定曾经对它爱不释手。

我捡起玩具羊,轻轻抚摸它的卷毛。育儿中心里几乎没有供孩子们玩耍的玩具,大多数时间我们只是在为将来的工作岗位接受培训。我的童年没有洋娃娃,只有吸尘器,以及那些等待拆卸和修理的机器引擎。育儿嬷嬷会给我们评分,根据各人展现出来的天分安排合适的岗位。

我回忆起卡贡和贾西比赛谁能更快重装机器引擎的情景,不禁莞尔。卡贡喜欢摆弄各种器械,哪怕弄得脏兮兮的,所以即便没长成那么大的块头,他也极可能成为养护队的一员。而我这么喜欢钻管道,也让育儿嬷嬷在替我指定岗位时省了些心思。何况我这人缺乏耐心,育儿嬷嬷或者水培植物园丁的工作都与我无缘。

我们的大部分学习都是通过电脑进行的,包括阅读有教育意义的故事,学习这个社会的习俗和规范,以及掌握关于人体结构和机能的基本知识。学习内容的重中之重,就是我们的世界如何运作。听莱利说,我们学到的知识不过是人控警的洗脑宣传,所以我很想知道,那些内容究竟有几成是真相。

身后轻轻响起“嗒”的一声。我转过身,同时把手伸向工具带。进来的是莱利。他悄无声息地关上了门。穿着制服,头上戴着耳机。

见我一副蓄势待发的攻击姿势,他扬起半边眉毛,“看来你见到阿羊啦。”

“阿羊?”我把手里的玩具放回原处,“这名字也太缺乏创意了。”

他耸耸肩,“它和它母亲是我满三百周时收到的礼物。”

“它母亲叫什么名字?”

他咧嘴一笑,“阿羊妈妈。”

我笑出声来。

“看来你会笑嘛,”他说,“我本来都有点儿担心了。”

我突然警觉起来,“担心什么?”

“担心你心底一点儿快乐都没有。”

这话听起来怪怪的。“什么意思?”我质问。

“我冒了相当大的险来帮你,所以,现在我总算放心了,因为知道你也能——知道你不是——你有……”他用两只手掌拍了拍面颊,然后投降了似的放下手,“我一在你身边就不会说话了。听着,我们从头来一次好吗?”

“从头?”

“对,从头,以前的都不算数。”

“可那样的话,我就得回到最初讨厌你、不信任你的状态了。”

“噢。那还是算了吧。”他停顿片刻,咬住嘴唇,“意思是,你现在喜欢我、信任我了?”

“我不讨厌你。”

“信任呢?”

“还在考察阶段。”

“你等于啥好评也没给我,你知道这点,对吧?”

我想憋住笑,却没能成功板住脸,“对。”

他连连摇头,“好吧。我们别全部从头做起了,但可以忘记所有曾经对彼此的误解和偏见,就从两个互相不讨厌的普通人开始,同意吗?”

“同意。”

“好极了。嗨,我叫莱利·纳雷尔·阿什昂,这位是阿羊·纳雷尔·阿什昂。”他捡起玩具羊,捏起它的爪子朝我挥了挥。然后,他对我伸出了手,“您是?”

我握住他的手,有些惊讶他的皮肤竟如此光滑,“特蕾拉·加勒德·桑奇亚。”

12

我不假思索地连名带姓脱口而出。看到莱利一脸震惊时,我确信自己此刻的表情也同样惊讶。他放开了我的手。

“你怎么知道你的姓氏?”他比我更快地回过神来。

我摆了摆手,仿佛这样就能把自己方才的话从空气中抹掉似的,然而没用。那串名字让我们陷入了沉默。我不禁拉了拉制服的衣襟,把这布料从我汗湿的皮肤上扯开。这屋里怎么这么热啊?

他眯眼看着我,举止变得僵硬而冷漠,“你是间谍吗?”

“不是。姓氏是多莫托告诉我的,但我不在乎。”

“我明白了。”可他的语气一点儿也不像明白了。

“听着,我只是个傻头傻脑的擦洗工。多莫托想叫我帮他,所以就主动告诉了我生身父母的信息,希望借此买通我。只不过我根本不在乎他们是谁、为什么要把我抛弃到下两层。我帮他只是为了我的朋友卡贡。关于这事我言尽于此。”

他眼里浮现出理解的神色,但又流露出了另一种情感。意识到他是在怜悯我时，我不禁双臂抱胸，强忍住冲着他脸来一拳的冲动。

“既然我们已经部分从头开始了，不如继续。你看怎么样，阿羊？”莱利把鼻子凑到玩具羊身上，仿佛在用心电感应跟它沟通似的。然后他撅起嘴，点点头。“阿羊说它饿了。”他朝我怪模怪样地笑了笑，“抱歉。噢……等等。”莱利再次盯着他的玩具羊，“阿羊说他不相信你是个傻头傻脑的擦洗工。其实，它觉得你相当机灵，如果你不承认的话，它就会咬你的腿一口。”

我被逗乐了，却假装被激怒了似的吐了口气，“告诉阿羊，如果它敢咬我，我就派齐皮士找它算账！”

“齐皮士？”

“我的小吸尘器呀。它有个糟糕的习惯，喜欢扯坏成团的毛絮呢。”

他笑出声来，“阿羊是不会被吓倒的，它言出必行。”忽然，他的好心情全部烟消云散了，他用手指按住右边太阳穴，痛苦地皱了皱眉头，“我的休息时间结束了，得回站里工作了。”他迎上我的视线，“你来这儿是有什么事吗？”

“是的。我需要帮助……”这种请求，我该怎么开口才好？

“尽管开口。”

我注视着他。他对我说的这四个字，正是我对卡贡讲的那四个字。难道他偷听我们对话了？

“怎么？你还希望我拒绝不成？”他看起来是真的不知道我要找他干什么。

“我……”

“我马上得走了。”

我把需要一台电脑的事告诉了他，却没提洛根的名字，“电脑最好是在没什么人去的地方。”

“我会尽力找找的，下次上班的时候告诉你。”说完，他大步走向门去。

“怎么告诉我？”

他的手停在了门柄上，“来我们的秘密小屋。我会争取调整中途休息时间，好和你过来的时间对上，但下回你可能得等一会儿了。”

“这次你知道我来了？”

“是的。”

“怎么知道的？”

他冲我露出一个淘气的笑容，“阿羊告诉我的。”

返回第二层的途中，我去之前设在洗涤衣物传送滑道里的网那里看了下有什么收获，结果发现了一些衬衣、三条裤子、几件外套和一身人控警制服。这制服是相当出色的伪装道具，但也可能招来麻烦。人控警会追踪制服的去向吗？他们全都认得彼此吗？如果有人穿上厨房工人的白色制服，我是无法分辨他究竟是擦洗工还是间谍的。我暂时没做决定，而是重新把网张好，将那套制服放回了网中。

接着我去了一趟食堂，挤过体味熏天的庞大人群，来到之前向我提起通风管堵塞的那个舀菜工跟前，停下了。

“你的问题解决了。”我说。

他点点头。

“多谢。”

他和我对视了一眼，继续舀他的食物。但他肩膀舒展开来，腰也挺得直了些，脸上浮起一丝淡淡的笑容。这抹笑容印在我的脑海里挥之不去。尽管我们拥有的食物种类非常少，厨房擦洗工还是在努力给其余人供应菜肴。

卡贡总是不忘给舀菜工道谢，每次排队向前挪的时候，他都与舀菜工打招呼。我记得，以前他这么做时我总是既气恼又不耐烦，觉得他耽搁了后边的时间。想起卡贡如今的处境,我不禁为自己对他说过的每一句刺耳的话感到后悔。

我在一张张坐满人的餐桌间挤来绕去,寻找空位。我瞥见贾西和他的伙伴们把一张桌子占满了,可转头再看时,却发现贾西冲我拍着他身边的空位。有意思,那地方一秒前还坐着人呢。

我明白他的意思,却犹豫着要不要响应,但我实在找不到回避的理由。于是依着他的指示就了坐。

“窃听器效果不错,多谢。”贾西说。

“不谢。”我把一勺炖四季豆塞进嘴里。

“我们已经听到好几条有用的重磅消息了。你觉得还能再帮我们多装几个吗?”他语气颇为随意,但掩不住眼神里的热切。

“装在哪儿?”

“控制室上方,还有电梯里。”

“光是监控人控警还不够吗?”

他的视线扫过周围的大批擦洗工。我跟随他的目光看去,想知道他到底在看什么。大多数人脸上阴云密布,只有几个人面带微笑,还有个别人在放声大笑,在人群中很是扎眼。

“不,完全不够。”他说,“你能办到吗?”

“当然。”我又吃了几口菜,这才意识到自己从前根本没留意它的味道,于是慢慢咀嚼,刻意品味了一番。味道不坏,难道厨子改良菜谱了?

“你的条件是什么?”他问。

这问题有意思。他居然主动提交换条件。“要不,一旦你窃听到了什么对我比较重要的信息,就告诉我,如何?”

“成交。事实上,我现在就有话要告诉你。我听到卡贡供认自己谋杀了破碎人,还把他肢解了。”贾西注视着我的表情,“很骇人,我承认。不过,尽管人控警找到了相关证据,我还是不信卡贡会伤害任何人的。”他指了指我们周围的擦洗工,“他们也不会信。即便卡贡杀了人控警,我们也都知道那肯定是意外。”

他等着我发话,可我决定对他对猜测不置可否。

“卡贡一人扛下了所有指控。可是,卡拉少校明白卡贡块头魁梧,根本没法儿钻进破碎人宿舍上面的通风管。于是她铁了心,要把制造这一大堆乱子的擦洗工揪出来。”贾西盯着我,“你知道接下来卡贡说了什么吗?”

我的心被冰冷的恐惧揪紧了,“不知道。”

“他又救了你一次。他告诉卡拉,当时在通风管里的是罗迪。”

罗迪?我飞快地在脑子里搜索这个名字,却死活也想不起来。“这人是卡贡的朋友?”

“你都不认识他?”贾西整张脸皱了起来,仿佛闻到了恶臭的气味。

“是我应该认识的人吗?”

“你他妈的当然应该认识!他就是卡拉在147002周大会上电死的那个人。罗迪是因为你才被循环的,你却连他的名字都不知道!”

我震惊得半句话也答不出来。贾西说得对,当他……当罗迪被电杀的时候,我只担心自己的死活。卡拉声称罗迪对她撒了谎,可我并不知道他骗了她什么。

在我开口询问之前,贾西便回答了我的问题,“罗迪为了帮卡贡,告诉卡拉破碎人藏在回收站里。当人控警拆穿这事时……你知道卡拉是怎么做的了。但卡贡现在告诉卡拉,她杀罗迪时操之过急了,没发现他从头到尾都参与了谋反。”贾西向我靠近了些,“卡拉不认可他的解释。这结果来得太容易了,她说。可上司命令她结案,所以你……”他用僵硬的手指戳了戳我的肩膀,“你清白了。只要别再干什么蠢事,你就摆脱嫌疑了。”

他抓起托盘,站起身来,“我希望你值得他们这么拼命。我希望你能趁现在做点儿什么,因为作为一个人类,你一文不值。”贾西头也不回地走了,身后的一帮伙伴照例尾随他而去。

我刨着盘子里的菜肴,把剩下的冷豆子堆着各种形状,身边的空位却一直没人来坐下,直到下一班开始的铃声响起,才将我从痛苦中惊醒。

我匆匆朝指定的管道赶去,照例完成了一系列动作:将吸尘器放进管道,开机,跟着它前进;关掉吸尘器,挪出管道,再拖着沉重的步伐朝下一个通风口走。我既感激卡贡拯救我于水火,又忘不了贾西对我的指责,两种情绪在心中纠缠不休。“一文不值”这个词用来形容我也许很贴切。事态的发展已经超出我的控制,我只能依靠洛根和莱利,才能实施下一步计划。

下班时间到,我把吸尘器拖回了清扫工具柜,浑身上下每一块肌肉都在隐隐作痛,脑子就像死机了一样转不动。我很想找个暖和的地方大睡一觉,可莱利的轮班时段是奇数号,跟我刚好错开,所以我必须趁现在爬去我们的秘密小屋。

我们的秘密小屋。我忍住了笑意。这是莱利给我们相遇的地方取的名字,我可没这样叫过它。这趟旅程对我来说异常艰苦。抵达通风口后,我看见了透过缝隙照上来的蓝光,又检查四周确认没有伏兵,这才跳到沙发上。这一瞬间,我疲惫无比的大脑终于恍然大悟:莱利将沙发和运动探测器连在了一起,所以才会立即知道我来了。这太糟了,我更喜欢他之前的解释——是阿羊告诉他我来了的。

我扫视房间一周,发现这里唯一可见的变化,就是多了一只阿羊妈妈。它和阿羊的外形如出一辙,只是大一号。阿羊就待在妈妈的肚子底下,享受着保护,非常安全。阿羊妈妈身体中部的卷毛被压平了,似乎以前老被拿来当枕头用。我脑海中顿时浮现出这样一副场景：年幼的莱利长着一头乱糟糟的头发，枕在阿羊妈妈身上沉睡，手里还攥着阿羊。我本以为自己会感到一丝丝嫉妒，却怎么也嫉妒不起来。与之相反，我抱起玩具羊母子走向沙发时，心里还不断回想着这幅动人的景象。

我把身体蜷缩成舒服的姿势，等待莱利到来，同时把玩着手里的玩具羊。此刻我不在乎自己是不是迷惘软弱，不在乎“闸门”存不存在，也不在乎这周接下来的时间里会发生什么。我只想享受当下的一刻。

“特蕾拉。”

他的声音刺破了我泡沫般的美梦。冰冷的现实回来了，取代了之前的片刻温暖与安全感。幸好眼前俯身看着我的人是莱利，而不是哪个人控警。在这种地方这么快就陷入梦乡，一不小心可真会要了小命。我想怪沙发太舒服，可心里其实知道是自己之前睡眠太不规律的缘故。

他站直身子，露出微笑，“阿羊让我别打扰你，可我只有三十分钟。”

我发现自己手里仍然攥着他的玩具羊，于是坐起身，把羊放到了身侧的沙发垫上。莱利在另一侧坐下。我抚了抚头发，想知道他来这里多久之后才叫醒我的。

“我一直在找电脑终端，可这儿的所有电脑要不随时有人使用，要不就是位于人来人往的区域。留给你的选择只有一个：我房间里的电脑。”他举起一只手，制止了我的抗议，“我父亲的排班时段是偶数号，你可以在下次上班的时候过来。”

“你家里的其他人怎么办？”

他的脸上闪过一抹古怪的神情，似乎在回避什么，“家里只有我父亲了,所以这不成问题。”

“倘若控制者发现我们用的是你的电脑,后果会怎样?”

“只要不用我的端口,就没法儿证明这事和我有关。”

“可风险还是很大。”

“现在的风险也很大。”莱利指了指我和他。

“言之有理。”我考虑着他的提议,“你的房间在什么地方?”

“E4区。”

我等他说出具体的房间号,他却注视着我,好像在费力思量着什么,“你的……”

“你打算告诉我为什么需要一台电脑吗?”

“没有这个打算。”

“你还是不信任我。”他不带感情色彩地评价道,可说话时,他手掌用力按在腿侧,连胳膊的肌肉都隆了起来。

我把视线移向了躺在我们中间的阿羊母子。以前知道的那些关于上层人的信息,此刻涌上了我的脑海:他们娇生惯养,享有特权。可莱利一点儿也不像那样。“我信任你。”

“那你为什么不肯向我坦白?”

“一方面是为了减少损害面,一方面是出于私心。”

“我们不接受含含糊糊的答案。请说得具体一些。”

“我们?”我问。

他指了指玩具羊。我不禁嘴角上扬。这小玩意儿可蠢了,但我承认它的确填补了我内心某处的裂缝。我抓起阿羊,把它贴近脸庞。比起莱利,还是对它说话更轻松一些。“所谓减少损害面,是指尽量少地牵扯他人参与这场冒险。私心嘛,是我的私心。我最后肯定会被逮捕、送去喂咀嚼机,而我希望那时能让人控警相信你只是颗棋子,完全是被我利用了,其实你对一切都毫不知情。因为我的缘故,已经有一个人被送去喂咀嚼机了,而另一个人……”内疚与恐惧攫住了我,我拼命忍住颤抖,“被处决只是时间问题。你还不明白吗,阿羊?我不想再有人因为我而被循环了。”

沉默在空中弥漫,可我把视线牢牢固定在阿羊身上,来回避莱利的目光。我没法儿面对他的质询。

“我之前不知道你是特拉瓦家族的人。”莱利说。

“什么?”我迅速看向他。他的眉头拧成一团,一副若有所思并且挺惊讶的模样。

“特拉瓦家族才能决定送谁去喂咀嚼机。没想到你居然是他们的一员。”

“开玩笑,我怎么会是特拉瓦家族的人?!我是说,虽然是特拉瓦家族制定了规则,惩治犯规者,但是是我的行动导致那个人违规。”

“哦,所以是你强迫他那么做的吗?”

“没有,可是……”

“可是什么?我很想搞明白为什么责任在你。这一切该怪你吗?我父亲告诉我说,特拉瓦家族没有资格制定法规——我们本该设立一个由所有家族成员组成的委员会。这些规则的正当性本身就存疑。况且,世上还存在一种东西叫作自由意志。之前在卡拉的办公室里,我本有机会揭穿你的,毕竟你从没要求我别告发你。可我选择了帮你。你需要为我的自作主张负责任吗?不需要。我自己才该负责。”

“你总能强词夺理。”

“我说得没错啊。你可以扛下所有罪名成为烈士,但我怀疑没有人明白你是为了什么、为了谁才当烈士的。或者,你也可以接受这一点:有些东西至关重要,值得为之奋斗,而这个过程中牺牲在所难免。”他直视着我的眼睛,“我相信你这次的行动至关重要,应该是为了夺回一些我们失去的自由。我很清楚这事有多危险,可仍决心帮你。

既然你信任我,我也得信任你才行。所以,请你告诉我:你为什么需要上层人的电脑?"

我内心激烈地斗争着。如果我告诉莱利"闸门"的事,恐怕他会觉得我得了失心疯。可他都为我豁出性命了。"我们希望能找个办法绕过控制者的网络安全措施,这样才能打开一些文件,找到重要信息。"

"什么信息?"

"关于如何设置各种机械系统,如何在不惊动控制者的情况下改变它们运行方式的信息。"我这么说只是省略了部分真相,至少不算撒谎。

他放松了些,"瞧见了吧?说出来一点儿也不难。"他站起身,从沙发底下扯出一叠衣服,"我借了一套培训生的制服给你。"莱利用手势示意我也站起来,又把衣服贴在我身上比了比,"看来应该挺合身。"

他的指关节碰到了我的肩膀,一阵暖意随之漾遍了我的全身。

莱利继续打量着我。他把制服搭在一只胳膊上,另一只手伸向我的头发。几缕发丝从我的马尾辫里脱了出来,他把它们撩到我的脸侧,"把头发放下来吧。这样看上去年纪更小。"他的手指轻轻刮了刮我的下巴。

我忍住把他的手按到自己脸颊上的冲动,问道:"年纪更小?"

"你得装成一个学生。"

"我们不是要去你家吗?难道你约了其他人过来?"

"没有,但不排除有人来访的可能性。要解释为什么我的房里会出现两名擦洗工,可就太困难了。"

"有道理。"

他继续在那叠衣服里翻来找去,我则把整个马尾辫都扯散了。我用手指梳理长发,把它们分成了三络。

“别。”莱利说。

“为什么？”

他没有回答，而是把我的手拨到一边，又把我的头发放回了肩膀上。他往后退了一步，若有所思地歪起了脑袋，“你把头发扎到脑后的样子看起来十分严肃。”他比画了一个手势，“现在你才像我遇到的第一个特瓦拉家族的人嘛。”他把我的头发揉乱了些，将几缕发丝拨弄到脸侧，“哈！这就完美了！”

我给了他一记能杀死人的眼神。

他的笑意更甚了，“这就更像了！简直就像时空倒流。”

“哈哈。真有意思。”我用死板的语调说，抬手把发丝拔开，捋到耳后，“有什么伪装服给我的朋友吗？”

“我不知道你要带什么样的人来，所以找了一件最平常的养护队工作服。这衣服是均码的，所以我们早就看惯维修工人卷着袖管和裤腿了。”

他把衣服递给了我。培训生制服的布料摸起来粗糙耐穿，就和下两层的孩子在育儿中心里穿的套装一个质感。

他脸上闪过一丝纠结的神情，“休息时间结束了。我家在E4区的3695号房，你能找到吗？”

“能。”

“什么时候过来？”

我估算了一下找到洛根，再把他带上第四层得花多长时间，我又想让安-杰德替我上一班了，“四十二点左右。”

“那到时见。”他快步离开了房间。

为了预防某个上层人碰巧撞见他出门、上来质问，我等了片刻才动身离开。毕竟躲在沙发后面，也比正往管道里钻时被人发现强一些。见时间差不多了，我便把梯子搬到通风口下方。在爬上去之前，我把阿羊塞回了它妈妈身下。

寻找洛根的途中,贾西的一个手下撞上了我。他趁机塞给我两个窃听器,就一言不发地从容走开了。走廊里回荡着笑声,人们三两成群地聚集着、交谈着。弥漫在下层的紧张氛围似乎缓和了不少。

没过多久,我便意识到了原因。在下两层执勤的人控警数量又恢复了平常的水平。我急急忙忙朝洛根的宿舍赶去,不时有擦洗工向我看过来。一些人朝我微笑,眼底闪烁着希望的光芒;一些则扬着半边眉毛,露出质询的眼神。

生平头一回,我成了别人关注的焦点。人们打量着我,仿佛我是一颗定时炸弹。我会炸裂开来、引发一场灾难呢,还是“啪”的一响、变出一个奇迹?他们的目光挤压着我的胸口,以至于我要挣扎着才能呼吸。

人控警的间谍仍然潜伏在我们中间。我很惊讶他们至今都没有发现卡贡的行动我也有份儿。也许卡拉是在等待我犯错,毕竟目前她不能证明我和破碎人失踪一案有关。但只要跟踪我几周,她就总会抓到我的小辫子。想到这里,我的呼吸变得愈加困难了。我无比渴望简单的生活。以前在管道里独来独往的时光,现在似乎已是遥远又美好的回忆。

我在宿舍里等候着,后来安-杰德和洛根进了门。此时正值奇数号班结束,偶数号班即将开始。

洛根浅棕色的眸子一亮,“游戏开始啦?”

安-杰德不满地剜了他一眼。

“一小时后在A2-5号走廊和我碰面。”我告诉他,“安-杰德,你能顶替我上班吗?”

“当然。”她直视着我的眼睛说,“请务必保证他的安全。”

“我会尽力的。”我感到喉咙里又烫又干。

“嘿，”洛根打岔道，“我可是成年人，能照顾好自己。”

“你在说笑吗？”安－杰德反驳道，“要不是我，你做什么都会迟到，只知道忙着摆弄你的玩具。”

我转身离开。他们你一言我一句的拌嘴声伴随我走出了宿舍。贾西的一个手下在走廊上等着。他不露痕迹地来到我身侧，与我并肩而行。

“老大想见你。”他说。

“什么时候？”

“现在。”

“现在不行，我得去上班。替我转达，稍后我会去找他。”

他粗壮的手指拽住了我的右手肘，“你现在就得去见他。”说着，他便拖着我走起来。

我大声抗议，他却目不斜视地继续前进。这家伙的块头是我的两倍，我明白自己没法儿挣脱他的手掌。但我可以用螺丝刀捅他，想到这里，我左手悄悄靠近了工具带。

“我可不会那么做。”他开口了，“那样会……惹我不开心的。”

他还真会遣词用字。我命令自己理智起来，克服胆怯，待会儿再见机行事。毕竟，现在大闹一场对我没好处。

贾西在 D1 区的宿舍“上朝”。我被大块头扭送给他家老大时，至少有六个满脸郁闷的人盯着我。见到脸色铁青的贾西，我不由得心头一沉。

“我知道这事迟早会发生。”贾西说。他胳膊上的肌肉在颤抖，眼里发出暴怒的光芒，“只是……我还没准备好接受它。”他咽了口唾沫，愤怒之情似乎微微缓和。

“怎么了？”我准备好迎接糟糕的答案。

“这事我本想怪在你头上,但我做不到。”他移开视线。

大块头的手指几乎掐进了我的皮肤。我痛得叫了一声。

贾西猛地转脸盯着我。这一回,我发现他的眼里满是悲痛。“卡贡要被处决了。”

13

他的话像一柄尖刀扎进我的心脏,把它划成可悲的碎渣。我很理解他为什么接受不了这件事。我也同样不愿正视人控警即将循环卡贡的事实,我总是故意忽略它,总想晚点儿再去面对,甚至干脆盼着它会自动消失。

“什么时候?”我问。

“九十九点钟。他们计划把卡贡押去咀嚼机之穴,然后在那儿电死他。”贾西的声音里充满愤怒,“他们觉得在那儿行刑,比一路从监牢把尸体拖去喂咀嚼机要省不少力。现在处决卡贡,一看就是卡拉的主意,她是想在一百小时大会上宣布这消息,以便杀鸡儆猴,展示反抗人控警的下场。”

我心头一算:还剩五十八个小时。

“如果你现在的计划能救卡贡,就赶紧动手。”贾西说。

“要是胳膊断了,我就什么也做不了了。”

他点头示意,大块头放开了我的手肘。我揉了揉肘关节,转身准备离开。

“特蕾拉。”贾西叫了我一声。

“又怎么了？”我几乎是在咆哮。

“需要任何东西就告诉我，尽管开口。”

鉴于上回见面时他还骂我一文不值，这真是个慷慨的许诺。“知道了。”

尽管胸中情绪翻涌，我还是匆匆赶去和洛根碰面。但我径直走过了本该转弯的地方，不得不停下脚步。此时分心是致命的危险。在使用上层电脑之前，我们绝不能被抓到，否则之前的一切努力都会化为乌有。我把恐惧和焦虑塞进想象中的小铁盒，为了保险起见，又将它扔进了我支离破碎的内心深处。我没忘记在盒子上加一把硕大无朋的锁，然后才把它推向意识的边缘。

接着，我就像个机器人一般，心无旁骛地走向了A2–5号走廊。洛根正焦躁不安地原地踱步，想装出一副若无其事的模样，可惜失败了。但至少这回他没啃指甲。

我带他来到了紧邻A区电梯井的维修间门前。洛根监视着走廊，我则打开了门锁。和卡贡一起把破碎人藏进洗衣箱、推入这里的回忆涌上心头，差点儿压垮了我。我赶紧把这股情绪抑制下去；现在可不是感情用事的时候。我们溜进屋内，锁上了门。

我推开通风口盖，取出一叠衣物，“这个，穿上吧。”我把莱利找来的养护队套装递给了洛根。趁他穿衣的当儿，我也套上了培训生制服。这套衣裤是黑色的，沿衣袖和裤腿侧面镶有银杠，穿在我身上松松垮垮的，我用腰带束紧了它。

等洛根穿戴完毕，我先爬进管道，再帮忙把他拉了进来。

“这里比散热管道宽些。”他说。

“这里仍然有扩音效果。另外，我要带你去一个只有我知道的地方，你绝不能向任何人提起，就算安-杰德也不行。你能保证吗？”

“噢，听起来很好玩。当然了，我保证！”

我穿过通风管，来到肉眼几乎不可见的舱门跟前，打开了它。洛根抬手捂住嘴才抑制住惊呼。我打开电筒，钻进旁边一米半高的空间，然后挪身给洛根腾出了位置。我关上舱门时，他瞪眼打量着周围。

“这是什么地方？”他悄声问我。

我耸耸肩，“我管这地方叫间隙带。每层之间都隔着这样的空间。”

“哇噢。它是用来干吗的？”

我指了指周围，“放管道和电线。我想所有人都把它遗忘了。每层都有一个难以发觉的舱门，是进入这里的唯一通道。跟我来吧，动作放轻点儿。”我迅速朝电梯移去。要把洛根带上第四层，最轻松的办法就是让他待在电梯顶部。

电梯井和各层间隙带的交界处有一个半米高的缝隙。我从工具带中掏出一把可折叠的镜子，将电筒照进电梯井。通过镜子，我看见电梯正停在第三层。

“等电梯下到这层来时，它不会停顿太久，我们得争分夺秒地轻轻爬上电梯顶部，然后静静待在那儿，直到它升上第四层。”我说。

“到第四层后怎么办？”洛根开始咬他的拇指指甲了。

“在电梯降落之前，爬进间隙带。”

洛根直勾勾地盯着我，继续咬着指甲。假如他是台电脑，此刻一定会发出嘎吱嘎吱的运算声。

“我们爬上去后，得一直等上层人叫电梯到第四层吗？”他问。

“不用，我们可以使用电梯顶部的超驰控制[①]板，命令电梯升到第

①指自动控制系统接到事故报警、偏差越限、故障等异常信号时，超驰逻辑根据事故发生的原因立即执行自动切手动、优先增、优先减、禁止增、禁止减等逻辑功能，将系统转换到预设定好的安全状态，并发出报警信号。

四层。”

我们等待时，洛根一直在发抖，“这儿好冷。我好奇怎么会存在这种额外空间。间隙带是贯穿了整个‘里面’吗？”

我跟他解释说，每层都由“工”字钢梁与“里面”真正的外壁相连。

“下两层之下也有这样的间隙带？”他问。

“对，每一层周围都有间隙带。”

“那四周的间隙带之外又是什么呢？”

“‘里面’世界的外壁。”

他思量着，“外壁摸起来是什么样子的？”

“表面覆盖着绝缘泡沫。”

“我的意思是它的温度如何？冷还是热？”

“哦。泡沫和室温一个温度，但有些没泡沫的地方摸起来像冰一样冷。”

他咧嘴笑了笑，“你把耳朵贴上去听过吗？”

我承认我试着这么做过，试图听见外壁后面有什么声音，“除了嗡鸣声，什么也听不见。”机械系统总是发出嗡鸣，形成一股持续的背景噪音，它如同“里面”的呼吸一般，以至于多数擦洗工已经根本留意不到它了。

“太令人失望了。”

随着一声欢快的呼啸，电梯总算降了下来。我们穿过缝隙，小心翼翼地爬上电梯顶。我摁下超驰控制按钮，命令电梯升上第四层。我不担心里面的人会发现异常。人控警经常抱怨这台电梯爱抽风。

底下传来人声，但都模模糊糊得听不真切。电梯开始上升，洛根露出恐慌的眼神，我把手指靠住嘴唇示意他别作声。电梯的移动速度很快，数秒之后我们便到达了顶层。我招手催促洛根爬开。他慌忙翻过屏障，落进第四层间隙带时却跌了一跤，发出哼哼声和“砰”的一响。

我们僵住了,聆听着下面的动静,想知道自己是否被发现了。底下只传来电梯门刷地关上的声响。我连忙抓住屏障边缘,将自己拉了上去,坐到边缘上。电梯往下走了,我的双腿还悬在电梯井里晃荡。洛根赶紧退后几步,我才翻身进去,站在了坚实的地面上。

休整片刻后,我带着他穿过迷宫般的管道系统,朝隐形舱门走去。最初寻找这些舱门可相当不容易,我花了很长时间才在各层找到相应的隐形舱门。我记得自己找到最后一个舱门时,心中油然而生的失望之情。搜寻舱门的经历对我而言是一项挑战,我的生活也因此不再是平时那种毫无意义的周复一周了。

找到舱门后,我在洛根耳畔悄声道:"从现在开始,不能说话,不能发出任何声音。明白吗?"

"明白。"

第四层的隐形舱门开在十五号通风管里,通风管从位于H4区的巨大储水箱上方经过,接着穿过E4区的上层人居住区。我沿途边走边数房间号,最后发现这是多此一举。透过通风口往下瞧,在看见莱利焦躁地在盯着天花板之前,我已经感觉到他的不耐烦从通风口里冒出来了。

他在通风口下方摆了张桌子,将梯子置于其上。我取掉盖子,伸出腿。"先放脚。"我一边下去,一边对洛根说。

我和洛根一着地,莱利便赶紧把梯子挪开。我们站在小小的起居室中央。房间里有一座沙发、两把椅子和一张低矮的桌子。两个男人打量着彼此。

"我就不作介绍了,这样比较安全。"我打破了这令人不适的沉寂。

"他是擦洗工。"莱利说。

"所以呢?"我质问道。

"他没有端口,无法进入电脑网络。"

洛根得意地一笑,“我不需要端口。电脑终端在哪儿?”

莱利看起来不大放心,但还在打开了墙上的金属屏幕,那玩意儿就跟破碎人藏身小屋里的一模一样。他拉过一把椅子,挥手示意洛根就座。

“你的端口怎么办?”我问,“如果你离得太近……”

“已经取出来放到金属盒子里了。”莱利揉了揉右边下巴,仿佛很不适应缺了端口的感觉。

洛根一刻也没浪费,手指已经在键盘上飞舞起来,“这得花些时间。我得先引开控制者,然后通过迂回线路进去。我可不想被人知道我进来了。”他朝我们咧咧嘴,露出狂野的一笑。

我和莱利并肩站着,越过洛根的肩膀看向屏幕。上面不断涌现的陌生符号在我看来毫无意义,可莱利却皱起了眉头。看样子得转移他的注意力。

“带我参观一下如何?”我问,“我从来没真正进过上层人的房间。”

这下他的不悦都转移到我身上了,“真的?可你都从上面偷看过了吧?”

有那么一瞬间,我怀念起了那个傻乎乎的莱利,他曾经弄乱我的头发,还假装和玩具羊有心电感应。“我才没偷看任何人。我一向避开居住区,因为这里太危险了。第四层里我去过的地方只有那个储物间和卡拉的办公室。”还有监牢,但我觉得还是不告诉他比较明智。我指了指对面墙上那扇半开的门,“那是卧室?”

莱利带我参观了他的卧室,依然闷闷不乐。这个小巧的房间里有两张床,床中间摆着一张长桌和两台书桌。浅蓝色的金属墙上支着一些金属物件,一张书桌上散乱地放着许多电路板,另一张则很整洁。床也同样:一张理得整整齐齐,一张乱糟糟地堆着毯子。

他顺着我的视线看去,“我和父亲共住一间房。他总是教训我该叠好被子、整理好东西。"

房间里再没别的装饰品了。"阿羊爸爸在哪儿呢?"我问。

他脸上浮起半抹笑意,但很快就被悲伤取代,"在我弟弟那儿。"说着,他转身大步走回起居室,打开了洛根身边的一扇门,"标准洗手间。"又指了指最后剩下的那道门,"套间的正门。"

正门和其他两扇门别无二致,只是上面装有一个小猫眼和更多的锁。

"好了,本次参观之旅结束。"他说。

"这就完了?"我的声音显然透着惊讶。

"对。"

"可是,我还以为上层人住在有很多房间的大公寓里呢。"

"上将和中将家是那样,不过大多数人的住所和我这儿差不多。如果我妈妈还活着,我们倒是能拥有两个卧室和一间小厨房。可眼下唯有我和父亲,就只能分到这样的套间和一台冰箱了。"

看来那些关于上层人居住条件的传言也太夸张了。我很想知道还有哪些说法是失实的。"如果你们想……成家,怎么办?"

"如果我找到伴侣,父亲就会被分配到别的套房去,和另一名单身男子同住。如果他找到伴侣,搬出去的就是我。"

"他想找伴儿吗?"

"不想。"

上层人找伴侣一事在我看来是奇谈。擦洗工只是随便勾搭,看对眼了就待在一起,腻了便换人。生下的孩子全部送去育儿中心。只有极少数情侣从一而终。人控警会追踪擦洗工配对的情况,一旦发现某对情侣血缘过近,便将他们拆散。

洛根欣喜地喊了一声:"我进去了!"

莱利站在他身后,观察着屏幕。

“上层人一结成伴侣就要相守终生吗?”我问莱利,希望能把他的注意力从屏幕上拉过来。

“大部分人是,但实在合不来也会分开。”

“你休息的时候都玩什么?”

莱利姿势僵硬地瞪着我,浑身散发怒气,“特蕾拉,我知道你在做什么。你从来不问上层人的事,除非它直接与你的**任务**相关。你对上层人成见很深,之前也从未表现出对我们有兴趣。可我看得出,你朋友进入的系统,是持有十级安全权限的人才能进的地方。所以,他要么是名少将,要么就已经惹上杀身之祸了……”

“除非我被逮到。”洛根说,“别担心,我隐了身。”

“隐身?那又是什么鬼玩意儿?”莱利质问。

“就是不会留下可以被追踪的痕迹。”我解释道。来这儿真是个坏主意。我希望洛根能快些搞定。

莱利的怒火更甚了,“你没有告诉我全部真相。现在是时候坦白了,特蕾拉。这人**到底**在找什么?”

“呃……”要是坦言我们在找“闸门”的位置,可能会毁掉我残存在他心目中的最后一点信誉。他知道多莫托曾尝试绕过控制者,替其他上层家族夺回电脑的控制权。

他审视着我的脸,抢在我开口之前说:“别撒谎。”道出这几个字时,他几乎是咬牙切齿。我知道自己踩到危险的底线了。

“找到了!”洛根喊道。

“找到什么了?”莱利问。

我还没来得及开口,洛根——我们的交谈他压根儿一个字也没听——自豪地宣布:“‘闸门’的坐标。”

“太好了!”我不禁雀跃而起,一掌拍在洛根背上。卡贡听到这消息肯定会兴高采烈的。我仿佛已经能听见他说“早就告诉你了‘闸门’

真的存在”。可当听到莱利的喉咙里发出窒息般的呻吟时,我的喜悦顿时烟消云散。怒火已经从他的脸上消退。他的脸颊涨红了,原本红润的耳朵尖却变得煞白。此时我突然恨不能找条地缝钻回下两层去。

“等等。”洛根说,注意力转回了屏幕上,“不对……不……该死的……”

“怎么了?”

“这玩意儿需要密码。”

“可你说你找到信息了啊。”

“我找到文件了,但打开文件还需要密码。有什么头绪吗?”

我多想抱住电脑摇晃一通,直到它缴械投降,乖乖让我们看文件。我们一路披荆斩棘、历尽风险,最后却……我只能暂时不去理会巨大的失望,集中心思解决当下的问题。

“试试‘闸门’怎么样?”

“不行。”

“‘里面’? ‘外面’?”我求助地看向莱利,他只是摇了摇头,面庞上挂着一副惊惧又兴奋的神情。

“不行,也不行。等等!”洛根一下坐直了,“这种情况一般都设有密码提示的。”

“设有什么?”我问。

“是人就会遗忘,这是人类的共性。但因为害怕万一被别人瞧见,你又不能把密码写在纸上,所以电脑里通常设有帮助回忆密码的方法。”

“怎么个帮法?”

“它会问你一些问题,答对了就告诉你密码。”

“如果我们不知道答案呢?”

“那我们就拿不到坐标了,得继续猜下去,只是……”他朝前倾了倾身子,“允许猜测的次数有限。超过十次还不正确的话,电脑就会通知控制者有人试图读取文件。”

“那就糟了。”后果不堪设想。

“的确很坏。”敲打键盘的声音在沉默的空气中回荡,“好了,我找到密码提示问题了。”

“然后呢?”我立刻接嘴道。

“我不晓得答案。”洛根说。

我差点儿没伸出手来掐住他的脖子,“问题是什么?”

“噢。‘它是开端,也是终点。它是什么?’”

14

“一个圆圈？”莱利提示道。他已经从听到“闸门”的震惊中恢复过来，转而被眼前的神秘问题吸引了注意，“圆没有开端，也没有终点。”

洛根将手指放到键盘上。

“稍等。”我问，“你已经试过几个密码了？”

“三个，所以在电脑自动关闭之前，我们只剩下七次机会。”

“圆圈是个不错的想法，但我们可以试着用逻辑梳理一下这个问题。”我将脸旁的发丝拨开，捋到耳后，“这答案一定是指‘里面’的某件事物。我们知道，它是一样东西，但不是地方或人名。”

“我们知道这个？”洛根问。

“对，这问题的用词是‘它’和‘什么’。‘它是开端，也是终点。它是什么？’倘若答案是人，问法应该是‘谁’；是地方的话，应该问‘哪里’。”

莱利在空椅子上坐下，抬起一只手掩住眼睛，仿佛这样就能排除外界干扰似的，“这里的每样东西不是正方形，就是长方形或立方体，没有圆。”

我在沙发上坐下。起居室太狭窄了，容不得我踱来踱去。我在脑海里搜索着圆形的东西。“细想起来，这里所有的东西都在循环[1]之中。空气经由过滤器和净化器，在整个‘里面’循环。水和垃圾也一样，都要经过循环和再利用，从不浪费。”

“我还要输入‘圆’吗？”洛根的手指悬在键盘上方。

“输入吧。”我屏住了呼吸。

“不对。再试一次。”

该死。我在脑子里回放着这个问题。它听起来颇为熟悉，就像我曾在哪里读到或是听说过似的。也许是在育儿中心里。但我在那里上过太多课了，包括数学、生物、科学……“难道是‘水’？”

“为什么是‘水’？”莱利问。

“水有一个循环的过程。它会蒸发、凝结、结冰、融化，能从气体变成液体再到固体。水是‘里面’的生命之源，没有它，谁也无法生存。”

“空气和食物也是同理。”他思索道，“空气有循环的过程。我们吸入氧气，呼出二氧化碳。水培植物间的植物吸进二氧化碳，再释放氧气。食物也有循环的过程，包括食用和生产。想想那些羊吧。”

“你是说阿羊？”它要是在这儿就好了。“阿羊会知道答案吗？”我揶揄道。

他放下手，朝我笑了笑，“不会。羊吃草和蔬菜，同时制造给草和蔬菜施肥的肥料。又是一个循环。”

洛根尝试了“水”“空气”和“食物”。“不对。只剩三次机会了。”

按照这个思路，我还能想出生活中另外三百个称得上“圆”的东西，包括人。或许答案并不是抽象的“圆”，而是一个具体的东西，或是

① 原文中“圆”与“循环”皆为“circle”一词。

一个数学符号。"'0' 也是圆的。另外,无限的符号是不是侧放的 '8' 来着?"

"这还是假设答案和圆有关。" 莱利说。

"你能想到其他的可能性吗?"

"不能,可是尝试把它和数字和数学概念联系起来也太……" 他举起手甩了甩,"这么试的话,答案可能有一百万种。我就不会……"

"停!" 他话里的一个词触发了我的某段记忆。我回想着当时的场景,思考着这个想法是否可靠。我越来越确定,自己知道答案了。

洛根和莱利盯着我,等待我发话。

"'第一百万周',这就是答案。" 我想起了周末大会时那个老擦洗工说的话:一百万周不是终点,而是开端。

莱利发出一声呻吟,洛根眼里却闪起了希望的光亮。

"那只是瞎编乱造出来唬人的。一百万周和其他周不会有任何区别,它不具备任何重要意义。"

"人们还说 '闸门' 是瞎编的呢。" 我指了指洛根,"可现在我们离它的位置就只差一道密码这么远了。"

洛根迎上我的视线,"我应该输入什么? '一百万周' 还是 '第一百万周'?"

"都试试。"

我和莱利坐不住了,起身站到了洛根身后,一同盯着屏幕。我抓住洛根的椅背,看他键入 "第一百万周",按下回车。文字消失了,窗口又恢复到密码提示问题的界面。这回洛根输入了 "一百万周"。

"你确定?" 洛根的手指悬在了回车键上方。

我放开椅背,转而抓住了莱利的胳膊,"确定。" 我想要移开视线,但还是盯住了屏幕。屏幕黑了下来,接着一排排文字飞速掠过,宛如我心跳的节奏。我看不清那些文字,它们不断涌现,形成了占据屏幕的一条条白杠。

“洛根？”我不在乎自己是不是直呼了他的名字。

“成了！打开了！”

我伸出胳膊抱住洛根的脖子，在他脸上亲了一下，然后转身拥抱了莱利。他也兴奋得忘我，前倾身体，抱起我在空中转了几圈。

洛根又敲打了一串数字。

“‘闸门’在哪儿？”我问。莱利还抱着我，我欢喜得有些飘飘然。

“喔，对了。”他在键盘上一阵狂敲，然后屏幕上浮现出一个粗略的“里面”模型图——一个立方体，底部靠近某条边的位置闪烁着一个光点，“那条边是G1区的西墙。那个点在水培植物间。”

“可这样的话，那儿的工人应该早就发现了。”莱利说。

“也许那门和特蕾拉早前发现的几乎隐形的舱门一个样。”洛根说。

“几乎隐形？”莱利低头看着我。

他把我拉近了些。他个子很高，强壮的臂膀环绕着我。我知道自己应该挣脱的，可内心却想待在原处。“有些门很难发现，比如上面长满了藤蔓的那种。”

“对。许许多多的藤蔓。”洛根说。

莱利有些着恼，肌肉一紧，“你这朋友是个不折不扣的骗子。你到底在掩藏什么？”在我犹豫之际，他双手挪到了我的肩头，把我往后推开了些，这样就能更好地直视我的脸，“够了。‘闸门’的位置……‘闸门’的存在这件事过于重大。不，说‘重大’也太轻巧了……它足以颠覆旧的世界观。如果‘闸门’真在那儿，还能被打开，那么这事可能引起的反响简直难以预料。我现在就必须知道全部的前因后果，要不然，我就……”

“就怎样？举报我吗？这事你也有牵连。”

"不。我就会跟着你,哪怕是一路跟进各种管子里去,直到我了解一切。"

洛根扫了他一眼,"你会被卡住的。"

"太傻了,他不会真那么做的。"我说。

"那我至少可以不让你离开,除非你告诉我真相。"莱利站直身体,想让自己看起来魁梧一点儿。

"目前二对一,"我说,"况且我有武器。"我把手放到了工具带上。

他泄气似的放下了双手,但是,看到他眼中闪烁的神采,我知道他还没有放弃。

"那用阿羊来交换,如何?"

"当真?你愿意把阿羊给我?"我觉得他是虚张声势。

"愿意。"

他是认真的,而我的反应也把自己吓了一跳。我本该很想得到阿羊的。"不行,阿羊得和它妈妈待在一起。"我抬起一只手,阻止莱利开口,"让我再想想。"

莱利说得没错,发现"闸门"的存在就像找到了新世界的大门,众多问题和机遇都会接踵而来。倘若我们现在被逮到,莱利哪怕只是知道"闸门"存在一事,也会因此遭到循环。要救他为时已晚,即使他上次跟我讲过一堆关于自由选择与牺牲的话,也没法儿让我好受多少。

"你最好坐下。"我说,"这事说来话长。"

"所以'闸门'不是在水培植物间的墙上,而是在**真正的**外壁上?"莱利问。

"是的。"我说。

"除了我们三个,没人知道外壁的事?"

"据我所知是这样。我从没在间隙带看见过别人。不过,级别较高的上层人可能在电脑里见过它，知道它的存在。”

“‘里面’完整详细的数据和蓝图都被删除了。”洛根说。他一直在电脑系统里搜索，想尽可能多地收集关于控制者的信息。

“你确定？万一工程师们需要用到呢？”莱利问。

“各个系统——水、空气、电力和散热——都有自己的设计图。让我瞧瞧……如果我把它们拼到一起……”洛根敲打键盘，“还是显示不出特蕾拉的‘间隙带’和‘闸门’。另外，许多其他资料也不见了。历史记录被抹得干干净净，直到……第 132076 周。”

差不多是一百五十百周之前。

“根据彼得·特拉瓦上将的日志，有一拨企图利用磁力摧毁‘里面’的破坏者。他说这场暴动在没有人员牺牲的情况下被阻止了，但电脑系统遭受了重大损伤，导致数据丢失了。”洛根又翻阅了几页，“不对劲。这数据也清除得太彻底了，不像磁力造成的。”

“你能看出文件是什么时候被清除的吗？”我问。

“就在上将写日志的同一周，仅在十五百周前。哇噢，这日志内容是假的。”

“那一周发生了什么？”我问。

“可能是一些上层人试图读取系统里那些受保护的文件。”莱利说，“我父亲给我讲过这事。也许他们太接近真相了，于是特拉瓦家族决定删除他们掌权之前的全部数据，然后编了一篇日志来解释。”

“并不是全部数据。系统里还有十个隐藏的受保护文件。我打赌控制者压根儿不知道它们的存在。记录‘闸门’位置的文件就是其中之一。也许当时有对特拉瓦家族持异见的人，他们把文件隐藏了起来。这些文件全都设有密码保护。”他高兴地哼起了小调，仿佛有新玩具入手的孩子。

“这些文件会不会就是多莫托想找的东西？”莱利问我。

“我不知道。”

“特蕾拉,你的出生周数是多少来着?”洛根突然问道,语气有些怪异。

“第145487周。怎么了?”

“哪个钟头?”

“你问这干吗?”我反问。

“你就依了我吧。”

“四点—五点钟。”

他吹了声口哨。

“洛根,告诉我怎么回事。”

“这里有一个文件,标题是你的出生周数和钟点数。”

“什么?”我凑近显示屏,他指给我看了看。

“你刚才为什么觉得这和我有关?”

“它说,‘给我的女儿,她出生在……’多莫托,或者别的什么人,认为这十个文件意义重大,所以我就随便一猜,也许它和你有关系呢。”

“能打开吗?”

“不能。它和其他文件一样,密码提示问题都是‘微笑一个,给我看看你的珍珠皓齿。你有多少牙?’”他瞥了我一眼,“数数你的牙齿。”

“这也太简单了,而且,万一我掉过牙呢?”

“你掉过吗?”

“没有,但我认为它是指别的东西。”“珍珠皓齿”四字突然在我脑子里一闪。我唯一的财产。镶珍珠的梳子。答案是我那把梳子的梳齿数目。

“那它会是……”

“一个我没带在身上的东西,所以现在我们无论如何也答不出这道题。”

“时间很晚了。下一班一小时后就开始。”莱利说。

我惊讶地看了看时钟。我太沉浸于解谜之中，都没注意到时间的流逝。

“再给我几分钟就好。”洛根敲字如飞，“我想把这些文件放到稍后用下层电脑也能读取的地方。”

我迫不及待地想要出发，在洛根背后焦躁不安地等待着。

莱利脸上也笼罩着忧虑的神色，“你确定这回使用电脑不会有记录，也不会被追踪？”

“确定，我隐了身。没用端口，毫无后患。”

“什么意思？”莱利追问。

“呃……总之就是我能够不用端口进入系统。”

洛根太不会撒谎了。这时他突然惊叫了一声，让我俩都忘了追究前面的问题。

“又怎么了？”其实我真不想听到答案。

“‘闸门’打开的时候，会吸收大量的能量。而且，它会在各个系统触发警报。我们得在每个系统都找到内应，帮忙掩盖这个警报。”洛根说。

又给我出了一个难题。就没一件省心事。

“电力系统可以由我负责。”莱利说，“但我们得发动其他上层人来协助。”他思考着，“有些上层人是支持多莫托的，自从他被捕之后，他们都低调行事，可如果我坦白说我们找到了‘闸门’，他们很可能会笑掉大牙。”

“可你信了我们呀。”我说。

“那是因为我看见洛根在使用十级安全权限，还亲眼见着了那个文件。参与这事对上层人来说风险巨大。他们并不认识我，也不会信任我。可他们会相信多莫托的。你能把他带上来吗？”

他也许有力量爬过通风管,但绝无可能跨层行动。"除非用电梯。"

"这也太招摇了。多莫托在上层知名度很高。他被捕受罚后,这事连续好几周都是人们的谈资。在这儿他没法儿混进人群。我们无法在别人不察觉的前提下把他从电梯带去其他房间。"莱利揉了揉脸,"另外,我心目中有一些兴许愿意帮忙的人选,但我也不敢保证他们是否真心支持多莫托。何况他们有可能把这事告诉我爸。"

问题接踵而至。越来越多的人被牵扯进来。我总是感觉,信任上层人实在不明智,可我们需要他们。"多莫托应该知道哪些人可信。我会从他那里问来一些名字,再要个暗号或是信物之类的东西,以此证明多莫托真的参与了这件事。"

"这办法应该管用,可到时我也需要你在场。"

"为什么?"

"为了证明在打开'闸门'这事上,擦洗工不是在说笑。"莱利说。

"另外,如果我打开了那些隐藏文件,"洛根说,"上层人也许能找到方法绕过控制者,夺回控制权。"

"这主意听起来可行。"莱利说。

替洛根扶着梯子时,不安令我的胃一阵绞痛。我痛恨不得不相信上层人。我信任莱利,他不一样。他真的不一样吗?

"多谢你帮我们。"洛根爬上桌面时,我对莱利说。

"你什么时候能要来名单?"

我得先把洛根送回去,再赶去多莫托的藏身之所。"四个小时后,误差在一小时内。"

"我会趁休息时间去秘密小屋见你的。"莱利想扶我爬上桌子,握住了我手臂酸痛的地方。

我痛得叫了一声,他赶紧放开手。

"抱歉。"莱利看我揉着受伤的部位说。

“一定是在哪儿撞到了。”

洛根发出求助的呼声，他的双腿悬在通风口下晃荡。我把他推了进去。他消失在管道里，我才伸手去够通风口。

门边传来“咔嗒”一声响。

“下来。”莱利命令道。

我一刻也没犹豫。他把梯子从桌旁拉开，折叠起来靠在墙上。然后他两大步跨到电脑前坐下，悄声道：“站我后面来，听我指示。”他把手放在了键盘上。

我走到莱利背后的时候，门开了。我俩都转过身去，盯着进门的男人。他看见我们时，骤然停住了脚步。

“嗨，老爸。”莱利说，“今天回来得有点早啊。”

15

莱利父亲脸上的惊讶转化成了微笑。他的外貌和儿子很相像,但他稀疏的头发是棕色的,而且剪得很短。莱利的蓝眼睛一定是遗传自母亲。他父亲有一对棕色眼眸,长着鹰钩鼻,看上去很和蔼。

“看来我们有客人啊。”他迈进房间,关上门,同时说道。

“爸,这是艾拉,我正在培训的学生。”莱利说,“艾拉,这是我父亲,雅各布。”

“你好,艾拉,莱利时常说起你啊。”

我扫了莱利一眼。

他父亲呵呵笑起来,“别担心,他没说坏话。莱利说你学东西很快。他平时很少这么夸赞别人的。”

“谢谢你。”我说。

“今天是有什么事吗?”莱利问父亲。

“没事。今天休息时间我都没停工,所以主管准我提前下班了。”他看了眼时钟,“你还不去上班吗?还是说,你在这儿培训艾拉就成了？”他咧嘴微笑，眼里闪烁着神采。

莱利站起身，“不，我们这就得走了。我先去……取些东西。”他走进卧室。

雅各布朝我凑近一步，悄声说：“你就和莱利说的一样漂亮啊。希望你下次再来玩儿。”他眨了眨眼。

我微微一笑，心里却好奇真正的艾拉长成什么样。莱利从卧室走出来了。

他父亲发现了墙边的梯子，“这是什么？”

“噢，维修工又来测试了一下空气流通质量。他们一定是忘记拿走梯子了。我上班的路上顺便还回去。”他抓起梯子，转身朝门边走去。

“等等。”他父亲说，同时盯着天花板，“他们还忘记把通风口关上了。把梯子给我。”

“我来就好，老爸。”莱利把梯子放到了桌旁。

“不，你会迟到的。”他挥手催促我们出去。

莱利耸耸肩，打开房门。我希望洛根懂得从通风口退远一点，保持安静。雅各布伸手去够通风口时，莱利带我走到了走廊上。门“咔嗒”一声关上了。

“我们就祈祷洛根别暴露了自己吧。”他大步朝主廊走去，“他知道该怎么走吗？”

我快步跟上他，“不知道。我得回去接他。我们这样不危险吗？”我挥手指了指走廊。

“别担心。只要表现得你属于这里就好。步子自信点儿。没人知道你是谁。因为你穿着培训生制服，他们会以为你是其他区过来的。”

“你们不都互相认识吗？”在我的幻想中，上层人是一个快活的大家庭，现在这个幻想一点点破灭了。

他笑出声来，“不。你认识所有的擦洗工吗？”

“我们的人数可是上层人的十倍。”

“好吧，上层人都不太热衷于与他人往来。我有几个阿姨和叔叔、一些表兄弟、一两个朋友。当然，我还认识我的同事。但我的社交圈差不多就是这样了。”

“那艾拉本尊呢？她遇到我怎么办？”

几个上层人迎面走来，我不禁等着他们发出警戒的呼喊。但他们朝我俩点头示意，继续走开了。莱利说得没错。我舒了口气，看了看周围。这儿没什么可看的，只有一扇扇门和乏味的白色金属墙，和下两层如出一辙，唯一的区别就是，这里铺着薄薄的灰色地毯。

那几个上层人走远后，莱利说：“你就是艾拉。”

“我是？”

他给了我一个“别犯傻了”的表情，“你以为我经常去那个储物间都是怎么解释的？我父亲想知道我下班后都在干吗，所以我只好告诉他我在培训学生。其实，他这次突然回来倒还帮我了一把，至少他终于见过艾拉，确定她真的存在了。他应该会为这事高兴上一阵子，尽管……”

“尽管什么？”

“他可能会缠着我，让我多带你来几次。”

我困惑不解地问他原因。

莱利放缓了步子，侧脸盯着我，“你真的一点儿也不了解家庭生活，是吧？”

“我是擦洗工，记得吗？我们只有育儿中心，没有家。”我相信自己已经把声音里的辛酸掩盖得很成功了，可他还是皱了皱眉头。

“这么说吧，父母都希望子女长大成人、身居要职、觅得良偶。在他们看来，这些是幸福的关键。我父亲也一样，他期盼着我找到伴侣，所以他才笑得这么开心。他希望我已经找到对的人了。”

我思索着他的这一番解释。在下两层，擦洗工得离开育儿中心后才能成为情侣。育儿中心的同伴从不互相勾搭。那样做会被非议的。

“你还没有找到合适的对象吗，另一个上层人？”我问。

“没有。”

“为什么没有呢？”

他停下步伐，审视着我的脸。我尽量让自己的好奇心表现得真诚一些。他说得对，我原先对上层人的确缺乏兴趣，对他们的生活也有偏见。所以我决定多学、多了解。

“因为我还没有遇见合适的女孩。我想，我是在等待一个……能够令我惊讶的人。”他再次迈出脚步。

“怎么令你惊讶呢？”

“噢，就是普通意义上的惊讶吧，比如突然凭空冒出来，彻底改变我的人生之类的。”

他加大步伐，所以我看不见他的表情了，可我觉得他似乎是在和我开玩笑。

“你呢？”他用过分随意的语气问，“遇到过什么令你吃惊的人了吗？”

多莫托算是符合“凭空冒出来又彻底改变我的人生”这个定义了，可我觉得莱利指的不是他。

“没有。”我说。

“为什么？”

我烦躁地喷了口气。

“你非回答不可。”他说，“我都回答了你的——这样才公平。”

我憋住了对“公平”一词加以嘲讽的冲动，叹了口气，“你会愿意把一个新生命送进擦洗工的世界吗？往那种已经拥挤得不成样的地方，再塞进一个人？让那个孩子在毫无关爱的环境下、淹没在人群里成长？我反正不愿意。”

他沉默了片刻，“你不一定得要小孩。”

“可只要和别人发生了亲密关系，生小孩一般只是时间问题。”

他放缓脚步，斜眼瞥了瞥我，似乎有些不解。前面是一个十字路口，有不少上层人聚集在那里交谈。一群人控警进入视野，朝我们的方向走来。我不及思索，本能地朝后退了一步。

莱利抓住了我的手，把我拉到他身旁，“自信。”他悄声说，“你属于这里。”说着，他鼓励地捏了捏我的手。

说来容易做起来难，何况我还发现亚诺上尉就在他们当中。我低头盯着地板，可立即意识到这是擦洗工的典型反应。上层人会互相对视，点头致意。于是，亚诺朝这边心不在焉地微微颔首时，我费力地点头回应。他继续沿着走廊走开了，而我的心脏仿佛快要蹦出胸腔了。

莱利一直牵着我的手，我们在十字路口左转后，他开始加快脚步。之后他带我左转了一次，走进一条更小的走廊，两边没有门，前面是死胡同。他径直朝尽头走去。

我扫了一眼天花板，寻找通风口的踪迹，“莱利，我们这是要去哪儿？”

“相信我。”

我几乎是小跑着，紧紧跟在他身边。接近走廊尽头时，他放开了我的手，往一旁一站，突然就消失了。

“嘿。”我叫了他一声，他便伸出头来。

“利用视错觉。很酷，对吧？”

我仔细看了看四周。左边的墙是实心的，尽头是实心的，但左边的墙看似实心，其实往右边歪了一米，在本该是尽头的地方，其后实际上还有一道一米宽的走廊。我转进那条走廊，又回头一看，发现从里面往外看同样有视错觉。

只不过，这条“隐形走廊”只有两米长，旁边有一道门。莱利在密码锁上键入一串数字，门便开了，后面竟是我们的储物间。一走进门，我便感到如释重负，“扑通”一下跌坐在沙发上。我简直不敢相信自己刚刚在上层的走廊上大摇大摆地走了一遭。

“这就是没人知道这间房存在的原因。”他说。

这很容易理解。除非你一路摸着墙走，否则真的很难看穿这个视错觉。“你是怎么发现这里的？”

“修灯泡的时候发现的。”我没有开腔，于是他接着讲了下去，“我还在接受培训的时候，新生都会被分配到更换灯泡的任务。我们在各个走道和公共区域排查故障灯泡，修好坏掉的灯丝。是桩苦差事。”他挥了挥手，仿佛要把不快的记忆赶走似的，“总之我被分配到了这一片，正好这个走廊尽头的灯泡刚刚烧坏了，我取下来的时候还在发烫，所以我一放手，它便跌在地毯上滚了滚，‘穿’过墙去了。”他咧嘴一笑，“这事挺奇妙，但自从我找到这地方，那个灯就再也没有坏过了。”说着莱利拉开一个抽屉，只见里面放满了灯泡。

我把培训生的制服和齐皮士放在一起，塞到沙发底下，然后进入通风管，在离莱利家不远的位置找到了洛根。我们一回到下两层，他便匆匆赶去上班了。这个可怜的家伙得连续三十小时不眠不休了。这不好玩，但他应该还受得了。安-杰德替我上完了班，这会儿应该也累得够呛。也许找到“闸门”的好消息能让她精神一些。

“闸门”。我的脑子至今仍然没有把这消息消化完。可我知道自己必须展开行动，缔结盟友，而这事凭我一己之力没法儿完成，所以我爬进散热管，去找多莫托。

他坐在电脑跟前，转向我时脸上满是期待的神色。我尽量保持面无表情，可没能憋多久。

“你找到了！”

我展露微笑，“我们查到位置了。”

“太好了！”他大喊出声，拳头砸在轮椅扶手上，“你打算什么时候去开门？”

“这事难度不小。”我解释了洛根提起的关于警报一事，“我们得找到值得信赖的上层人出手相助，还需要更多关于‘外面’的知识。你对‘外面’有什么了解吗？”

他把玩着自己的一缕长发，“不太了解。我本希望能在系统里找到更多信息的。”

“洛根说有近十个隐藏的受保护文件。他把它们转移走了。”

“怎么个受保护法？”

“设有密码。”

“设密码是老系统才搞的那一套了。看来那些极可能就是我在找的文件。洛根把它们转移到我下面就能接入的地方了吗？”

“对。”

“也许我现在就能查到。”多莫托把注意力转向了电脑。

“还是等洛根来吧。他说过，每次打开某个文件，端口就会上报你的 ID 号码。”

“我对安全系统很熟悉，特蕾拉。我不需要洛根。”他嗤之以鼻。

我尽量晓之以理，“我还是觉得等所有人到齐了再开文件比较好。你只有十次猜测机会。打开关于‘闸门’的那个文件时，我们就是靠相互启发才想出答案的。”

“好吧，我再等等。反正没别的事情可做，等待已经成为我的专长了。”

我忽略了他语气中的不快，“那些上层人怎么办？你想到有谁会帮助我们了吗？”

“我可以给你一个名单，里面的人都说过愿意支持我。为了安全起见，我从未让他们得知彼此的身份。不过，当中有一个人出卖了我。我被逮捕起来，遭受拷问，结果……”他恐惧地颤抖起来，“我没能挨住，供出了几个名字，希望那个奸细就在其中。卡拉那时只是个渴望立功的上尉，她把我供出的人全部抓了起来，送去循环了。”他的声音哽咽起来，眼睛里流露出悲恸，“但至少这么做救下了其他人，他们也很明智地停止了寻找文件的行动，保持沉默。”

“他们为什么没循环你？”

“卡拉怀疑我并没有供出所有同党，可她的上级已经满意了，决定罢手。我在牢里蹲了两百周，特拉瓦家族才释放了我。他们宣称，因为我表现得还算配合，所以饶我不死，于是我又返回了之前的岗位。可从此没人愿意和我说话了，甚至没人愿意再看我一眼。谣言已经散布开来，人人都害怕我是特拉瓦家族的间谍。”

“这一切都是什么时候发生的事？”我问。

“大约十六百周以前。我被释放后假意悔改，表现得既怯懦又顺从。最后特拉瓦家族的人停止了对我的监视。我又等了三百周，才开始在系统里搜索那些隐藏文件。我想，我还是等得不够久。”他揉了揉背，“卡拉一直没忘记我。”

我等着他继续说下去。

“她起了疑心，又把我抓起来审讯一顿。”他闭上双眼，双臂抱胸，过了好一会儿才说，“那人打坏了我的脊柱，可关于光盘我只字未提。我身体好些后，卡拉就把我发配到了下层作为惩罚。但另一方面，她也是为了继续观察，看我还有什么动作，或者会和谁联系。”

“那个奸细呢？”

“我猜错了。卡拉不会杀掉自己的人，因为她还需要那人继续替她办事。”多莫托拉出一张写字板，写下五个名字，然后把板子递给了我。

我扫了眼名单。大多数都是女人。一个名字赫然映入我的眼帘。

多莫托注视着我,“供出支持者的时候,我交代的几乎都是男人。”

“你都供出了哪些人?”

“你**真**想知道吗?”

“是的。”我的声音几乎弱不可闻。

多莫托凝视着房间对墙,仿佛看到了过去,“当时我们共有十个人。”他既伤心又好笑地嗤了一声,“‘10’——‘里面’世界的神奇数字。在知道特拉瓦家族的统治地位是夺来的之前,我一直好奇为什么‘里面’有九大家族,后来才知道,因为‘里面’原先的治理方式是采用一套投票系统,所以需要投票者人数是奇数。”他停顿了一下,“除了特拉瓦家族,剩下八个家族里面都有我的支持者,有些人还是配偶。”

他的注意力转回了我身上,“其中一对,就是你的父母。”

我才不在乎他们是什么样的人。我在想象中给自己的心套上一层薄薄的金属铠甲。好呀,他们试图帮过多莫托,可那又怎样?

“我不堪拷打,供出了你父亲,诺兰·加勒德,说他是我的同谋。”

听见他的名字,我心上的铠甲还是仿佛“哐”地遭到了一击,尽管我清楚他早就被循环了。

多莫托见我没有任何反应,继续道:“我还供出了布拉斯·桑奇亚和肖恩·拉蒙特。拉姆拉·阿什昂也被循环了。”

这些名字我并没有印象,“我还以为所有上层人都有两个姓氏呢。”

“小孩子是。可一旦找到配偶就得二选一了。如果一直单身,就同时享有两个家族的支持。”

这事我还是头一回知道,于是重新读了读写字板上的人名。雅各布·阿什昂位列其中。“莫非拉姆拉·阿什昂是……”

“莱利的母亲。”

“那……基安娜·加勒德呢？”

“她是你的母亲。”

她的名字击穿了我心上的铠甲。我的父母本想改变这个世界，而我的父亲因此遭到循环。可这些都发生在我降生之后。不，我不在乎。我强迫自己心上的铠甲变得更厚。

“你想不想知道你……”

“不。”我又读了一遍名单。基安娜·加勒德、雅各布·阿什昂、汉娜·米涅科、塔基亚·卡蒂姆和布里安娜·纳雷尔。“你知道里面哪个人是奸细吗？”

“不知道。我本以为是布拉斯·桑奇亚。”

我该怎么找出奸细的身份？我对上层人的了解太有限，这点对我很不利。我信任莱利，可我能相信他的父亲吗？也许莱利会有些头绪，也许洛根可以追踪上层人的电脑使用记录，看是否有人能够查询设有访问限制的特拉瓦家族文件。

“‘闸门’怎么办？”我问。

“在绝缘泡沫底下找出它的位置，然后融掉绝缘层，暂时把门暴露出来。”

现在是四十二点，离我的下一班还有八个小时。我算了算自己需要多长时间来睡觉、吃饭再前往外壁。不够。“闸门”得留到下次休息时间再去寻找了。不过，倒是有空去办另一件事。

我告别多莫托，朝第四层爬去，来到秘密盒子跟前，取出了我的梳子。它是一件美丽的礼物，我真该拿出来用用，再炫耀一番。数完梳齿后，我把它装进工具带，又朝下层赶去。

我在通风管里找了个温暖的地儿，沉沉睡去。倘若我真是“管道女王”，那真该让他们给我一个舒服点儿的王座。我的脑子里全是关于“外面”的梦。那道大门在我眼前徘徊,可无论我跑得多快,它都始终和我保持着同样的距离。

一去上班,我便看见主管在那里候着我。她气冲冲地看向我时,我便觉得大事不好了。她一把提起我的胳膊,把红手铐扣在了我的左手腕上。手铐陷进了我的皮肤里。

“你上回没上完班就走了,解释下为什么。”她命令道,“可别再找借口说吸尘器坏了。你的吸尘器好好地待在管道里呢,可没人知道你跑哪儿去了。”

我脑子飞速运转,“我睡着了。”

“在哪儿睡的?”

“十七号通风管。”

“撒谎!”她拔出一支签字笔,在手铐上写了个“10”,“去找固体垃圾处理站的埃梅克报到,在那儿干十个小时的额外勤务。可以分两次完成,趁你下两回休息的时候每次做五小时。”

“可那样……”

“叫埃梅克在手铐上签字,周末大会之后交还给我。如果这回还出岔子,你会被永久分配到埃梅克的小组去。”

我是头一回被逮到犯错,所以她这处罚也太重了些,“可是……”

“**我的**主管见你消失了很不开心。现在**我也**被关照了。我会盯着你的。”

她说到做到,一直待在原地目送我把吸尘器提进管道。在接下来的十个小时里,我每到一个管道交接的地方,都发现她在那儿候着。我本以为她还会跟着我去H1区的固体垃圾处理站,但她只是盯着我,确保我朝正确的方向走去了。

我刚一抵达，埃梅克便朝我咧嘴大笑。我手腕上的手铐色彩鲜亮，底下还渗着丝丝血迹。“欢迎来到清粪队。找件队服穿上，拿个橡胶吸盘，跟着‘耗子’去吧。他是你的搭档。”

“‘耗子’？”

他指了指旁边的年轻擦洗工。尽管名叫“耗子”，这人的制服倒是挺干净，一头棕发也整整齐齐。哪怕是在我们疏通一大坨湿湿黏黏的粪便、闻着最可怕的臭气时，他也泰然自若。我眼里却泛起了泪水，差点儿没把胃里的东西吐个精光。

为了分散注意力，我朝他发问：“你怎么会叫‘耗子’呢？”

“绰号而已，我的真名叫马克。”

“好吧。那你这个绰号是怎么来的？”

“耗子都喜欢我。我替它们把数量控制在一定范围内，还确保它们健康。”

“健康的耗子？”

他笑了笑，“大多数人都不想知道固体垃圾处理是怎么回事。他们只想要干净的水和肥料。耗子对我们这个世界来说很重要。我猜你以前一定不知道。”

“你猜对了。”

“我猜你也不知道那些臭虫的事。”

我抬起一只手，“我不知道，也不想知道。在某些事情上，无知还真是种福气。”

这句话立即让我想起了“闸门”。要是我没法打开它，怎么办？要是还来不及看“外面”一眼，我就被逮住处死了，怎么办？我不禁责备起了自己。我这人啊，前一分钟还深信“闸门”根本不存在，后一分钟就因为可能打不开“闸门”而想哭个死去活来。我们不过是在电脑里发现了一组坐标而已，我本不该为此立马变身“闸门教”信徒的。

我把这些想法赶出脑海。反正怎么想都无济于事,何况再这么胡思乱想,我恐怕会把自己吓得神经兮兮的。于是,我跟上“耗子”的动作,尽量不用鼻子呼吸。

把焚化炉底部黑胶似的东西铲干净,我这回的任务算是告一段落了。

“这不是养护队的工作吗?”我问。

“不。这可是好东西,”他把满满一铲黑胶倒进一个箱子,“就是这个。把箱子送去回收站,你今天的任务就完成了。”

“你要去哪儿呢?”

“去羊圈。你要来吗?我跟羊相处得可好了。”他眨了眨眼睛。

“不了,谢谢。我说过无知是福,还记得吗?我还是别变成废物处理专家才好。”

他挥挥手离开了。这时我才意识到:他喜欢他的工作。这份工作对其他人而言是处罚,可他却不那么想。他知道自己的工作对“里面”世界至关重要,所以挺满足。那为什么其他擦洗工就不会心满意足呢?也许他们也挺满足,只是我没有注意而已。

“特蕾拉?你在这儿干吗?”我推着箱子路过回收站里一堆堆分过类的废物时,洛根问道。他的眼周都是黑圈。

我朝他蒙眬的睡眼舞了舞手铐,“我惹毛了主管,被分配了额外勤务。”

“安-杰德知道就‘开心’了。她替你上班的时候在通风管里睡着了,但她没看见你的主管,还以为不会有事。”

“她已经干得很好了,我不怪她。在这儿碰到你正好——破碎人想打开那些文件。你什么时候过来破解密码提示问题?”

“我下次休息的时候。”

“好极了。另外,你能不能……”我看了看四周,没有人控警,“找到关于上层人的机密资料？”

“这要看你想知道什么了。”

我已经把多莫托给的那些名字记到了脑子里，这时又给洛根背了一遍，然后问：“你能查出当中是谁在给特拉瓦家族当间谍吗？”

“如果电脑里有记录就可以，不过这不大可能。”

“为什么？”

“因为会被人发现的。”

“比如破碎人？”

“不。必须有九级安全权限……噢！”

我笑了笑，知道洛根意识到这权限只有特拉瓦家族极个别的成员才有。

“可把这么敏感的信息记在电脑里是不明智的啊。”洛根说。

“我同意，可我敢打赌，人控警高层官员对自己的安全措施太有信心了，他们相信绝没有人——特别是**擦洗工**——能攻破它。所以，你进去的时候小心点儿，可别戳穿他们的幻想。”

“噢，别担心，我就跟——”

“幽灵一样，我知道。”两个人控警朝我们的方向走来，“我先走为妙。我实在不能再翘班了，但中途休息的时候会去你们宿舍找你。”

洛根点点头，继续埋头工作了。我离开回收站，匆匆赶回去找埃梅克。闲暇时间只剩下五个小时，而我还得找到“闸门”的所在。

埃梅克正在对几个擦洗工发号施令。他们出发后，我把一支签字笔塞进他手里，“签字，麻烦了。”

“等等，你还欠我五个小时呢。”他说。

我直视他的眼睛，说：“卡贡还有二十五个小时就要被处死了。我没有时间了。”

他眼中浮现起一丝理解，神色缓和下来，替我在手铐上签了字，

“以前戴过手铐吗？”

“这是头一回戴。”

“在人控警给你解开之前，最好在手腕上涂一点绵羊油，不然解下这破玩意儿的时候，很容易扯掉你一大块皮。”

“多谢。”我大步从固体垃圾处理站离开了，径直朝右边走去。主管的声音却适时在我背后响起。看来她说会盯着我的时候，还真不是开玩笑。我憋住一声厌恶的呻吟，转身面向她。

我的心脏仿佛都停跳了几秒。卡拉少校和另外三个人控警就站在她身后。看见少校得意洋洋的神情，以及主管那一副又惧又怒的模样，我就猜到发生什么了。

我不假思索，撒腿就跑。

16

主管尖叫着让我站住。一个人控警威胁要朝我开枪。可当听见卡拉少校冷静地下令他们用电击枪时,我跑得愈发快了。抵达一个交叉路口的时候,我听见身后传来噼里啪啦的声响。我一头扎进左侧的走廊,却感到小腿一阵抽筋。

我在地板上翻滚。我的腿肚传来灼烧般的痛楚,肌肉变得麻木。周围的擦洗工纷纷叫喊,四散开来。走廊里人声鼎沸,没人知道眼前这一幕是怎么回事。再度起身十分困难,我只能努力用胳膊撑起身体,腿脚依然麻木。卡拉的手下动作很快,已经追到了这个交叉路口。

那名人控警一路推开挡道的擦洗工,将电击枪指向了我。我不及多想,一把从工具带中抽出螺丝刀朝他扔去。螺丝刀砸中了他的胳膊,他开枪的手一沉,击中了我腰下的部分。

我又倒在地上,这回是背部着地。百万根针扎的感觉朝我袭来,一直传到大腿。人控警离我越来越近,再度举起了枪。

有人从后面撞了他一下。他一面咒骂,一面转过身去电击离他最近的擦洗工。我又把钢丝钳朝他扔去。钳子擦破了他的头,接着我又甩出了手电筒。他手中的枪被撞丢了,落在地板上,发出悦耳的“砰”的一声。他张口结舌地瞪了我一眼,又回头瞥去。

他的伙伴们本该马上赶到的,可另一侧的走廊传来一阵骚动。

趁他发愣的当儿,我一个翻身,改为腹部着地的姿势,从他身边爬走了——多亏我胳膊的肌肉够结实。两米外,一个散热口在呼唤我。

“呸!你想都别想。”他说。

我一下被拖住了。他抓住了我的脚踝。

“你不去帮帮你的老板吗?听这动静,她像是遇到麻烦了啊。”我把全身重量的支撑点转移到了左手肘上,侧身一躺,腾出了右边胳膊。

他犹豫了一下。卡拉的声音从恐慌的擦洗工们发出的噪动中穿出,她在命令他们让出路来。电击枪噼啪作响,令噪声更加嘈杂了。

“几个擦洗工她对付得了。你还是担心你自己吧。”他伸出右手上的手铐,“你被捕了,罪名是……”

我把尖嘴钳捅进了他的左前臂。他大呼一声,缩了回去。我继续往前爬,在他扑过来之前,又前进了一米。我一滚,躲过了他的进攻,可他用另一只胳膊缠住了我的腰,令我动弹不得。我伸手去够工具时,他露出狞笑。

“你没武器了,但我还有。”他抽出一把刀。

另一侧走廊里的骚乱人群涌向了这边。卡拉少校被卡在了一群惊慌逃窜的擦洗工中间。要不是我此刻被一个手持武器的人控警抱住了,应该会为这场面放声大笑。

趁他分神之际,我从工具带里掏出了梳子,径直把梳齿朝他双眼刺去,逼他放开了手,我甩开了他,但这时人们开始从我们上方踩踏过去,我们被踩踏,还挨了不少踢。我弄丢了梳子,可还是乱爬到了散热口前。我取掉盖子,扭动身体钻了进去,然后把盖子归位。

我拖动疼痛不已的躯体,在晦暗不明的管道里爬行,直到两条胳膊都累得打战。我躺下身,听见外面的骚乱归于沉寂,只剩下卡拉少校愤怒的声音在回荡。

我只能不时地分辨出几个单词,但有两个词十分清晰:受伤、流血。之后,我听见金属切割器振动摩擦的声响,回头一看,半明半暗的光线下,只见自己身后拖着一道细细的、闪闪发亮的痕迹。我没感觉到疼,整个下半身仍然没有知觉。我用手顺着自己体表摸去,触到了湿答答的一片。

人控警用刀把我的臀部划出了一条口子。我没法儿判断伤口有多深,但非得止住血不可。切割器的咆哮声戛然而止,一道亮光从我后面照射进来。

我听见有人蹬在滑溜溜的管壁上朝我爬来的声响。我继续往前爬,可身后仍然留着一道血迹。抵达一个交叉路口的时候,我撕下一片制服布料,给自己简单包扎了一下,可它立即就被血浸透了,把我吓得不轻。

除了前进我别无选择,只好继续往前爬。如果卡拉少校清楚我整件事都有份,那其他人应该也暴露了。我好奇她是怎么发现的。我集中精力摆脱追兵。回头一看,还好,地上已经没有血了。接下来我需要做的,就是弄清自己身在何处。

这里不再昏暗,有蓝色的灯光。透过散热口缝隙,可以看见里面的上下铺。我来到了擦洗工宿舍区。我尽量不弄出声响,小心翼翼地取掉盖子,溜出了散热管。安好盖子后,我扫视周围。现在是七十六点钟,大多数床位上都是熟睡的擦洗工。

我的双腿还是麻木无力,可考虑到屁股上有那么大一道出血的口子,感觉不到疼痛倒也是好事。我爬过宿舍地面,来到对面墙上的另一个散热口前。这条管道能通往多莫托的藏身小屋。钻进去后,我歇息了一会儿。因为疲劳,我双臂的肌肉痛得快要燃烧起来了。

通往多莫托居所的路途漫长得仿佛没有止境。最终抵达他屋里的散热口时,我连揭开盖子的力气都没有了。

"多莫托。"我唤了一声。没有人回应。于是我提高音量又叫了一遍。

"特蕾拉?你在哪儿?"他问。

"在散热管里。"

他转动轮椅,来到我的视野中。"怎么回事?"他弯下腰,扯掉了盖子。

我待在管道里没有出来,"卡拉少校想逮捕我。她都知道了。"

"她知道多少?"

"我还没来得及去查。"

他脸上布满了关切和恐惧,却并不惊讶。他刚才是待在房间右侧的。"你在做什么?"我问。

内疚的神情从他面上一闪而过,很快就被掩饰起来,"打扫卫生。"

"你没试过去打开文件吧?"

他低头盯着地板。我已经知道我需要的答案了。"多莫托,我告诉过你再等等的!"

"我行事很小心的。卡拉会来抓你一定有别的原因。"他反驳道。

"如果她只是来检查我受罚的情况的话,不至于带三个人控警。"

"你受罚了?"他的语气里带着一丝指责。

"因为我翘班了。我在工作时间为你进行了那么多事,你能怪我吗?"现在互相埋怨毫无用处,我深吸一口气,"假如她知道你藏在这儿,肯定会切掉这墙上的整扇门的。万一你被捕了,就在招供前尽量拖延时间。实在要坦白,就交代卡贡和罗迪的名字,然后说我。"

"罗迪是谁?"

“你刚失踪时就被电死的那个人。希望她听到这几个名字能满意。”

“接下来你打算怎么做？”

“去警告我的朋友。”

我的计划倒是挺周全：先去警告洛根，再去找莱利。双腿的麻木感渐渐退去。能够重新用上脚，也算意外之喜了。我离开散热管，进入通风管系统。但臀部的伤口时时传来剧烈的疼痛，成了不小的问题。

一爬上第二层，我便知道自己没法儿去找洛根了。我头重脚轻，虚弱乏力，只好躺在管道里，真心希望此刻手里有个人控警用的那种便携式通信器。一个念头突然闪过脑海，然后我查看了一下自己的工具带。

太好了！我还带着贾西之前托付给我的两个窃听器。我把其中一个置于掌心，打开了开关。我本该把它安到七十二号通风管附近的，可至今一直没有机会。我不禁放肆地大笑几声，心想真是天无绝人之路。

我把这玩意儿凑近嘴边，悄声道：“贾西，还记得你说过，如果我需要什么尽管开口吗？呃，我现在就需要帮助。”我停顿了一下，整理思路。倘若把洛根的名字告诉贾西，这无疑会给洛根招致更多的风险。就算是多莫托，他知道的也只有洛根的外形而已。我感到一阵天旋地转，意识到自己没法儿再保持清醒了。还是先告诉贾西，再昏迷过去比较好。

我请求贾西代为警告洛根，“另外，我还需要你**借走**下两层的所有金属切割机、凿子和撬棍，把它们统统藏起来。人控警接下来会挖洞的。这么做能拖延时间，拖得越久越好。不管你做出什么能给人控警添麻烦的事，我都很感激。”我关掉窃听器，把它放回工具带。

等到那阵头昏眼花的感觉过去后，我决定试着爬去第四层警告莱利。哪怕他不在我们的秘密小屋，能留个信儿也好。之后还应该干什么呢？

为了让自己暂忘疼痛和疲惫，我边爬边思索下一步行动。我倒是可以躲开人控警，但他们迟早会从多莫托口中得知"闸门"的事的。我得抢先一步抵达"闸门"，打开它。可然后呢？我毫无头绪。

我停下来歇了口气。我的全部精力几乎都集中到了肉体上，大脑里只是单调地重复着一个命令：抬脚、伸胳膊，抬脚、伸胳膊……我的视野里飘浮着无数的黑点和白点，我只能紧咬嘴唇来保持清醒。

唯一的目标驱使着我前进，而我最后的记忆，就是摔倒的感觉。

某种尖锐的东西戳进了我的胳膊。我想把它甩开，手臂却像被固定住了。我全身酸痛，脑子里仿佛也有个锤子在不停敲打。我躲回黑暗中，想摆脱这些恼人的感觉。

臀部传来针刺进去又拔出来的触感。我睁开双眼，可刺眼的白色灯光又令我闭上了眼皮。有两个人正俯视着我。

"她醒了，快，加大硫贲妥[①]的剂量。"

胳膊上又传来一阵刺痛，火烧火燎的感觉涌入我的血管。黑暗重新降临的时候，我感到庆幸。

我神志模糊，仿佛懒洋洋地漂浮在虚无之中。臀部仍然发疼，但只有在我试着挪动时才会感到剧痛，不过我现在的情况想动也不容易。右臂被绑住了。我眯缝着眼，准备迎接明亮的白光，但看到满屋皆是柔和的蓝光时，松了口气。

周围是我们储物间的熟悉摆设。我靠在沙发上，仍然不清楚自己

① 一种麻醉药。

右手为什么不能动弹。我穿着一件软绵绵的长袍，头顶吊着一个装满液体的袋子，一根弯弯曲曲的细管接在袋子上。我顺着细管看下来，发现了自己手臂一动不能动的原因——我胳膊上绑着一块白色板子。细管尽头是一支金属针，插进了我的皮肤。

我顿时回忆起了之前被人控警追逐的场景。他们一定是逮住我了，现在正用药物折磨我。我挣扎着坐起身来，可身上的每一块肌肉都在疼痛，仿佛我整个人都被咀嚼机嚼过了似的。

"放轻松。"一个女人的声音响起。她在沙发旁边跪下，将一只冰凉的手掌放在我的肩头，"你现在不能动。"

我感到恐慌，试图用尚能活动的那只胳膊击打她，可这努力也是徒劳，她一把抓住了我的手腕。手铐还挂在老地方呢。

"如果你乱动，可能会把伤口的线扯掉，我就得重新给你缝一次了。"她腔调严厉，和育儿嬷嬷如出一辙。

我停止挣扎，瞄了一眼她的衣服。她是个上层人，但不是人控警。她的话最终让我从恐惧中清醒过来，意识到她是医务室的人。可我目前是在密室储物间里呀。难道人控警就在门外候着？"怎么……谁……"我的喉咙干得就快燃起来了。

"如果你保证老实躺着不动，我就替你拿杯水来，再给你讲讲都发生了些什么。你能保证吗？"

我思量着。常识警告我，别对上层人许诺。"能。"但假如她真是便衣人控警的话，我就打破了自己的承诺。

她走开了，回来时端了一杯水。我用左手接过沉沉的杯子。饮水时，她扶住了我的脑袋。凉水顺着食道流下的感觉很是美妙，可又惹得我的胃部一阵翻腾。

"一点一点地喝。"她说，"你才动过手术。"

"手术？我不过是割了个口子啊。"我身体一挺，想坐起来。

“记住你刚才保证过什么。”

我一下子蔫儿了。我这是逞什么能啊？我现在可是连拿个杯子都勉强啊。

她唇边露出一丝微笑。她的棕色长发束在脑后，长可及腰，在沙发沿上坐下的时候，她轻轻把发束拨到一边。蓝色灯光底下，我看不太清她眸子的颜色。看她脸上的细纹，我想她的岁数大概在四十百周。女医生用纤细的手指检查了插在我胳膊里的金属针。从头到尾，她的举止都透着一股熟练的优雅。

她触碰到我的臀部时，我倒抽了一口凉气。

“抱歉，可我还是得检查一下你有没有把线挣脱。”她隔着长袍沿着我的伤口按了按，“好像没问题。”

“好吧，医生。现在能解释一下是怎么回事了吗？”我问道。

“有个年轻人告诉我有急诊，不依不饶地要请我来看看。你可以想象我被他带到这儿来的时候有多吃惊。你躺在沙发上，昏迷不醒，而且还在流血。初步检查后，我确定你有脑震荡，而且还被刀捅伤了。”

所以我才流了那么多血。

她观察了一会儿我的表情，然后说：“那个年轻人不肯让我带你去正规的手术室，所以我们只能就地进行手术。”医生摆弄着细管，“我给你输了些抗生素，但感染的风险还是很高。”

“伤口多深？”

“刀刃刺穿了你的盆骨，损坏了大肠和卵巢。我已经尽我所能地替你缝合了，但你以后可能还是很难受孕。”

这对我来说不构成问题，“还要多久我才能动？”

“再过几个小时，你就能下地走走了。但恢复体力的话还需要一周时间。”

一周！用不了一周，我就该被循环了。倘若这医生向人控警举报我的话,我还能更快些丧命。

“现在轮到你回答问题了。能告诉我你为什么会出现在这里吗?”

“不能。”

“如果我威胁你,不说的话,就把你的事告诉人控警呢?”

我权衡着。真要举报我的话,她几个小时前就可以这么做了。“也不能。”

她咧嘴笑了,“你看穿我是吓唬你的了。好在你的小伙子和我是朋友。”接着她的笑容消失了,脸上满是悲伤的表情,“可我不是白痴。现在有通报说,某个戴着红手铐的擦洗工叛逃了,跑进了通风管,尽管受了伤,但仍是个危险人物。上层人被命令留意通风口的动静,如果听到任何可疑的声响就报警。”她盯着我,仿佛在努力记住我的面部特征,“同人控警斗,从来都不会有好果子吃。”

贾西曾说过程比结果重要,此时这话在我的脑海里回响起来。“拼一次总比什么也不做的好。”

“如果失败了,付出那么大的代价,值得吗?”

这是一个难以回答的问题。我的失败意味着多莫托、洛根、安-杰德、莱利和我自己都要陪卡贡一起被循环。六个人,真是高昂的代价。“不值得。”

“那一开始为什么要拼呢?”

“因为还有一丝成功的可能。也许没法儿取得全面的成功,甚至连最初的目的也无法达成,但这样至少能埋下一颗种子,在我死后,它也能发芽生长。这样一来,就不算完全失败。”洛根早就明白这个道理。现在,我对他说的“尽量造成最大程度的破坏”的目标有了更深刻的理解。

“答得不错。这也是我会在这里的原因。”她瞥了时钟一眼,“现在你的情况已经稳定,我得回医务室签到了。”她起身匆匆收拾起医疗工具，“一会儿再回来看你。”

“医生？”

她回过头来。

“多谢。”

她对我投来一抹微笑，然后离开了。屋里仍是一片蓝光，我很好奇为什么她的动作没令白色灯光亮起来。也许莱利关掉了感应器。想起医生称呼莱利为我的“小伙子”，我不禁笑了起来，结果扯得臀部一阵剧痛。

我第五次环视着这个房间。现在我无所事事，脑子里净在瞎想。真是好笑，我曾经那么渴望自个儿待着，如今却热切希望身边有人陪伴。我多想看到卡贡乐呵呵的脸。我强迫自己避免将视线投向时钟——如果我不知道时间的话，卡贡就算还活着。

我转而回味起了方才和医生的对话。我寻找“闸门”的初衷，是为了证明破碎人是错的，好让卡贡在先知没法儿兑现承诺、突然失踪的时候免于失望。

这本是一个简单的任务，结果却演变成一场牵扯进六个人的大骚乱——算上医生的话，七个人。事实上，倘若我把贾西和他的团伙、替我打过掩护的擦洗工和厨房工人全部算上，至少得有二十人了。

他们的勇敢行为表明，他们绝不是任人宰割的绵羊。其实，当我正视自己的内心时，我发现自己之所以想证明破碎人的错误，根本就是为了让自己放弃希望。我想替自己找一个无视其他擦洗工的正当理由。有了这个理由，我就能用和人控警如出一辙的眼光来看待他们了。把他们视为绵羊。

这还真有几分“管道女王”的做派，我想。我曾以为自己比那群没头脑的乌合之众优秀，但其实我才是没头脑的那一个，时时在逃避。即便现在，我也使用“他们”一词，仿佛自己不是其中一员似的。我完完全全被人控警的宣传蒙骗了。育儿中心的电脑里说上层人做着美妙的工作,享受着美好的生活；而擦洗工工作强度大,居住条差,没有个人空间——擦洗共就是一群毫无个性的工蜂。

人控警的宣传策略是让擦洗工们彼此漠视疏远,这样他们才不会团结起来。“管道女王”听起来比“擦洗工”强。我就中了这个圈套,可其他人就没有,比如卡贡。他记得别人的名字,将每个人都当作特别的对象来对待。“耗子”在固体垃圾处理站工作,却对自己的岗位感到自豪,尽管很多人觉得干这个连普通擦洗工都不如。

对过往行为的羞耻感油然而生。当我深入思考自己最初寻找“闸门”的动机时,整个身体都瑟缩起来。我抬起能动的那只手盖住双眼,可眼前的黑暗没能遮挡住一个清醒的自我认识——自私。这个词就像烙印在了我的眼皮背后似的,浮现在我的视野中。

我寻找“闸门”都是为了自己,因为这样一来,我就能逃离身为擦洗工的生活了。我可以给自己找理由——比如,我是真心想帮卡贡的——可说到底我是想帮自己。

恶心、自我憎恶和内疚纠缠在一起,充塞了我的内心。有那么一会儿,我竟沉溺在这些感受中不能自拔。但我很快就把它们清空了。“闸门”确实存在,游戏尚未结束。

要造成最大程度的破坏。

我毫不畏缩地看向时钟。九十六点钟了。卡贡还活着。我有三个小时去……去做什么?我现在连笑笑都会发疼,也不能指望莱利来帮我。他要一百点钟才会下班,我猜到时他会直接赶来这屋子。

我扫视房间。我的工具带和沾满血迹的衣物乱糟糟地堆在桌子旁边。工具袋里的工具早就没了,但我希望那些小口袋里还装着洛根的解码器和贾西的窃听器。

我头上的输液袋里还剩下一些液体。我蠕动身体坐起身,一波疼痛和晕眩立马袭来,我只得闭上双眼强忍。天旋地转的感觉过去后,我看了看自己的手臂。它被正面向上地固定着,细管末端的金属针就插在手肘附近的皮肤里,上面贴着胶带。

我把细管上的胶带撕扯下来,每撕一点都会引起刺痛。撕掉胶带后,我把针头拔了出来。血滴涌出,我又感到一阵晕眩。然后我解开其余的胶布,取掉了白色板子。我尽量往好处想:胳膊内侧汗毛比较少,假如胶布是贴在外侧的,扯掉它时我就得受更多罪了。

手臂恢复自由后,我稍事歇息,平复呼吸,然后才活动了下发僵的胳膊。弯腰去拿工具带时,我翻倒在地。这真是个糟糕的主意。一阵剧痛差点儿没让我停止呼吸。好在我就落在了工具带旁边。全凭意志力的支撑,我才没有昏死过去。

我在散热口附近发现了洛根和贾西的小设备。我最初的打算是把洛根的解码器带给卡贡,这样他便能打开牢门逃出生天了。可这纯属幻想。如果牢里的通风口都被栅栏封死了,散热口又有什么理由不被封住呢?况且,他又能逃去哪里?

可我至少能帮他做一件事。我心意已决,在沙发底下找出了之前塞进去的培训生制服。我的长袍下面除了绷带之外一丝不挂。一想到莱利之前可能帮医生打了下手,我就不禁脸庞发烫。

这些念头对我接下来的行动毫无益处,于是我转而集中心思穿戴整齐。套上制服前,我在伤口上面绑了一个小靠枕。然后我不顾疼痛,爬向散热口,打开盖子。

幸运的是,我蠕动着爬进管道时,垫在伤口上的靠枕发挥了相当大的作用。不过,每挪动一下,我备受劳损的肌肉都在发出抗议。整个行动过程中,晕眩感一直伴随着我。我常常停下,给自己设定一个又一个前进目标。

每抵达一个拐角都得耗费我不少意志力,这时我就会歇息一会儿当作庆祝,然后再度朝下一个拐角出发。不知花了多长时间,我才到达监牢上方。现在只有唯一一件事有意义:在卡贡被带去喂咀嚼机之前找到他。

看着见到前面的昏暗灯光,闻着牢房的馊臭味,我就知道这地方错不了。我透过栅栏往里瞧,寻找卡贡的身影。里面的牢房都是空无一人,直到我来到第三个通风口。

卡贡坐在铺位边沿,脸上布满黑黄相间的瘀痕,看起来是旧伤,眼睛周围也已经消肿。他的身体和四肢上,血痕纵横交错。他把双臂紧紧抱在胸前,仿佛这样就能止住流血似的,身子前后摇晃着,不知是因为焦虑还是痛苦。

我唤了他一声。

卡贡瞬间跳了起来,四下环顾,"不,特蕾拉,你不该……"

"不该什么?"

他仰起头。

"我在下面,散热管里。"

他又坐回了铺位上,声音低沉地说:"别这样吓唬我。"

"抱歉。"我实在不想看见他如此颓丧,"卡贡,你说我不该什么?"

"我以为你已经自首了。"

"为什么?"

他指了指牢门,"他们进来问了更多关于你的问题。他们知道破碎人还活着,也知道你牵扯其中。"

"我知道。破碎人暴露了自己。"

"真是这样?"

"是这样。他用了电脑,加上我又因为翘班受到处罚。卡拉一直在怀疑我,我这次受罚刚好让她逮到把柄,所以就来拘捕我了。"

卡贡开心地笑了,"但我们的特蕾拉最擅长躲在管道里了。"

“你以前还老因为这事吼我呢。”

“你真该看看她的样子,气得脸发红,火冒三丈,我发誓她的鼻孔都在喷烟。见到她这副模样,我被温科划过那么多刀也值了。”他忽地正色道,“她说你受了伤。你还好吗?”

“还好。”幸好他现在看不见我。我回想了他之前说的那句话,“你为什么会以为我自首了?”

“卡拉问了我一些事,比如你知道些什么,可能身在何处,有哪些同党之类。我一个字都没吐露。然后她就说,她愿意跟你做一笔交易。”他住口了。

“什么交易?”

“你得保证**不会**接受,我才告诉你。”

我理了理线索。他即使不明说,我也能猜到卡拉一定是想用他的命来交换我了。“我不能保证,卡贡。”

“你必须保证。不然我之前受的一切苦都白费了。”

“不,不会白费的。你为我们争取了时间和自由。我们找到‘闸门’了。”

他从铺位上滑下,跪倒在地,脸上浮现出纯粹的喜悦之光,“你打开它了吗?”他语气虔诚地低声问道。

“还没有。最近我有些……忙。”

“所以你更有理由**不**同卡拉做交易了。**你**得把门打开。”

“为什么我不能两样都进行?”

“不可能。”

“不,有可能。我能拖延一段时间。”可又能拖多久呢?要想爬上层与层之间的间隙带,我得先养好伤。“他们还是计划把你……”我没法儿把那些词说出口。

“不,送我去喂咀嚼机的计划延迟了,得等进一步的通知。我猜他们是担心一旦循环了我,少校手里就没有用来设圈套的诱饵了。”他的语气里透露出一股听天由命的疲惫,“你打算怎么拖延时间?”

“你不必担心这个,只要尽量撑得久一点就好。”

他哼了一声,“你没有计划,不是吗?”

我的脑子飞速运转着。要和少校通话,我必须通过第三方,这样就会耗上更多时间。“我能向她提一些不切实际的要求,在我们谈判中途,‘闸门’就会打开,到时……”之后的事情我无法再推测。

“一切都会改变。”卡贡说。

17

返回储物间的路上，我爬得比来时缓慢得多。我已经不再急着见卡贡了，于是时时停下歇息，把脸颊靠在冰凉的金属管壁上。通风管里吹过的温暖气流对我毫无益处，倒是让我好几次差点儿睡着。

抵达储物间时，我的成就感瞬间烟消云散。莱利坐在沙发上。不，不能叫“坐”，他浑身肌肉紧绷，简直就像是被焊在了沙发上一样。他一脸暴怒的表情与这个姿势相配极了。

我拼尽全力从散热口爬了出来。当我身体着陆、又痛又累地瘫倒在地时，这趟冒险之旅总算结束了。莱利必定会责问我一番，我简直不知该从哪儿拿出力气来面对他了，只能一头趴在地板上。

然而，他只是一把扶起我，把我抱到了沙发上。“这是我第二次不得不把你抱起来了。至少这回你是清醒的。”他膝盖着地，小心翼翼地将我放下。他的怒火好像散尽了，“好在你也不重。”然后他手忙脚乱地帮我在背后铺好靠垫。

他继续说话时，我已是半睡半醒的状态了。“让我们瞧瞧这回你又搞了多大的破坏。”他掀起我的制服，伤口露了出来，“垫个枕头。”他一边摇头，一边将上面贴的胶布撕下。

枕头的底部被血浸湿了。我的胃里猛然涌起一阵恶心，连忙闭上双眼。他触碰了一下伤口，我疼得发出“嘶”的一声。

“好极了。线没有挣脱，但你需要换新的绷带。”

我偷看了他一眼。他的语气只是就事论事。替我更换绷带时，从始至终他的手法也熟练又自信。

“会有些痛。”他简直有些幸灾乐祸。

“你护理病人的态度得改善改善才行啊。”我说。

“你也得听听医生的话才行啊。现在别乱动。”

我咬住嘴唇，任他帮我脱掉身上的衣服，换上一套干净的衣物，再替我盖上毯子。他在书桌上翻找了一番，然后拿回一把工具。那玩意儿看似断线钳，但稍小一些。

“手铐给我。”

我伸出手臂。“你会不会碰巧有绵羊油？”他夹紧钳子时，我问。

“没有，所以这会有些疼。”他哼了一声，金属手铐开始弯曲。

“咔嚓”一声脆响后，手铐断了。正如埃梅克警告过的那样，它在我手腕的皮肤上留下了半圈咬痕。莱利扯下坏掉的手铐，替我包扎了流血的伤口。然后他给我倒了一杯水。我回想起医生的教诲，小口啜饮。

看到莱利在沙发沿上坐下，我便知道他要发问了。他果真没教我失望。“什么事这样重要？”

我把卡贡的事讲给了莱利听，包括他的力量、他的牺牲以及他的信仰。“我不能看着他连‘闸门’的存在都不知道，就这么被循环了。”

莱利一言不发地听我讲完，“那我们就得赶在他被循环之前打开‘闸门’。”他的目光扫着地板，好像有些犹豫不决，然后抬眼迎上我的视线,“你曾经说你没有伴侣。”

我差点儿笑出声来,可一想起这会带来多少疼痛,我只好生生憋住。“我的确没有。卡贡对我来说就像……”我思前想后,寻觅一个适当的表述,“兄弟。你应该知道那是什么感觉,你自己就有弟弟。”

“我只见过他一次,然后他就不在了。”他皱起眉头,“我还以为擦洗工没有家人呢。”

“我们的确没有家人,我只是想打个比方。卡贡是我在育儿中心的同学。这就是说,我们一块儿长大,相互照顾。”我很努力才让自己的眼皮子没有合上。

“休息一会儿吧,特蕾拉。”莱利从我的脸庞上撩开几缕发丝,轻轻抚摸我的面颊。

“我们得想个计划。”

“等你体力恢复些了再想。现在睡吧,这是医生的指示。”

这回我听话了。

在医生毫不留情的针戳之下,我醒了。

她就坐在沙发沿上,手里拿着上回我从胳膊上抽掉的针头,“看来你是想停药了。感觉好些了吗?”

“好些了。”恶心眩晕的感觉已经消失了,然而我的胃里却绞痛难忍,全身一丝力气也无。医生扶我坐了起来。这么一弯腰,就引起了许多处刺痛。

“拿着。”她递给我一个温热的碗,里面盛着褐色的液体,放着一把勺子。

我嗅了嗅这陌生的物质。

“这是肉汤,有益于你的康复。”她用愉悦的声调说,“如果你能咽下去,下回我就给你做更浓的。”

我在勺子里啜了一口汤，等待胃部出现不适反应。然而我的饥饿感愈发强烈了，于是我舍弃了勺子，开始直接从碗里喝汤。

“恢复得挺快呀，就感谢自己还年轻吧。等你活过了三十五百周，痊愈可就没那么容易了。”她把汤锅递给了我，“再过几个小时，你就能像往常那样进食了。”她起身环顾房间，“最后你会想洗个澡，在真正的床上睡觉。”她回头盯着我，“你已经有套培训生制服了，我的房间就在医务室隔壁，里面有张空余的床，你可以睡。那床本是给实习生准备的，但现在的培训班里还没有谁够资格来做我的实习生——我得等那批孩子长大。”

这个提议真是既慷慨又危险。如果我在她的房间里被逮个正着，她是会遭到循环的。“我待在那儿看起来不会很可疑吗？”

“不算可疑。培训生一般拥有更多的自由，行踪不会被盯得那么紧，直到他们选定职业，被授予端口。我的主管要是看见我选中了一名实习生，其实会很开心的——他为这事催了我好几周了。”她摸了摸我的脉搏，“脉搏挺有力。你会好起来的。”

她收好医疗用具，朝房门走去。离开前她看向我说：“考虑下我的提议吧，艾拉。莱利知道上哪儿找我。”

她的提议我不可能接受。卡拉没找到我不会罢休，而我也需要先确认“闸门”的位置，和洛根谈谈那些文件的事，打开“闸门”，再向人控警自首，用自己换下卡贡。至于假扮“艾拉”，同一个和颜悦色的女士一起待在上层，不管我多么渴望，这也不在我的计划范围内。

我转而检查起自己的每一项任务。想确认“闸门”的位置，就需要爬进通风管。以我目前的状况，这不可能，但再过十个小时也许就成，至少我希望如此。我担心的是，万一人控警已经从多莫托或是洛根口中得知了“闸门”的位置，并且先于我抵达呢？那我又该怎么做？人控警肯定会控制那里的。我可以把“闸门”的存在告知全体擦洗工。

想到这儿,我不禁大笑一声——这样一来,我不就成了新一代先知了吗?满嘴跑着关于"闸门"的谎言,惹得每个人笑话。不行。倘若卡拉占领"闸门",游戏就结束了。

如果我发现了"闸门"的具体位置,就必须多多了解"外面"的状况以及开门的方法。洛根曾经猜测,我们需要的信息就藏在那些旧文件里。若想打开文件,我就需要密码和洛根。这仍然意味着我得爬进通风管,才能前去接触他。假如卡拉抓住了洛根,抑或我们猜不出正确的密码,游戏就结束了。

另外,我们还需要上层人来帮忙掩盖开门时的系统警报。我手里有一串潜在同盟者的名单,可其中一人是奸细。洛根曾计划查询上层人的电脑记录,如果他不能查出替卡拉办事之人的身份,我们就得通过莱利重新寻觅一组同伴了,还得祈祷不会撞上别的奸细。如果撞上了,游戏就结束了。

最后一项任务——向卡拉自首——是最容易的。而且,一旦游戏结束,这就是我剩下的唯一任务了。

无论如何,我得设法与卡拉建立起联系。并且,我非常迫切地需要知道她都掌握了哪些信息,又有什么计划。而糟糕的是,我又不能再次爬进散热管偷听……

贾西的窃听器!我曾经在卡拉的办公室上方安装设备,只要我截获到它的声频信号,就能实现窃听。我故意忽略了自己并不知道如何截获声频信号这件事。我的全部未来都建立在了一系列的希望、假设和可能性之上,以至于只要我目前考虑够多,就会认为这些目标根本不能实现。

我决定把事态往积极的方面想,尽量造成最大程度的破坏。

我稍微弯下腰,捡起了工具带,取出里面的窃听器。贾西也许会后悔答应帮我吧。

我摁开电源,开口道:“贾西,我又需要你帮忙了。卡拉少校想和我谈一笔交易,所以我得请你担当我的谈判人。告诉卡拉,只要她保证释放卡贡,让他回到下两层的工作岗位上去,并且不会循环我,我便去自首。她不会接受这种条件,必然会讨价还价。这样你就告诉她,你会和我联系,在二十个小时后通报她结果。谈判时间拖得越长越好。我不在乎最后达成的条件会让我怎么样,只要卡贡能活着,其他人也不被拘捕。这事我只能托付你了。”

“你不在乎最后的条件?”莱利问。他关上门,站在那里,手里端着一个热气腾腾的碗。

“不在乎,只要尽可能给人控警造成损失就行。”我想知道方才的话他听到了几分。

“那你的朋友呢?你觉得他们也不会在乎吗?”

“我这么做是在帮他们。另外,这是我自己的决定。”

“也许他们不想要你的帮助。你从这个角度想过吗?你考虑过你的决定会给别人带来何种影响吗?那些被你抛在身后、承受失去你的痛苦的人,你为他们着想过吗?”

莱利似乎愤怒得有些过头了。他察觉到我的不解。“我猜这一定是有家庭的人才会考虑的事,擦洗工是不会明白的。但我和我那个仍然沉浸在亡妻之痛中的父亲其实算不上一个家庭。”

我反应过来了。莱利的愤怒并非针对我,而是针对他的母亲。她的名字也出现在了多莫托提供的被循环者名单上。“我知道你想念你母亲……”

“你不知道。你是个擦洗工,没有家人。”

这回轮到我勃然大怒了,“我当然知道!擦洗工就是我的家人!我有育儿嬷嬷,她手下带着我们九个兄弟姐妹,却一视同仁地爱我们所有人。我还有卡贡,为了救他,我情愿把自己交给卡拉。”突然爆发的怒火令我自己也大吃一惊,可更让我惊讶的是,我意识到自己方才讲的都是真心话。

莱利没能掩饰住语气中的得意,“这会儿你描述的下两层生活,可是跟咱俩第一次见面时你所说的完全不一样。也许上层人和下层人之间的共同点比你想象的要多。”他想忍住笑,可没憋住,“拜托,你就承认吧。”

“你来这儿到底是要干吗? 我**本想**休息的。”

他举起手中碗,“承认吧。承认了我就把这碗炖汤给你。”他在汤碗上方吹了吹,一股美食香气立即朝我的方向飘来。

“你真是可恶极了。”

“更糟糕的话我都听过。”他拿起汤碗在我鼻子底下晃了晃。

“罢了,罢了。也许我对上层人的判断下得太草率。”

“不行,用这句话来换这么美味的汤可不够。我想听三个字:**我,错,了**。”他举起三根手指摇了摇。

“你太下作了。我是伤员,需要补充营养才能康复。”

“汤快凉了。”

“好吧。我错了。你满意了?”

“好极了。”他把碗递给我,面露微笑。

至少他没表现出洋洋得意的模样。我用勺子刮掉最后一点儿汤汁后,觉得为了这顿汤承认自己错了还是挺值的。

莱利在我身旁站着犹豫了一会儿。我挪开腿,给他在沙发上腾出地方。

“你看起来有所好转。”他说,“脸上有些血色了。”

“我得多谢你。为了给我请医生,你冒了很大的险。”

他耸耸肩,“拉蒙特医生是我父亲的朋友。”他撕扯着沙发上的一根线头,“鉴于你受了那么重的伤,流了那么多血,拉蒙特医生认为你能爬到这儿来实在是奇迹。”

“你知道我有多顽强。可我得提醒你一句，一旦人控警撬开了多莫托的嘴，他就会告诉他们你和洛根也有份。”我看了一眼时钟。二十一点。温科的刀子应该已经发挥了挺长时间的功效了。

“他们还没有抓到洛根。”莱利说。

我直起身来，扯到了伤口的线，“怎么回事？”

“卡拉少校发现他用自己的端口登过电脑了，可她手底下的电脑专家没法儿追踪到具体的位置。她仅仅知道他在第一层，正试图搜索整个底层呢。”

“试图？”

他咧嘴一笑，“人控警最近霉运不断啊。不是设备出故障，就是工具遗失，或者通信中断、水管爆裂。”

看来贾西听到了我的要求，这也即是说，他已经警告过洛根，而且极可能收到了我刚才发出的请求。我很好奇卡拉的电脑之所以不中用，是否是洛根动了手脚。“你是怎么知道她遇上麻烦了的？”

“有台金属切割机作业时温度过高，烫伤了一名少尉。是拉蒙特医生替他医治的。那真是个友好又健谈的伙计。”他前倾身体，“现在我们又多了些时间去寻找‘闸门’了。”

“对。但我们需要洛根，还有一大堆上层人的帮助。”

“上层已经有我、我父亲和拉蒙特医生了。我有个表亲在机械系统工作，足以信任。多莫托还提起了哪些人？”

“基安娜·加勒德、汉娜·米涅科、塔基亚·卡蒂姆和布里安娜·纳雷尔。可她们当中的某个人是特拉瓦家族的探子。洛根也许能替我们找出那人的身份。”

莱利把沙发的线头缠绕在手指上，“我知道塔基亚，她在控制室工作，整个控制室只有两人不姓特拉瓦，她便是其中之一。我见过布里安娜和汉娜,她们和我父亲是培训班的同学,可他已经有好几百周没拜访过她们了。我从没听说过基安娜·加勒德,你知道她在哪个系统工作吗?"

"不知道。我们需要洛根。"

"以你现在的情况,可没法儿带着他穿过通风管。"

这我同意。卡拉少校正一心忙着找出多莫托的具体位置,也许洛根可以坐电梯上来。这事的关键是要掌握好时机,还要让洛根找到我藏在下层的人控警制服。我把这个主意告诉了莱利。

"只要他别太紧张出卖了自己,这办法倒是行得通。"

我给莱利看了窃听装置。

他吹了声口哨,"你成心犯起法来,还真是一条不落呀。使用非法科技,还盗用人控警制服。"

"是借用,'治安官'先生。其实……"一个主意油然而生。

"噢,不。我猜接下来肯定不是什么好话。"

"你有办法收到声频信号吗?"我问。

他从我手里拿过窃听器,检查了一番,"知道频率的话就可以。怎么了?"

"卡拉的办公室外面有一个这样的窃听器。知道她的计划对我们会有帮助。"

他露出惊讶的表情,但也只有短短一瞬,"天啊,我倒想知道那玩意儿是怎么出现在那地方的。"他语气里带着淡淡的揶揄。

"不清楚。"我配合着说道,"现在的孩子啊,"我故意啧啧有声,"总是爱惹麻烦。不像我,简直就是遵纪守法的典范。"

他笑出声来,"我们应该把这词当作你的代号。'遵纪守法的典范',简称 SOC①。"

---

① 即"soul of conformity"的首字母缩写。

莱利离开后,我又用窃听器联系了贾西,把我们的计划告诉了他。“在二十六点钟把洛根送上来。另外,我得知道卡拉办公室的窃听器的频率是多少。”

如果一切按计划进行,到了二十六点钟,洛根就会穿着人控警制服乘坐电梯来到第四层,与候在那里的莱利碰头。莱利会把他带来我们的储物间。

一想到我不再说“莱利的”储物间,而是用“我们的”一词,我便暗暗发笑。管这里叫“储物间”也不大准确了。最近发生这一系列事之后,小屋已然变成了一间医务室,兼具藏身场所和卧室的功能。

莱利命令我再休息一阵,我蜷缩成舒服的姿势,但思绪依然纷乱如麻,臀部仍在作痛。我放弃了睡眠,转而四下打量,看看有没有什么东西能分散下注意力。除了莱利草草画下的电力系统示意图外,没发现什么特别的东西。现在我能理解为什么多莫托没有等待洛根了。人无聊起来,比在固体垃圾处理站疏通管道还要痛苦。

桌子下面有一团灰色的小玩意儿。我小心站起身,避免扯动伤口缝线,拖着步子走过去,拾起了阿羊。它妈妈就在几尺开外的地方。我把它们一起抱到了沙发上。它们的皮毛粘上了些血迹,我用自己水杯里的清水替它们擦干净了。

我挺好奇莱利弟弟的事。从莱利的话判断,我猜他弟弟出生之后立即就夭折了。那阿羊爸爸到哪儿去了呢?

最后我打起了瞌睡,做了一个关于羊的梦:我抱着一只咩咩叫唤的羊羔,艰难地穿过一条挤满绵羊的走廊。身后一个嘎吱嘎吱响的东西在追我,我在羊群中跌跌撞撞地奔跑时,它愈发地响亮了。我确信咀嚼机的獠牙就快要咬上我了。我绊了一跤,打了个滚,把手里的羊羔推向了身后正朝我追来的咀嚼机。可卡贡站在了我面前。

他朝我伸出一只手。我抓住他的手,他却一把将我拽倒在地。然后他往旁边一站,把我扔给了卡拉少校。

卡拉少校拖着我离开的路上,我听见卡贡在大笑。

“游戏结束了,特蕾……特蕾拉,特蕾拉。快起来。”

我眯缝着眼看着白色灯光。莱利站在我面前,身边是一个人控警。我瞬间彻底清醒了,坐起身来时差点儿没把伤口缝线给挣脱,直到我看清这人的脸,“安-杰德? 怎么回事?”

“洛根被监视了。”她说,“人控警注意到他在电脑上花了太多时间。”

“我还以为他们在忙着搞搜查呢。”我说。

“大多数人控警是。但一小撮人控警确信失踪的擦洗工有同党,所以下定决心要把你给揪出来,好立下头功升官发财。有他们在,下两层的日子简直比以前更没法儿过了。”她扫视了房间一周,“不过,我得说第四层挺让我失望的。是不是第三层的条件要好些?”安-杰德问莱利。

“不是,都差不多。”

“真遗憾。”

“安-杰德,你有没有给我带来什么消息?”我问。

她在沙发上落座,莱利则坐在了地板上。“我第一样要传给你的,是贾西的话。”她鄙夷地皱了皱鼻子,“他说你欠了他一个大人情,等这个乱摊子收拾好了,你得给他当一周的奴隶。”

他能这么乐观,我真欣慰。

莱利又惊又怒,张口结舌,“他是真的……”

“不是。”我向他保证,“贾西会让我替他在‘里面’的各个角落安满窃听器。继续,安-杰德。”

“洛根叫我背诵了一串密码提示问题。你有写字板吗?”

莱利在书桌上翻找出板子记下了这些问题。所有问题都含混其辞，但又提供了足够多信息，令人觉得它们是可能被解答的。其中第三个问题提到了眼睛看不见之类的，我一时半会儿想不到显而易见的答案。

“那些上层人的事怎么样了？洛根有没有调查他们？”我问。

“有。他说在那些保密文件中提到了其中一个名字，显示其为线人。其余人的记录都是清白的。”

“哪个名字？”我问。

“基安娜·加勒德。”

听到她的名字，我心上的铠甲如遭重击，全身都随之颤抖起来。我不该感到诧异的。如果她能狠心将亲生骨肉抛弃到下两层，当然也能出卖自己的丈夫和别人了。

“关于上层人，还有别的信息吗？”莱利问。

“有。洛根说塔基亚·卡蒂姆会是帮助我们的最佳人选，因为她有权限进入多个系统。”

“她和其他人要怎样才会信任我们呢？”

我在头脑里梳理着多莫托曾告诉我的所有信息，“这话听起来有些做作，但我们得告诉他们，‘十人军团’将重新行动了。”这话也不假。如果我把洛根、安-杰德、莱利、拉蒙特医生和我自己都算在内，人数确实是十。

“我不知道自己能不能一本正经地讲出这种话来。”莱利说。

“想想倘若他们不帮我们，后果会怎样就好。”

“好主意。”

安-杰德一直在摆弄她制服上的顶部纽扣。她微微埋头，朝胸前说：“听得到吗？”然后她用指尖按了按耳环，歪了歪头。

莱利和我交换了一个意味深长的眼神。她最近承受的压力是不是太大了?

“好,我这就给她。多谢。”安-杰德注意到了我俩一脸狐疑,“我没法儿老在你和下两层之间充当信使。”她从耳垂上扯下了小小的蓝色耳环,“接听器。”又在衣兜里掏了掏,取出一个形似铆钉枪的奇怪金属装置,把耳环放进枪中,然后将它按在了我左边的耳垂上。

我还来不及抗议,她手上一用力,我耳边便爆发出一记巨响,一阵剧痛随之传来。安-杰德用散发着药味的布替我擦拭耳垂。完事后,我伸手去摸耳朵,被她一掌拍开。布上湿答答地粘着我的血。

“现在你就能听见贾西讲话了。”她拽了拽最上面的那颗纽扣,它“啪”的一下被扯落,下面仍是一颗跟它一模一样的纽扣。“这是话筒,照标准的纽扣做成,很轻松就能连在衣服上。你拿去试试。”

我把金属话筒安在了顶端的衣扣上。

“她连上了。”安-杰德说。

“特蕾拉?”贾西问道。

我吓了一跳,不由得四下环顾。他的声音十分清晰,仿佛人就站在我旁边。

“特蕾拉,你在听吗?”

“在!”

“没必要喊这么大声,我听得很清楚。技术佬发明的这些玩意儿可太棒了。只等他们再多造些,我们整支小队就能更好地配合啦。”

“什么小队?”

安-杰德把视线移向一旁。

“当然是‘闸门’小队啦。”贾西的语气不带情感,就事论事,可我却感到十分不安。

“你是怎么知道的?”

“他威胁说要向人控警举报我们。”安-杰德为自己辩护道。

照常理推断,贾西不会跟人控警做这种交易。

“你被他唬住了。你告诉了他多少?”我问她。

可贾西抢先答了话:“所有的一切。而且,你真该一开始就来找我的,不该这么到处乱闯。”

莱利脸上的困惑越来越浓,但他没有打断我和贾西的对话。

“到处乱闯?一开始找你的话,情况就会比现在更好?”我问。

“当然。我本来可以安排人手替你顶班,帮助运输食物,还能为你打听消息。”

“可我不能……”

“相信任何人。我知道。”

我本打算说“让你也蹚浑水”的,不过他说得也没错。“你眼下也在帮我。”加上贾西,我们就是“十一人军团”了,但听起来没有“十人军团”那么威风。

“考虑到底下的情况这么糟,我只是略尽绵力罢了。”可他的语气里分明带着一丝兴奋,仿佛他巴不得接受即将到来的挑战似的。

“下面怎么了?”我做好了听到坏消息的准备。

“到处都是人控警在打探消息。他们迟早会展开全面搜索的,而有些……东西,我不愿被他们找到。”

“和卡拉的谈判进行得如何了?”

他停顿片刻,“还没有开始。你先别吼,听我解释。”

我咆哮一声,算是同意。

“为了引诱擦洗工供出你来,卡拉使尽了浑身解数。失败以后,她才放话说只要你自首,就饶卡贡一命。可等等!她的这些策略至今都没有效果,所以她以为你现在躲在管道里,就快要伤重而死了。如今通风管里到处都是远控温感器。我觉得,还是别急着去纠正她的错误想法比较好。”

“那卡贡呢？”

“从我们刚学会走路那会儿起，他就一直护着你了。而你能对他做出的最糟糕的事，就是去自首，让他前功尽弃。而且，一旦你打开‘闸门’，我们面对的会是一个全新的世界。”

“可是万一……”

“停！别跟我说什么万一。你得干好你的分内事——把‘闸门’打开；而我会干好我的分内事——把人控警的日子搞得很悲惨。我得走了，别的地方也需要我。但我会留人监听这个频率的。”

他的话提醒了我，“贾西，卡拉办公室那个窃听器的频率是多少？”

“98兆赫。”

“多谢帮忙。”

他咯咯一笑，“别担心，这人情你要还的。等技术佬造出更多的接听器，我马上联系你。”

我关掉纽扣话筒，把方才贾西说的话转述给了安-杰德和莱利。

“你们是怎么防止特拉瓦家族接收到这个频率的？”我问。

“没法防止，但‘里面’有非常多的频率，我们这个频率被发现的可能性很小。”莱利解释道。他站起身来，拍了拍裤子上的灰，“我送安-杰德回电梯。”他把写满密码提示问题的写字板递给我，“你来解决这些题，而我要去招募上层的盟友了。”

他发号施令的语气令我忍俊不禁，“谁选你当管事的了？”

“阿羊。”

“所以我们现在叫绵羊军团了吗？”

“不，我们是咩咩军团。”他故意把那个词说得像羊叫一般。

18

听到他这拙劣的俏皮话，我抓起一个靠枕朝他砸去。他轻松躲开，护送安－杰德走出了储物间。离开之前，他又把头探进门来，用羊叫般的颤音说了一句："拜拜——"

我的准头很差，这次把枕头砸到了正在关闭的门上。我权衡了一下要不要起身捡回靠枕，最后还是决定乖乖待在沙发上，研究手里的那十个密码提示问题。我们已经解决了其中之一，取得了"闸门"的坐标；而另一个问题的答案，正是我那珍珠柄梳子上梳齿的数量——我在被人控警追击时早丢了梳子，但之前我已经数过上面有多少根梳齿了。

还剩下八道题。我冥思苦想，却没能想出其中任何一道的确切答案。第六号问题是："要让外面的进入里面，你需要转动什么？"

这题的答案可能是门柄、把手、钥匙或者螺丝钉。眼下没人和我进行头脑风暴，所以我只好把能想到的答案先写下来，再尝试解答另一题。

"你有一双能视物的眼睛，我的眼睛却不行，可我能看见你不能见的东西。我是什么？”我转而思索另一题。几个小时过去了，我的头隐隐作痛。我放弃了这项任务，开始休息。现在是三十点钟，这意味着莱利已经回去上班，而我还得等上一阵才能吃到下一顿饭。我对多莫托的痛苦越来越感同身受。他在藏身小屋里待的头七十个小时一定很难熬。不过至少现在他那里有浴室和厨房。我估算着单靠存放在冰箱里的食物，他还能支撑多久。而且他至今还未落入法网，着实让我觉得是个奇迹。

我想睡一会儿，可空空的肚子在抗议。拉蒙特医生说过我可以用她的浴室，这提议令我蠢蠢欲动。“里面”四层的房间布局大都如出一辙。C4区属于发电站，而D4、E5和F4都是居住区。第四层和第一层最大的区别就在于有很多水箱。

B4和H4区存放着大型蓄水箱，第一层的对应区域则分布着洗涤房和污水处理厂。针对擦洗工的医务室开在H2区，紧挨着育儿中心。

之前我一直严格控制自己前往上两层的次数，以免被人发现，可我记得曾在第三层的B区见过上层人的医务室。要进入三层的通风管，我就得爬进间隙带，而我受伤的屁股会是个大问题。

我还穿着上层的培训生制服。能不能就这样大摇大摆地走在上两层，假装自己本就属于这儿呢？更重要的是，我敢这么做吗？安-杰德就大大方方地戴着贾西给她的通信器。齐皮士表面看来只是一把普通的吸尘器。就连解码器，都被伪装成了普通计时器的模样。

为了洗个澡，值得我冒上被抓的风险吗？不值得。但我能借此考验自己，试试我能否在上层行走而不被认出来，所以值得冒险。这理由不那么站得住脚。另外，人控警不会想到来上面搜查我的，对吧？我拿定主意，并给莱利留下了一张字条。但愿他不会太生气。

离开储物间之前，我用手指梳理了一下头发，任发丝垂落在肩侧，掩住了耳环。我用杯子里的水洗了脸，濯净双手上已经干掉的血迹。

如果腰间缠着工具带，在上层人看来未免另类。好笑的是，身上少了工具带那令人安心的重量，我简直觉得自己没有穿戴整齐。可现在工具带里也只剩下解码器了，我把它装进了制服裤子的深口袋。等把写满密码提示问题的写字板塞到上衣底下，我便做好了出发前的所有准备工作，只是心里还很忐忑。

我在脑海里规划好了从储物间前往医务室的最短路线，稳稳地吸进一口气，然后出了门。我在有视错觉的走廊附近迅速四下扫视了一番，确定有没有人来往，然后故意昂首阔步，仿佛自己正赶着去传一条重要口信似的。

几名上层人与我目光相接，点头示意，其他一些人径直无视了我。后来我与三名人控警擦肩而过，他们脸上并没有流露认出了我的迹象，最后我抵达医务室时，心脏在胸腔里狂跳不已。直到推开门的那刻，我才头一次想到，拉蒙特医生有可能不在这里。这个长方形的房间和擦洗工的医务室别无二致，沿着较长的那道墙壁摆有一排床，床与床之间是狭窄的过道，天花板上还嵌有“U”形金属轨道，悬着私密遮帘——这是擦洗工医务室所不具备的。两张床上躺着沉睡的病人。右后方靠墙处有一道高高的柜台，旁边是一扇大门。

我走到房间中央的时候，拉蒙特医生匆匆出现在门口，手里端着一个托盘。她看见我，脚步微微一滞，显然有些吃惊，但接着便莞尔一笑。

她指了指身后的房间，“你先在里面等我一分钟。我现在得给伊扎克送药。”

我朝那道门走去。右边柜台的背面是一排排架子，上面摆满了各种药品。我看见门后是一间检查室。强烈的灯光下，不锈钢器具闪闪发亮。我在门口止步，犹豫不前。里面有张覆着黑色衬垫的平台，上面有固定身体用的绑带，令我回想起了自己有生以来的第一次体检。

按照规定，擦洗工年满十四百周时需要接受一次全面体检。我身上没有哪一处是没被检查的。一想起那些冷冰冰的探头，我就不寒而栗。人控警宣称这种体检是为了保证擦洗工的健康，并确认他们有能力做好被分配的工作。

拉蒙特医生将冰凉的手放在我的肩头催我进房间时，我吓得跳了起来。

"手术室在那边。"她指向右边一扇门，"我的办公室在这儿。"

我们走进位于房间左后部角落里的一间小凹室，其后就是她的办公室。这地方看上去可比检查室宜人多了。我的目光被挂在墙上的一张超大壁毯吸引住了。它由不同颜色的小方块拼接而成。我眯眼盯着毯子，又后退一步，想看清这些小方块到底拼成了什么形状。

她注意到了我的目光，"是个听诊器。"

于是我一下就看清了听诊器的长管子和圆形的听头。

"你在好奇我为什么要挂一个听诊器。"她细细的眉毛一弯，仿佛在邀请我猜一猜。

"没有。毕竟它是你工作的必用品之一。"

"可为什么我不放个体温计、显微镜或者解剖刀呢？"

"这是你的壁毯，我想你应该比我清楚答案。"

她笑了，"是的，可我想知道你是怎么看的。"

我把视线投向壁毯，掩饰自己的讶异。医生的工具都很重要，每样东西各有用处。听诊器是用来聆听病人的心肺的。我想象着自己像一名医生那样工作，接待一位又一位进门就诊的病人。过了一会儿，我又觉得医生可能并不认为自己的工作有多么特殊。医生要怎么做，才能和这么多病人建立起联系呢？

"你选择听诊器，是因为聆听病人的心跳是……"我挥了挥手，好像这样就能从嗓子里掏出正确的措辞似的，"是医生最宝贵的体验之一。没人能听到别人的心跳，除非他们靠得相当近。他们让你听自己的心跳，意味着信任你。”

她点点头，好像我的答案令她很是感动。

“我说得对吗？”我问。

“这个问题没有标准答案。你可以说因为我最喜欢的工具就是听诊器，这也不算错。我最爱做的一件事，就是用听诊器听‘里面’的心跳。”拉蒙特医生从脖子上取下听诊器，递到了我手里，“你听听看。把它按在墙上。”

我满心好奇地把听诊器末端塞进耳朵，不小心擦碰到了左边的耳环，弄得耳垂一疼。我把听诊头靠在墙壁上，准备好听见放大了的嗡鸣声。可我听见的是一阵清晰的隆隆声，时大时小，还有一连串敲击声在有节奏地重复着。我把听诊器收了回来。

“有意思吧？我们的耳朵没法儿分辨机械发出的噪声——对我们来说，它们就是一团嗡鸣而已。没有留神倾听，就不会注意到它们的区别。我喜欢聆听‘里面’各种不同的心跳。这么做能让我安下心来。”她自嘲似的挥挥手，“我知道这很傻。”

“不傻。”

“好吧，你来这儿应该不是为了和我讨论壁毯的。你一定是越来越觉得我上回的提议很诱人了吧？”

“没错。”

“过来的时候有没有遇到麻烦？”她问。

“完全没有。”

她橄榄绿的双眼中瞬间充满了疲惫的伤感，“我并不意外。现在的人都不敢多去了解自己家庭之外的人了。走廊里尽是陌生人。”

听起来就和擦洗工差不多，“为什么？”

“如果与朋友来往过密，你马上就会被怀疑。特拉瓦家族把所有成群结队的人都看作潜在的造反犯。而且人们也害怕被举报。如果你不和别人来往,那即使他们看你不爽,也没法儿举报你是擦洗工的同情者,从而害你被捕了。"

我注视着她。如果把她话中的"特拉瓦家族"一词替换为"人控警",那她所描述的情形和下两层一模一样。

她摇了摇头,"这种事你还是少知道为妙。你在这儿稍等,我先去检查下自己的衣服有没有满地乱丢。"说完,她便从另一道门出去了。

这地方在我看来如同迷宫。我环视着房间的其余部分:医生的电脑摆放在整洁的桌面中间,正对着两把大大的扶手椅;地板上放着一个篮子,里面装着玩具。我在篮子旁边蹲下,把为数不多的玩具翻了个遍,感到一阵失望,这才意识到自己是在找阿羊爸爸。

"这是给年纪小的病人准备的。"她在我身后说道,"浴室收拾好了,但在缝线碰水之前,我得先检查一下你的伤口。"

她带我走进了她住的套间。这里比莱利家大些,有两间卧室、一间起居室、一个小厨房和一个洗手间。我脱下制服,给她看了伤口。在刺眼的白色灯光底下,伤口附近的瘀青呈紫色,而黑线缝合的部分肿胀起来,形成一道愤怒的红杠。我身子一摇,靠在了墙壁上。

"尽管你冒险出去过,伤口还是恢复得不错。"

我难以置信地看了她一眼。

"相信医生的专业判断吧。"她嗤笑道,又看了看我的制服,"去洗澡吧。我去给你端碗热汤,再带些换洗衣服来。"

我摘除了身上的所有设备,取出解码器,把它们藏在了一条毛巾底下。热水淋下来的感觉好极了,尽管肥皂令我感觉有些刺痛。洗完澡后,迎接我的果然是一个热气腾腾的杯子和一套干净衣服。这样悉心的照料我挺受用。

也许我可以让特蕾拉死在通风管里,而让艾拉在这儿生存下来。

"感觉好些了?"拉蒙特医生问。

“好多了。”

“你的房间在右边，去睡一会儿吧。”

“我的房间”——我在脑海中重复着这四个字。我的房间。这里只有一张窄床和一张带台灯的小桌，并不奢华，甚至连特别都算不上。可相比在宿舍铺位睡觉，这里的生活堪称天堂。我在床上坐下时，床垫的弹簧发出嘎吱嘎吱的响声。有意思。我在床垫上反复坐下又弹起，享受这份乐趣。下两层的铺位上只盖着薄薄的垫子，这对我来说倒不成问题，毕竟我在通风管里都能睡着，可这还是我头一回真正感受到上下层之间的差异。

如果父母没有抛弃我，我会生活在和这差不多的房间里吗？我会很快乐吗？我想象着自己被卷入这一系列事件之前的生活。我愿意拿我本来的生活来换现在的日子吗？我愿意。可拿我眼下的生活换回去呢？没门儿。

我在床上四仰八叉地躺下，担心自己会被惯坏，在这儿待过以后，再也没法儿在通风管里入睡了。不过这一次，我决心先享受当下。

莱利不依不饶的声音把我从无梦的熟睡中吵醒了。

“……得和她谈谈。”

我感觉自己身上有了些力气，便走出房间，循着谈话声走向了医生的办公室。莱利坐在一把扶手椅的边缘，身体前倾，仿佛随时都会弹出来似的。见我出现在门口时，他一下子跳起身来。

“你好多了。我看到你留言的时候……”莱利扫了医生一眼。

“他还以为你的身体情况恶化，才不得不来看医生了。”她眼神闪烁，“他不相信我说的。”

“你知道让她信任我，总共花了我多长时间吗？”他问医生，“我没法儿想象艾拉冒这么大的险只为洗个澡。”

他倒是说到点子上了。在通常情况下,我会非常怀疑医生的动机,可我发现自己原先的直觉不大对劲了,毕竟我曾经相信的一切都已被证明是错误的。

“不单是为了洗澡,”拉蒙特医生说,“也是为了喝我的家传热汤,而且我确信她愿意再来一碗。”她一边朝我眨眼,一边离开了房间。

房间里只剩下一片尴尬的沉默。

“抱歉让你担心了。”我说。

他微微一笑,“这样也不坏,至少我知道了,下次想叫你相信我的时候,给你提供洗澡的地方和一碗汤就成。”

不自在的气氛打破了,我在另一把扶手椅上落了座,“我进来的时候你们在谈别的。有什么新消息了吗?”

“他们挺难说服的。之前那次行动功亏一篑,他们再也不相信反抗会成功了。可他们至少愿意听你谈谈。”他若有所思地一顿,“如果医生同意,我可以叫其他人在不同的时间来这里,就说自己头疼脑热什么的。到时你就能在这儿和他们谈话了。这么做不至于招来太多怀疑,而且我们的储物间也不会暴露。”

他的想法颇有道理。

“另外,这样还能避免小组成员发现彼此的身份,会更安全。”莱利补充了一句。

多莫托当初也是这样做的,可仍有四个人被循环了。让这些人不知道彼此的身份——这主意乍一听合情合理,我的第一反应也是表示同意,可如今我的想法改变了。如今上两层的氛围同人控警试图在下两层制造的氛围如出一辙——人们互不来往,不愿信任他人;举报身边人就能获得奖励。我曾经也对他人十分冷漠;从我可以在众目睽睽之下随意走动这点看来,上层人之间也是各扫门前雪的状态。

其余的擦洗工以前也是这样。以前。

什么事以前?

我飞速把过去的四周时间回顾了一遍。尽管卡拉少校对擦洗工威逼利诱,他们还是替我保守了秘密;厨房擦洗工联合起来给多莫托在通风管里存放了食物;还有贾西和他的伙伴,洛根和安-杰德。要搁在以前,他们绝不会这样以身犯险的。

以前……破碎人出现、坚称"闸门"存在以前。他给了大家一个团结起来、为彼此承担风险的理由。

"不,"我说,"这样做会失败的。"

"什么意思?"莱利问。

医生端着一碗汤进来了,可她直直地看着我。我好奇她刚才听见了多少话,有没有起疑心。

我不顾医生在场,回答了莱利的问题:"让每个人单独前来是不会有用的。他们必须知道有哪些人参与了进来。他们必须交谈,建立联系。"我看着医生,"听听彼此的心跳,这样就能知道大家都是为了同样的目标才以身犯险的。要向人控警交代一个名字太容易了,或者说,要抛弃一个你不了解的人太容易了。"我在莱利和拉蒙特医生之间来回扫视,希望他们能够理解。

"她说得对。"医生说,"如果你听不见某个人的心跳,把这人的身体送去循环就很容易了。"

"让所有人完全暴露自己吗?"我看出莱利正因为我的态度发生了一百八十度大转变而困惑不已。

"没错。我们就从医生开始吧。"我转向她,"莱利一请求,你就出手救了我的命,还在储物间给我做了手术。为什么?"

她有些措手不及,皱起眉说:"莱利是我朋友的儿子。"

"因为你认识莱利。"

"没错。"她放松了一点。

“可你并不认识我呀。你怀疑我就是那个失踪的擦洗工,那你为什么没举报我呢?”

“同样的理由,为了莱利。”

“但你还让我来这儿洗澡,给我提供一张床。”

“别忘了还有汤。”莱利说。

我瞪了他一眼。

“怎么了?我只是想提醒你而已。”他装出一副无辜的模样。

“好吧,还有汤。你为什么这么做呢?”我问她。

“主要是因为好奇。你的力气大得惊人。你能爬这里来,而不是死在电击枪下,这点实在令人佩服。我想知道你为什么要来这儿,另外,我当时还想知道莱利到底是为了什么样的人才甘愿拿生命冒险。”

“你是想听我的心跳吗?”

她莞尔一笑,“你现在用这个比喻用上瘾了,是吗?”

“可这个比喻挺好用的。”

“没错,挺好用。而且,你说对了。”

我深吸一口气,“如果我请你帮更大的忙,你会答应吗?”

她思虑着,“要看是什么忙了。”

“我们需要一个碰头的地方,而且我们觉得医务室就很理想。”

医生身体一僵,脸上充满了防备的表情,“碰头做什么?”

是时候坦白了。擦洗工以破碎人为中心才团结了起来;为了我们计划的成功,上层人同样需要一个中心人物。

我坚定地与她对视,说:“为了齐心协力打开‘闸门’。”

她抽了一口凉气,脸色瞬间变得煞白。

莱利用手肘碰了碰我,“那个心跳的比喻——能反过来用吗?我觉得医生的心脏好像都停了。”

“你们……找到‘闸门’了?”医生抓紧了书桌的边缘。

“我知道它在哪儿,但要打开它还困难重重,所以我才需要你的帮助。你愿意答应我吗?”

“当然。”她毫不犹豫地回答道。

我们定下了碰头的时间后,莱利准备去告知那些上层人具体的细节。离开医务室之前,他给了我一个和我手掌差不多长的金属盒子,上面的电子面板上显示着数字“98”。

“用这个,你就能连上卡拉办公室外面的窃听器了。”他解释道,然后顿了一下,似乎是突然想起了什么,“这东西的工作原理就和安-杰德带来的接听器差不多。这里面含有电池,我只能把它做到这么大。”他摸了摸我的耳环,“这才是正儿八经的科技。我们上层就没有这种东西。特拉瓦家族不鼓励我们发挥创造性。”

“这将成为我们的一项优势。”我希望高科技真能帮上忙。

我把莱利给我的金属盒子带在身上,但没有接听到任何声音。可能卡拉已经下班了,或者不在办公室。我开始担心起来,不仅因为没有掌握卡拉的动静,还因为我已经好久没有收到贾西的消息了。我感觉体力恢复了一些,于是开始在医务室里面踱来踱去。

最后,医生开口了:“如果你老这样走来走去的,还不如过来帮我。”她带我看了看高柜台背后的药品架,让我把这些药物整理一番,“遇到急诊的话,这道准备工作可以省下宝贵的时间。”

架子上面塞满了大小不一的绷带、一盒盒缝线和胶布,夹板和纱布都堆放在一起。我在整理这团乱七八糟的玩意儿的时候,许多上层人进门来求医问药。大多数人都无视了我,但拉蒙特医生偶尔会叫我过去帮忙接待病人。倘若他们问起,她就介绍说我是新来的实习医生,名叫艾拉。

有一回,拉蒙特把一个装满干净绷带的箱子放到了我旁边,“等你空下来,能把这些绷带裹成卷吗?”

“没问题。你这里的活儿这么有趣,我真惊讶培训生没有前仆后继地自愿跑来实习呢。”我讥笑说。

“说话当心点儿,不然待会儿让你刷便盆。”

“我马上裹绷带,医生。”我朝她敬了个礼,夸张地表现出对任务很热心的样子。

她大笑起来。我喜欢听她笑,因为她的笑声轻快温暖、无忧无虑。她其实并不爱笑,身上总是如影随形地笼罩着忧愁,可这并没有影响她对别人的同情。

差不多四十五点钟的时候,我已经体力不济了。这种时候,比起收拾最后三个架子,还是打个小盹更吸引我。我坐在地板上,好让酸痛的腰部休息一会儿。这时,一道尖锐的声音吓跑了我的瞌睡虫。

“医生呢?”一个女人恐慌地问道。

我站起身,拉蒙特快步从我身边走过。一个大肚子的孕妇紧贴在门上,脸色苍白,肿胀的双脚几乎站不稳了,身体摇摇欲坠。她的裤子上粘着刺眼的鲜血。

“我的羊水破了。”她说。

拉蒙特扶住她的手肘,负担了她一半的体重。我赶紧冲过去,扶住了这位病人身体的另一侧。

“羊水不应该是红的,对吧?”她问。

“你丈夫呢?”医生问。

“来不了。这太难了。”女人有些语无伦次。

我们抵达了检查室。

“要动手术吗?”我问。

“还不是时候。我得弄清楚问题出在哪里。”

我把女人搬上桌子，自己却痛得呻吟出声。但看到女人的情况越来越严重，我马上就忘记了自己身上有伤。

拉蒙特喊叫着朝我和病人发号施令。我抓来绷带，然后给手术器具消毒。

女人呻吟着颤抖不止，“宝宝想钻出来。”

“还不到时候。再坚持一会儿。”

拉蒙特医生开始检查病人，我则握住了她的手。她用力捏着我的指关节，我觉得自己的骨头都快被捏碎了。每过一分钟，这种足以捏碎指骨的紧握都要来一次，同时还伴随着女人痛苦的呻吟。

“这是宫缩。”医生说，“把那边的开关打开。”她指了指墙壁，于是我抽出一只手来，勉强够到开关。

“现在开始手术。”拉蒙特踩了一个踏板，桌子底下便冒出几个轮子来。

我们把桌子推进了手术室。

“你不需要更多的人手帮忙吗？”我问她。

“我跟换班的人说过了，他应该很快就到。”她开始雷厉风行地给我下达了一连串指令，让我根本没时间去多想。

接下来的事情在我的脑海中只是一片混乱。又一个上层人来了，于是就有了两个朝我大喊着发号施令的人。最后女人的尖叫和新生儿的号哭混作一团。我不知怎的出了手术室，怀里抱着襁褓里的婴儿，医生则留在里面照顾产后的女人。

卡贡如果能看见现在的我，一定会笑得喘不过气来。还好，宝宝睡着了。不过，经过这样一番折腾之后，她竟然还睡得着，我实在感到惊叹。医生说之前胎盘堵塞了产道，所以不得不对女人进行了紧急剖腹产手术。

这个婴儿的重量就和齐皮士——我的小小吸尘器差不多。比我想象中重一些。我瞟了眼她的小脸，好奇女人会给她取什么名字。给人取名似乎是件责任重大的事。在下两层，擦洗工得把宝宝上交，由育儿嬷嬷来给他们命名。

那名男性医生匆匆走出手术室，脱下血淋淋的手套，“她没有大碍，多谢你帮忙。”他凑近我，检查了一下婴儿，“她母亲不想看见她。”他从胸前的衣兜里取出一个小瓶子，扭了扭形状古怪的橡皮乳头，从里面抽出一支细细的玻璃管。“把她按稳。”他指示我，同时掀起婴儿的一只眼皮，露出她的蓝眼睛。他挤了挤橡皮乳头，一滴液体便落进了婴儿的眼中。

婴儿一惊，眨了眨眼。医生动作迅速地给另一只眼也滴了水，然后把瓶子塞回口袋。他伸出双手，“现在交给我吧。”

他把婴儿搂在一只臂弯里，她张大眼睛注视着我，眸子已经变成了棕色。我差点儿没惊得一个踉跄。他把她的眼睛颜色给改了！多莫托说过我刚出生时随了父亲的蓝眼睛，其实是这样一回事吗？

拉蒙特医生把那个女人推出了手术室，我又帮忙把病人从桌上弄到了床上。女人无声地啜泣着，泪水浸湿了太阳穴，嘴唇紧抿着，一脸痛苦。

拉蒙特轻抚着女人的额头，捏了捏她的手，“一切都会好起来的。孩子很健康，她会好好活下去。”

医生的话没能让她的痛苦减少一星半点儿。我们回到办公室后，拉蒙特瘫倒在书桌后的椅子里，拉开一只抽屉，从里面取出了一个小玻璃杯和一只装着琥珀色液体的瓶子。她给自己倒了一杯，露出若有所思的模样，接着又拿出一个杯子，也往里面倒了些液体，只是比上一杯的量少些。

“坐吧，艾拉。你在手术中的表现简直可以做其他培训生的表率。”我在她对面坐下时，她把第二个杯子推到我面前，“大部分人见到这么多血，又看到人体内部，恐怕会晕倒。”

我嗅了嗅杯里的东西，一股刺鼻的味道熏到我的眼睛，“当时我尽量没去想眼下发生了什么，只是按你们的命令做事。”

医生啜了一口杯中的液体，我也照样学样，然后差点儿没把这灼口的玩意儿给喷出来。她咯咯大笑，“以前没喝过烈酒吗？”

“没。我朋友喝过一次，但不肯让我尝。”他那样做也好，否则我一定会大叫出声，引来旁人注目。

“这东西喝习惯了才会喜欢。烧喉咙的感觉，还有胃里又暖又麻的感觉，会变得很舒服。”

我做好了心理准备，吞下了小小的第二口酒，这回没被呛到。医生将头靠在椅背上，闭上双眼。

“我其实有个问题。”我试探地开口道。

她没有睁眼，只是举了举杯子，“说吧。”

“那个女人为什么那么难过？”

她张开眼睛，用难以置信的目光注视着我，“你不知道？”

见我的模样显然很困惑，她坐直了身体，“下两层的女人把宝宝交出去的时候不会难过吗？”

“我猜有些会。但这是上层，你们有家庭啊。”

她脸上的皱纹舒展了些，但转而又因为悲痛而加深了，“是的，我们有家庭，但上层的家庭是由一对夫妇和一个孩子组成的。我们没有空间容纳更多的人，所以当某对夫妇意外怀上了多余的孩子，就得把他们送去下两层。”

这个意外的消息令我一下子懵了。她的意思是，那个婴儿要被送去当擦洗工？

医生继续说：“那个女人之所以难过，是因为这孩子是她的第二胎。这孩子会被送去下两层的育儿中心。”

19

听了医生的解释，我就像被人迎面打了一拳似的，之前的信念轰然崩塌。“上层人只能要一个孩子？”这个概念对我来说太另类，实在很难理解。

“是的。上层空间有限，所以特拉瓦家族把这条规矩写进了法律。”医生瞟了我一眼。

也许我把她的话分成一小段一小段来理解，还有可能消化，“你刚才提到，夫妇可能意外怀孕。可怀孕怎么会是意外的呢？如果发生性关系，最后肯定会怀上啊。”

“我们有避孕手段，艾拉。女人可以按照自己的意愿选择是否怀孕。看你被惊得够呛，我猜擦洗工没有避孕措施吧。”

这一下子解释了许多事，但又似乎毫无道理。我的脑子快被搅糊了。莱利只见过他弟弟一面这件事，以及他曾说我不一定**非得**要小孩这事件，都立即说得通了。而且，这还意味着我的母亲也许并没有故意抛弃我，我也许是她的第二个或第三个孩子。这个想法令我震惊不已。多莫托说过的关于我眼睛颜色的话，也终于得到证实了。

“那些滴眼液呢？”我问。

“滴眼液？”

“滴进宝宝眼睛里的那个。”

“噢，那是用来改变孩子眼睛颜色用的，是为了让他们更好地融入擦洗工，不会因为与众不同而遭到捉弄。”

改变眼睛颜色也未必有用。我咀嚼着她关于避孕措施的那番话。为什么不让擦洗工也避孕呢？下两层人满为患，而且糟糕的现状每一天都在恶化——为什么就不限制一下出生婴儿的数量呢？

“艾拉，你还好吧？”拉蒙特医生站到我旁边，将一只冰凉的手放在我额头上，“你脸上都没有血色了。再喝一口酒吧。”

我将烈酒一饮而尽，灼辣的液体滚下喉咙的感觉十分痛快。我又问拉蒙特，为什么他们不教擦洗工避孕。

“老实说，我也不知道为什么。上层人臆测擦洗工不太把自己的后代当回事，以为他们不断生孩子只是因为自己不必亲手养育。我们基本都以为，下两层人满为患是你们自己的错。”她坐回了先前的椅子上，“有意思的是，电脑里故意没有记载某些事实。或者，它们被人为删除了。”

我回味着上下层对彼此一无所知这件事。它造成的结果就是，这两群人互不信任，这种状况对于阻止他们结盟而言再理想不过了。然后，我的思绪又回到了为什么要任由擦洗工的人口不断增长这件事上。

我们要干脏活累活，可即便限制新生儿数量，擦洗工的数目也足够承担那些工作了。另一个假设又跳进我的脑海，“避孕工具是不是不大容易生产？或者说，产量有限？”

“并不是这样。避孕药来源于水培植物间种植的植物，只要在发生亲密关系之前服用即可。”她扭了扭脑袋，似乎突然意识到了什么，“你好像不太在乎卵巢受损这件事。是因为你不想要小孩吗？”

“是的，我不打算和任何人发生亲密关系，这样的话——”我指了指医务室的方向，“——就不用遭那样一番罪，也不会有孩子了。”

针对特拉瓦家族放任擦洗工人口增长这件事，我们探讨了种种理由，可就是找不到合理的解释。

“下回遇到卡拉少校的话，我得当面问问她。”我开玩笑道。

可拉蒙特的神情顿时冰冷下来，“那人倘若受了伤，我压根儿不愿意救她的命。其实，我巴不得亲手送她去喂咀嚼机。”她起身走出门去，说是得查看一下病人的状况。

我很认同她对卡拉的态度，可同时也感到好奇：卡拉少校到底对她做过什么，让这样一个充满爱心的人如此恨她？

六十点钟到了，愿助我们一臂之力的上层人在医生的起居室里齐聚一堂。这些人交头接耳，又是寒暄，又是怀旧。莱利和拉蒙特医生站在一旁。莱利的父亲雅各布看到他也在场，似乎很是讶异。

自从了解到上层人有避孕措施后，我就很想和莱利讨论一下这个问题。可这群人也到了，而我们的时间紧迫，所以只好作罢。

塔基亚·格迪姆是这群人中最能言善辩的一个，于是代表他们发了话：“我们上次行动失败了，凭什么这回就能成功呢？”她犀利而睿智的目光锁定了我。

我命令自己恐狂的心脏平复下来，并提醒自己，对他们和盘托出一切有多么重要，“第一，我们已经知道‘闸门’在哪儿了。”面前四位上层人的脸上露出了各种各样的复杂表情。我给了他们一点儿时间来消化这条消息。

“第二，我们获取了一些隐藏文件。有个文件让我们找到了‘闸门’，所以我有理由相信，其他文件会告诉我们如何打开‘闸门’，以及‘闸门’的另一边有什么在等待我们。”

“你为什么需要我们？”汉娜·米涅科问。她的黑发在头顶盘成了两团漂亮的发髻。她用指尖拨弄着耳畔的一缕卷发，把它拉直又放松。卷发每次都弹回了原状。

“打开‘闸门’时，‘里面’的每个系统都会拉响警报。我们需要你们帮忙掩盖警报声，这样控制者和特拉瓦家族才不会察觉。一旦我们发现‘闸门’的另一边是什么？就能计划如何好好利用它了。”

“其他文件的内容是什么？你们怎么还不知道？”塔基亚问。

“它们设有密码保护。我们暂时还没有找出密码。”上层人当中又传出一阵怀疑的低语声，“我们拿到了提示问题，而我希望大家能够一起解出答案。”

“如果我没理解错的话，”雅各布开口了，“你的意思是，如果你们打开了文件，在开启‘闸门’的时候，我们必须帮你们避免被特拉瓦家族察觉。”他扫视一周，“你得召集更多的上层人才行。”

“我们有两个擦洗工，他们愿意帮忙，隐身进入网络之中，抹除相关数据。另外，别忘记还有多莫托。”只要他肯听洛根的指示。

布里安娜·纳雷尔扯了扯衬衫，遮住怀孕隆起的腹部，“上回多莫托被抓，就有四个人被循环了。万一这回那个出卖同伴的人也在这里，怎么办？”

“我们已经知道替卡拉做事的奸细是谁了。你们显然不能把这事告诉任何人，特别是基安娜·加勒德。”我说道，同时为自己提及她的名字时没有结巴而自豪。她也许并没有抛弃我，可她仍然给其他人造成了伤痛。

多数人面露理解地点点头，雅各布却用怪异又痛苦的目光扫了医生一眼，后者也报以同样的眼神。我好奇他们是不是都认识基安娜。

“我们凭什么要为了擦洗工赌上性命呢？”布里安娜质问，“他们恨我们、嫉妒我们。换作他们，是不会做任何事来帮我们的。我们为什么要帮助他们？”

我默数到十，才开口回答她，同时提醒自己，她这一生被灌输的关于擦洗工的认识都是谎言。然后我对这群人解释说，擦洗工们做了许多事，才帮我爬到了上层。我讲了技术佬在网络中隐身寻找“闸门”、卡贡的自我牺牲、贾西的以身犯险，以及那个奇迹般的事实——即使卡拉少校开出了极具诱惑的条件，至今仍没有一个擦洗工给人控警通风报信。

“特拉瓦家族是我们共同的敌人。他们既欺骗了你们，也欺骗了擦洗工，就是为了防止大家联手。好生想想吧。擦洗工人数是上层人的十倍，可你们掌控着关乎我们生死的各种系统，特拉瓦家族又掌控着我们所有人。如果我们团结起来，就能把特拉瓦家族踢下台。我们可以恢复过去的制度，每个家族都有平等的话语权。”

我的慷慨陈词起了作用，上层人开始商讨起来。他们想听听密码提示问题，于是我大声念了出来。有两个问题立即有了答案。还剩下六个。我又从头念起第一个问题，大家一起头脑风暴。

屋里不知为何安静了片刻，这时，卡拉少校的声音恰好从我的口袋里传出。所有人面带惊恐地看向我，我赶紧给他们解释了窃听装置和莱利做的接听器的事，然后退回了自己的房间，以便更清楚地听见卡拉的话。

“……又有两个扫描器坏了？这已经是轮班里的第三个了。事情不对劲。”少校说，声音充满沮丧。

“不可能有人蓄意破坏。扫描器附近不允许擦洗工晃悠。那些机器一直由我的手下看守着。”一个男人说，声线听起来挺熟悉。

“是一直盯着，还是仅仅派了个兵守在机器储放室的门外？”

“有区别吗？”

“擦洗工会用通风管四处乱爬，你个白痴！”

“少校，通风管里没人。远控温感器没有任何反应。”

“我亲眼见过那人爬进通风管，**指挥官**。”卡拉的语气平稳，但她吐出每个字时，仿佛都在生生压下怒火。

和她对话的人是温科，那个喜欢挥舞刀子的混蛋。

“你的话我相信，可她现在不在通风管里。她正和破碎人躲在一处，我们得设法引她现身。”温科说。

“我已经累了。我已经许下承诺，倘若她自首，我保证不循环她的朋友。可这么做没用。”

“也许我们得找个她更在乎的人。”温科说。

“她没有其他朋友了。擦洗工普遍觉得她习惯独来独往，讨厌和其余人待在一块儿。这点我倒不怪她。”

“她也许认为，你下令处死她的朋友只是虚张声势。不如安排处刑的具体时间，带他在整个下两层游行示众，然后再把他押进咀嚼机之穴。如果她还不现身，就电死他。”

“如果她出现呢？”

“那就联络我，由我来审讯。”他声音中的兴奋令我不寒而栗。

“那她的朋友怎么处置？”

“留他一命。他倒是个有趣的玩伴。”

“处决应该安排在什么时候？”

“一百小时大会之前。”

“好吧。去传令吧，指挥官。”

关门的声响在莱利给的接听器中回荡。我盯着时钟：六十二点。我还剩三十八个小时去自首。又是一个倒计时。我觉得自己已经不再为卡贡难过了，这或许是因为我对我们的胜利抱有极大的信心。

我又回到了众人中间。他们又解出了两个问题。还剩下四个未解。

“把什么东西弄进来的那道题,是怎么说的来着?”塔基亚问我。

“噢,是六号问题:‘要让外面的进入里面,你需要做什么?’”

讨论声再度响起,而他们也得出了我之前想过的答案。莱利坐在他们当中,不时发表几句看法。可拉蒙特医生只是靠在墙边,脸色苍白。我朝她走去。

“你感觉还好吗?”我问。

她勉强对我一笑,“这话应该我问你吧。”

“你现在面无血色,就像躺在医务室里的那个女士,所以我是认真问的。”

“我只是有点儿疲倦。”她从墙壁上直起身,“我最好去看看她的情况,确保没有内出血。”说着,拉蒙特医生匆匆离开了房间。

那个可怜的女人确实需要好好检查一下,我想。她之前失了那么血,我真希望她没有再内出血。

白色灯光从我脑海中一闪而过。显然如此啊,我真蠢!我一拳捶在墙上,惹来了所有人的目光。

“我知道第六题的答案了!”我大喊。

“别卖关子。”莱利说。

“从里面出去!里面的出去,外面的才能进来。”

我们又讨论了一个钟头,然后每个人都分时段离开了。八道题当中,我们找到了六道题的答案,或者说自以为找到了。这结果不坏。我打开纽扣话筒,希望有人接听,就像贾西曾经保证过的那样。我留了一道言,请贾西在八十一点钟把洛根带去多莫托的藏身之处。那个秘密小屋是最适合上网的地方,不会受到打扰,也没有人控警在后面监视。语毕,我关上了话筒。

莱利回了工作站，拉蒙特医生也回房间休息了。我也感到倦意，可之前医生说过，请我在她小憩期间代为照看病人。

病人们似乎都沉浸在梦乡之中，而我知道自己看不出他们是否不对劲。照看病人这活儿显然比擦洗通风管好多了。不知过了多久，那个女人发出呻吟，我赶紧凑近过去看。拉蒙特医生在病人的床边留了些止痛药给她。

“你很痛吗？”我问。

“是的。”她说，声音虚弱无力。

“医生给你开了药。”我转身想给她接杯水，但她一把抓住了我的胳膊。

“我的痛，药是医不了的。你能坐下和我说说话吗？”

“当然。”我拉过一把椅子，在她床边坐下。我们尴尬地沉默了一会儿。

“你叫什么名字？”她开口问道。

“艾拉。”

她苍白的嘴唇微扬，“就这样？没有姓氏吗？”

“噢。是艾拉·加勒德·桑奇亚。”

“那你还没有伴侣咯？”

“没有。我在拉蒙特医生这里实习。”我扯了扯袖子，提醒自己谨言慎行。

“你……你见过她吗？”

“她”只可能是指一个人——那个宝宝。“见过，她很漂亮。”

“真的？”女人咬住嘴唇。

我忍不住打开了话匣子，“她有长长的深色睫毛，而且已经长满了一头胎发。她有一张漂亮的鹅蛋脸，脸颊上有小酒窝。皮肤特别光滑柔软，摸着就像绵羊的耳朵内侧。”说完这话，连我自己也感到惊讶。我不过抱了那个婴儿几分钟，却好像已经在脑海里想象出了她的一生。

不幸的是，我的这番描述让女人痛苦得更厉害了。她泪流不止，胸脯起伏着，无声抽泣。我感觉糟糕极了，于是试着安抚她，"别太担心了。她在下两层也会受到爱护的。育儿中心里每十个小孩会被分配到一个育儿嬷嬷。嬷嬷爱所有的孩子，而你的宝宝会和其他同伴一起长大成人，他们会关照她的。我确信年纪大点儿的男孩会保护她的。她可能还会对他的关心感到厌烦，但她会成为他最坚定的支持者。"

女人盯着我，好像我身上长出了翅膀。我不知道自己为什么会这样滔滔不绝。至少我没骗她，育儿中心的同伴可是护友心切的。

她没有质问我为什么知道得这么多，只是释然地叹了口气，"你觉得他们会给她取什么名字？"

"唔……她得有个好听的名字，但又不能太像小女生，因为我觉得她会有点儿男孩子气。"

"'吉莉'？我一直很喜欢这个名字。"

"听起来不错。"

我们讨论了吉莉的一生——她蹒跚学步的日子，上学听课的日子，上岗工作的日子。

"我觉得她可能会喜欢在育儿中心工作，从助手做起，后来当上育儿嬷嬷。"我说。

到这时，女人的眼泪已经干了。她自豪地笑了笑，"是的，我确信她会爱护那些幼小的孩子，对活泼好动的三百周小孩也有足够的耐心。"

"还会有个在回收站工作的不错的小伙子，会做金属花朵送给她。"

"你觉得，他想成为她的伴侣吗？"她问。

“谁也没那么多时间和物资来随便做花送给别人，他肯定是喜欢她呀。”

我们把吉莉的一辈子都讨论了一遍，包括她可能取得的所有成就和可能经历的重大事件。女人终于睡着了，唇边还挂着半抹做梦似的微笑。

我在她床边坐了一会儿。卡贡如果看见我费尽心思地安慰一个上层人，一定会觉得好笑。不，不是好笑。他会自豪。我喜欢艾拉。她比特蕾拉好得多、善良得多，而我真希望她能活过接下来的三十个小时。

拉蒙特医生叫醒了我。原来，我在椅子上打起了瞌睡。“抱歉。”我说。

“不，该道歉的是我。你已经熬了二十个钟头，我却让你帮我照看病人。”

“你也得休息啊。”我的脑海中浮现出医生抢救病人的情景，“你看她流了那么多血居然还能保持理智，还能剖开她的肚子，我不知道你是怎么做到的……”我的胃里也翻涌起来，不得不低头把脸埋在双手中，止住眼中冒出的金星。

“可急救的时候你表现得挺好呀。我以前还遇到过在手术过程中晕倒的实习生呢。”

“我说过，当时我只是尽量放空大脑。”

拉蒙特把手指按在女人的腕间，检查她的脉搏，“可怜的多琳，她现在肯定特别难受，失去了孩子……”

她盯着墙壁，思绪却像飘去了另一个世界，“这种痛苦会一直停留在你体内，就像湿气使金属生锈一样腐蚀着你，最后你整个人再也支撑不住，便会垮掉。”

她仿佛是在讲自己的亲身体会一样，我不知该如何回应才好，便干脆再次本能地说:“我希望她能找到其他方法支撑下去,别让锈迹继续腐蚀。要是活得像个空壳,那也太悲哀了,毕竟她还有伴侣,还有另一个孩子要照顾。”

医生猛地从飘忽的状态中恢复过来,“你说得对,但说到容易做到难。去睡会儿吧,艾拉。”

我遵照医生的指示去休息,一觉睡了八个小时。醒来后我觉得身体几乎复原了,吃下了拉蒙特医生用三种豆子煮成的一大碗菜。和下两层一样,她能拿到手的食材也有限,可经她的手艺烹饪出来的东西要美味得多。

在被千叮万嘱要小心之后,我爬上了第三层上方的通风管。又窄又细的管道令我感觉既安全又憋闷。一阵恐慌袭来,我故意无视了它。就像在手术室里时一样,只要我不去多想接下来要做什么,就能暂时保持镇静。

这次去洛根的宿舍,花了比原来多一倍的时间。我动作迟缓,浑身肌肉也因长时间劳碌而抗议。每过几分钟,我都要停下来听一听、看一看,搜寻远控温感器存在的痕迹。远控温感器底下是金属滚筒,行动时,整个管道里都会回荡起咔嗒咔嗒的响声,因此我成功地避开了两台。

洛根在他铺位旁边的散热口等着我。

“监视你的人控警呢?”我问。

“他以为我在睡觉。”洛根咕哝着钻进了管口。

我把他带去了多莫托的房间。据我上回来这里已经过去了一百个小时,我希望他一切都好。

多莫托瘫坐在沙发上,见我和洛根爬出管口时,他拉得老长的脸总算放松了些。

“你跑哪儿去了？发生了什么？我过得糟透了，听到一点儿响动都胆战心惊。”

他的黑眼圈与苍白的脸色形成了鲜明对比；头发没有梳理，油腻腻地板结成一团一团的；浑身散发着一股馊味儿。

多莫托留意到了我的神情，“我可不想在洗澡的时候被逮捕。我是有尊严的。”

“不用担心，”洛根说，“我及时掩盖了你使用电脑的痕迹。”他径直朝电脑走去，拉了一把椅子坐到键盘前，“特蕾拉，密码是什么？”

有那么一刻，我觉得他仿佛是在叫别人，所以没有反应。

“密码呢？”

我如梦初醒似的回过神来，想了想先前讨论出来的答案，“还剩下三个没答出来，但至少我们能得到一部分信息了。”

“牙齿那道题的答案有了吗？”洛根问。

“是‘41’。”

“我先试试其他的问题，看结果如何。”

多莫托费力地爬上轮椅，把自己推到洛根身边观看。出现在屏幕上的各种图像和数字在我看来毫无意义。我相信洛根一定能取出需要的数据，于是转身去检查多莫托的食物储备情况。所剩无几，需要马上补给。可有那么多远控温感器在监视，我怀疑厨房擦洗工有没有勇气再次冒险把食物堆在通风管里。

也许我应该趁一百小时大会时突袭食品储藏室，可我突然想起，等到那个时间点，我不是已经沦为卡拉的阶下囚，就是去到“外面”了。这种奇怪的想法——到“里面”之外的想法——在我脑中总是稍纵即逝，因为我从未有过类似的经历，所以甚至无法想象那种场景。对我而言，“外面”就是没有人控警却有更多空间的“里面”。

我准备在九十七点和莱利联系，商量好打开“闸门”的时间。不过，首先我得找到它的位置。

尽量打扫干净多莫托的浴室和卧室之后,我加入了他俩。洛根在键盘上方弓着身子,双眼里闪耀着孩童般的喜悦。就连多莫托看上去也兴高采烈。他们转向我,脸上挂着同样的笑容。

“怎么了?”

“我们知道了。”洛根说。

“‘外面’,你看。”多莫托指向屏幕。

我看着那幅图片,胃里灼热翻腾。眼前是一片片绿和蓝,我眨了眨眼,图片的细节变得清晰起来。

“就和水培植物差不多。”洛根说,“可这些植物更大。专门喂绵羊的草到处都是。你看看顶上,全是蓝色,无边无际的。”

“那里有人居住吗?”我问。

“我不太清楚。这些文档里有一些数字和具体描述,比如说可供呼吸的大气成分、可用的食物资源、矿产资源、可饮用的地面水,还有一种叫作‘野生生物’的东西。据我推测,那东西是指没有智力的动物。”

“想了解这些,必须有人到‘外面’去看看。”尽管这样的消息令我无比欣喜,但我还是好奇它们是多久以前的数据。毕竟时间能改变一切。“你能找出信息的收集时间吗?”

“不能。这些信息是从多个文档中提取出来的,有些句子并不完整,主题也常常突然变化。部分文档已经受损,我只能读取大约一半内容。”

“什么时候收集的不重要。”多莫托说,对我的顾虑毫不在意,“这极可能是特拉瓦家族掌权之前收集的。也许在那场探测之后,特拉瓦家族感到恐慌了,因为他们没法儿在如此大的空间里维持自己的统治地位。我们已经知道,去‘外面’是安全的。”

“而且我们也知道了打开‘闸门’的密码。”洛根敲打键盘，在屏幕上调出一连串数字。

我把这串密码铭记于心。

“还有些别的东西……”他指着屏幕某处，“彩色按钮。绿色是开，红色是关。你们有什么看法没？”

“为了让出去的人回到‘里面’，”多莫托说，“‘外面’肯定也设有开关。这说明‘外面’无人居住，否则外面的人早就打开‘闸门’了。”

他说得有道理。

最后，洛根宣布他没再发现其他有用的信息了，“要是我们能想出最后三个密码就好了。”

“那个写着我的出生周数的文件呢？”我问。

多莫托吃惊地瞥了我一眼，“有个文件写着你的出生周数？”

“还有出生小时。我忘记那个文件了。”洛根飞速敲打着键盘，同时哼哼着小曲。屏幕上白光一闪，让他愣了一瞬，“呃……特蕾拉，你最好读读这个。是你母亲写的。”

我往后一退，“她不可能……她不可能早料到我会参与这事的……难道是陷阱？”

多莫托凑近屏幕一看，“不，她也承认你读到这封信的可能性几乎为零。”他继续道，“这和日记差不多，解释了发生的事情，与其说是写给你的，不如说是写给她自己的。有意思……这是一份忏悔书。你怎么没告诉我基安娜就是间谍？”

我跌坐在沙发上，“自从上次和你碰头以来，我这边发生了太多的事。”

“你想知道她这么做的原因吗？”

“不想。因为她，有四个人被循环了。我不想听她给自己找可悲的借口。”

他冲我皱了皱眉,“总有一天你会想知道的。”

“那么到时我会问你的。现在这事无关紧要——她不在那些同意帮助我们的上层人之列。”

听到这话,多莫托眼睛一亮。我告诉了他自己在上层做了些什么,但没有提及拉蒙特医生的名字,也没说起莱利的表亲。他认识其他人,可对这两人并不熟悉。尽管我确信基安娜才是害我父亲和莱利母亲惨遭循环的元凶——因为她替特拉瓦家族充当了间谍——可毕竟供出战友名字的人是多莫托。

“这消息真振奋人心!”我讲完后,他说,“想象一下吧:我们会打开‘闸门’,把所有想出去的擦洗工和上层人都领出去,留下特拉瓦家族在‘里面’,看他们到时统治谁去!”

这幅滑稽的场面令我笑出声来。

把洛根送回宿舍后,我从养护队借来一些新装备,填满了自己的工具带,朝间隙带进发。我脑海里充斥着那些蓝色天花板和绿草地毯的画面,一路不停地赶到了 G1 区的外壁,即“闸门”的所在地。

我取出新电筒,照了照绝缘泡沫。这种黄色泡沫很厚,在外壁上起伏不平,我没法儿看出任何显示下面有“闸门”的痕迹。我打算从西南角开始找,我朝第一层地板到第二层“工”字钢梁之间的外壁洒水,一路向左。泡沫是由植物淀粉做成的,能够生物降解,遇水即溶。没过多久,我便发现两瓶水根本不够用。外壁上覆盖的泡沫足足有一米厚。

瓶子空了以后,我干脆用手剥落泡沫。我有新螺丝刀在手,底层泡沫又易碎,很容易就剥掉了。洛根说过,“闸门”应该位于离角落三到四米的地方。我准备至少剥掉五米长的泡沫。

我干活儿的过程中,周围的空气越来越冷。呼出的气都化作了白雾,但我浑身汗淋淋的,这样的凉爽反倒让我觉得舒适。泡沫一层层地堆积在地面上,我也越做越有劲。

星星点点的泡沫粘在了我的培训生制服和头发上。剥掉四米多的泡沫后,我停了下来。我在冰冷的空气中气喘吁吁,抓起电筒往墙上照了照,光线照亮了空气中飘浮的泡沫颗粒。我将电筒光柱在裸露的墙面上扫动,聚精会神地搜索。

什么也没有。

我深吸一口气,再次扫视外壁,可这一回是从角落看起,而且留心每次只看一小块区域,并有序地依次检查下去。

还是什么也没有。

我们已经找到了愿意赌上性命帮忙的上层人,也知道了按什么颜色的按钮才能返回“里面”。靠近地板的位置还连着一米泡沫。我被灰尘呛得咳嗽连连,还是坚持扯掉了半米泡沫,想确认下面是否有“闸门”。它**必须**在那儿。否则,我就犯下了人生中最可怕的错误:在未能亲眼见到之前,就相信了某种东西的存在。地板上的泡沫堆又高了一米。

还是一无所获。

我已经忘记自己劳碌了多长时间,或者剥开了几米长的墙面泡沫,或者多少次扫视外壁。我的身体变成了一台只知道一项任务的机器:找到“闸门”。

最终,这台机器燃料耗尽,崩溃了。它无法完成任务。这里什么也没有。

20

我丝毫不记得自己是怎么离开间隙带，或是如何回到莱利的储物间的。我感觉身体轻飘飘的，仿佛已经碎成粉尘，又被吸尘器吸走了。

我瘫坐在沙发下面，把藏起来的齐皮士拖了出来。它的刷子上面沾满了结成团的灰尘。我举起齐皮士，把它抱在怀里。寻找“闸门”曾经那样令我兴奋，这趟旅程充满冒险，我也对这种刺激迷恋得无法自拔，放任自己去相信了根本不存在的东西——“闸门”。

卡贡。我已经决心对他撒谎，告诉他我们找到了“闸门”。至少这样一来，温科再拿他寻乐子的时候，在人控警将他循环之前，他还能享受片刻的喜悦。

我努力抵抗着躲进管道的冲动。与此相反，我坐在储物室里，竟产生了一种病态的喜悦——从此我就能彻底对希望免疫了，我就能在心上套上第二层铠甲了。正是因为第一层铠甲不够牢固，我才会一击即溃。

“怎么回事？”莱利俯视着我。

我困惑地盯着他。

“几个小时前你就该来医务室,跟我们通报那些文件的内容了。”

那些文件。我差点儿笑出声。我们被耍了。多莫托一定是人控警派来的间谍。

“莱利,忘掉那些文件吧。‘闸门’不存在。这整件事就是个大骗局。人控警把那些文件植入电脑,又派破碎人来释放诱饵,看我们中的哪些人会上当。我们全部被捕只是时间问题。”

他踉跄着后退几步,仿佛被人扇了一耳光,“等等。你之前没说你要去找‘闸门’。”

“洛根给我看了‘外面’的图片,所以我……太兴奋了。”完全可以用“愚蠢”一词取代“兴奋”,或者是“幼稚”,抑或“没有头脑”。

“真的? ‘外面’是什么样子的?”尽管已经得知“闸门”并不存在,莱利的声音里还是有掩饰不住的兴奋。

“你没听我说吗? ‘外面’不存在,只是张图画而已。”

他在我身侧的沙发上坐下。见我把齐皮士抱在膝头,他并没有表现出诧异的样子。“你确定‘闸门’不存在?你找对地方了吗?”

“我在 G1 区的西墙至少剥去了六米长的绝缘泡沫,从地板剥到第二层。”

“那些文件太旧了,也许坐标有误。”

“文件的创建时间也是他们诡计的一部分。”

“洛根呢?他也是诡计的一部分吗?”

如果多莫托能如此轻松地骗过我,那么其他人也完全可以。“我什么都不知道了。我猜,最后没因为这事被捕的人,都是他们的一分子。”卡拉和人控警一定挺享受这场演出。我好奇他们准备什么时候收网。

莱利抱住我的肩膀,把我拉到他的怀里。我倚靠在他身上,呼吸着他温暖的气味。

“我们先别急着下结论。”莱利说,“你本来就谁都不相信,多莫托的骗术要有多高明,才能把你哄去帮他呀。”

“我内心深处想要相信他。我很可能只看见了自己想看见的,而不是真相。”

他摩挲着我的胳膊,“我不知道。但这陷阱听起来也太复杂了些,特拉瓦家族的人根本没有那么丰富的想象力,除非还有其他人参与,或者有别的情况。”

我坐直了些,“控制者?”

他皱起眉头,“有这个可能。”

“你知道他们的身份吗?”

“不知道。但通过逻辑分析,我认为控制者并不存在。特拉瓦家族渴望掌控所有的系统,他们不可能甘心听命于某个神秘的控制者。我相信控制者是特拉瓦家族的人编造出来的,目的是在自己的统治万一被推翻时找个替罪羊。不过,我进入电脑网络时总觉得自己在被监视。每次进入系统,我都觉得丧失了一部分自我,出来后还会头痛欲裂。听上去很傻。我父亲说头痛是因为用眼过度。”

“这不傻。我真希望搞清楚,为什么有人要费这么大力气来设这样一个局。也许卡拉最后会行行好,把真相解释给我听。”对此我深感怀疑,但总得试试。

“别这么说。”

“为什么?”

“因为我们会亲自找出真相。”

我不像莱利那么乐观。我转头看了看时钟。九十四点。还有六个小时,卡贡就要被押去示众游行,除非我……

不。我不想沉浸在悲观的情绪里。至少现在还不想。莱利依然搂着我。我把齐皮士放在地板上，转身面对他。我突然很渴望亲近莱利，仿佛这样就能忘记可怕的未来。我们两唇相接了，接吻的时候，一阵热浪涌过我的全身。

他紧紧抱着我，滚烫的手抚过我的背。肢体相触之处，我的皮肤颤抖不已。我用手指缠绕着他的头发。

莱利很快就推开了我，“我的休息时间结束了。”他眼中闪过一丝悔意，“得回去了。”他站起身，“别急着采取任何行动。哪儿也别去，拜托了。你在这里很安全。”他犹豫不决，仿佛还想说些什么，最后却只是捏了捏我的胳膊，便匆匆离去。

门咔嗒关上的那刻，身体里的所有暖意都离我而去。现实回来了，时间还在继续。我之前那些模模糊糊的想法逐渐成形。我开始计划下一步行动。我必须找到接近卡拉的绝佳机会。

我头痛难忍，只好盯着对面的墙，数着上面的铆钉。每张金属板上都有二十颗，不多不少。“里面”的建造者从来都循规蹈矩。这里没有创意，没有惊喜。

然而，人控警却成功设计了这么一个相当有创意的诡计。佩服，佩服。

时间无情地向前走着，就像巡逻中的人控警。我之前把自己的擦洗工制服扔在了房间的角落里。那团布料粘满血汗，已经发硬，满是霉臭味，可我还是套上了它。去见人控警没必要整理仪表。我扯下培训生制服上的一块布料裹在腰间，好遮挡住制服上的破洞和血迹。我的目标是，在人控警抓住我之前，尽可能地接近卡拉和卡贡。

我思索着要不要带上话筒和接听器。我应该把坏消息告诉贾西吗？他也可能是人控警的人。我一把扯掉耳环，把它和纽扣话筒一齐放在了莱利的书桌上。没必要让人控警发现我用过哪些科技产品。

九十九点钟。是时候动身了。我环视房间一眼，想记住这里的种种细节，然后决定给莱利写一条简短的留言。可我实在想不出该写什么。最后我潦草地写下一句“谢谢”，又加了一句“我很抱歉给你添了这么多麻烦”。

我爬回通风管，径直朝下两层前进，毫不在意有没有被远控温感器发现。直到抵达底层，我一个远控温感器也没遇见。

我在管道中爬行，这时外面响起了一阵奇怪的嗡嗡声，金属管壁也震动起来。随着我靠近通风口，声响越来越大。擦洗工拥挤在底下的走廊里，有的地方左右两侧都站着三层人，中间只留出一道狭窄的空隙。

人控警想叫他们离开，可他们一个个下颚紧绷，眼神冷峻，浑身散发着反抗的气息。一百小时大会的铃声响起——在一大片嗡嗡的交谈声中，那道铃响显得十分无力。人控警又一次声嘶力竭地高喊起来，推搡着擦洗工，要求他们去指定的地点参会，却只是徒劳。我想知道，还要过多久他们才会电击擦洗工。人控警似乎很不情愿拿起武器。我好奇是不是他们害怕一旦开枪，人群便会恐慌，发生踩踏。

我继续在管道里移动，直到发现一个没有人控警的地方。我落在地板上时，身旁的擦洗工惊讶地猛然扭头一看，但他们很快就对我露出微笑。一列人让开了，留出刚好容我通过的缝隙。我溜进这道缝隙，咽了咽唾沫，努力恢复平静，但我的心脏还是像堵在了嗓子眼里一样。

我等待着卡贡现身的迹象，身体沉重得像是装满了水。我鼻子发酸，视线一片模糊，低头盯着地板，数着上面的一排排铆钉。即使我眼睛看不见，仅凭光脚踩铆钉的感觉或许也能在“里面”的走廊上来去自如。至少，“里面”这样一板一眼的设计对盲人很有利。

我脑子里灵光一闪，突然想出了第三个问题的答案。“你有一双能视物的眼睛，我的眼睛却不行，可我能看见你不能见的东西。我是什么？”这就是我找不到“闸门”的原因。

左侧的噪声音量拔高了,卡贡的头出现在人群上方。他进入视野时,我不禁倒抽一口凉气。他肿胀的面庞又添了新的瘀伤,衣服上浸满了血迹,双手被铐在背后。

可最令人吃惊的是,他在微笑。对着每一个人咧嘴大笑。

我从擦洗工当中往前钻去。四个人控警在卡贡前面开路,推开两边的人群,后面还跟着四个。卡拉少校不在场。走在行列最后的是亚诺上尉。

我转向右边的一个女人,踮起脚尖在她耳边说:“你能帮我给贾西带个信儿吗?”

她点点头,面色苍白而肃穆。等我说完这条关于“闸门”的信息,她无比震惊地盯着我。

“这事非常重要,”我说,“你能保证把话带到吗?”

听她许下承诺后,我一步跨进了走廊中央。卡贡一看见我,先前的微笑便消失了,转而愤怒地皱起了眉。

“我找到了!”我大喊道,声音盖过了嘈杂的低语声。

我知道他没法儿一直对我生气。他欣喜地大吼一声,响彻整个走廊。每个人都暂停了交谈。沉默仿佛怪异的生物般降临。

行列前端的人控警最先发现了我。他们喊叫起来,拔出电击枪。

最大程度的破坏。我默念着,冲向他们。第一个人控警之所以会被我撂倒纯粹是因为他过于惊讶。我夺过他的枪,把他电倒了。

“谁也不许循环卡贡!”我大叫着。这句临时想出的口号格外响亮。

这时每一个人都行动起来,仿佛我的这一吼成了行动信号一样。擦洗工瞬间包围了剩余的人控警,夺走了武器,把他们电倒在地。这是一次迅猛有力的袭击。我看着眼前这出乎意料的转折,惊得合不拢嘴。

那句口号在下两层蔓延开来：谁也不许循环卡贡！

擦洗工没多久便战胜了人控警。一些擦洗工被电倒了，两边人马都流了血。最后，人控警在食堂中央挤成一团，双手被他们自己的手铐铐在背后。所有餐桌都被推到了墙边，卡贡则被擦洗工们环绕在中间，人们纷纷拍着他的背。

卡贡组织起几只小队，守住各个出入口。下两层的所有居民都为了卡贡来到第一层。

人们等待着卡贡告诉他们答案和下一步行动计划，等待着卡贡给他们赞赏。看到这一幕时，我终于明白了过来。

破碎人并不是他们的先知。卡贡才是“里面”真正的先知。

卡拉想将卡贡游行示众，杀鸡儆猴，这是个巨大的错误。人控警过于自信了，结果就是连他们的上尉也和其他人一起跪在了这里。

几分钟后，我把卡贡拉到一旁。

“你能相信眼前的一切吗？”卡贡指了指周遭的擦洗工。

我确实很惊讶，但我本不该如此的。这一切早有先兆，只是我一头埋在自己的问题里，才没有注意到。

“他们以为我知道所有的答案。”他又惊又喜地摇着头，然后清醒了些，“我们没法儿这样长久坚持下去。除了食物，上层人掌控着一切。他们只需要往通风管里释放有害气体，或者干脆切断空气供应……”他转头朝一个擦洗工喊了几句，让他去各个管道里安装空气过滤器。“现在给我讲讲‘闸门’的事吧。”他命令道，故意装模作样地要拍拍我的肩。

“是，长官。”我躲开了，然后把我们通过文件找到“闸门”位置的过程告诉了他。“我还需要更多工具，才能百分百确定‘闸门’就在那儿。”

“我和你一块儿去。”卡贡说。

“你钻不进管道。”

他笑了,“特蕾拉,你以为我们还需要偷偷摸摸吗?”说完,卡贡喊了一声。

一个大块头的养护队擦洗工匆匆忙忙地朝我们走来,“需要我做什么,老大?”

“我要你开一个洞。”

我们洗劫了一个维修间储物柜,找到了所有需要的工具,然后爬进了通风管。管壁被划开了一个大口子,露出了顶上的间隙带。大块头汉克和他的养护队队员们惊讶地交头接耳,想问我这是怎么一回事。可我满脑子只有一个念头:赶快行动!擦洗工们虽然可以安装空气过滤器,可一旦新鲜空气供应切断,他们也坚持不住。我飞速朝间隙带赶去。卡贡虽然体型太大,行动不便,但还是尽力紧跟在我后面。我们停在了被剥掉泡沫的西墙前。我用电筒照了照裸露出来的金属铆钉,数到了二十。

每张金属板上横竖都有二十颗铆钉。我从角落数起,向右侧移动。

二十,二十,二十,二十,二十。没有异常。

二十,二十,二十,没有异常。

二十,二十二。我发现了那张暗板——遮盖住“闸门”的金属板。我指了指那里,于是卡贡从工具带里掏出一把凿子,依次取掉那块板子上各条边的二十二颗铆钉。这块金属暗板安在这里太久了,以至于取掉了铆钉后,它还是粘在原位。卡贡把撬棍塞进板子边缘底下,使尽全身力气撬动,然后又换了个位置。

金属板“嘎吱嘎吱”地呻吟起来,最终坠落在地,发出“哐当”一声巨响,在整个间隙带里回荡。管谁听到了呢,我们毫不在乎。

金属板的背后是“闸门”。

狂喜点亮了卡贡的脸庞。兴奋的电流传遍了我周身的血管。“闸门”看上去和普通的门大不相同,四角呈弧状。门与外壁的缝隙之间塞满了某种黑色物质,这膨起的物质绕了门一圈,摸起来又滑又硬。我用指甲敲了敲它,它没有像金属那样叮当作响,却发出了结实的砰砰声。

这门是由一整块金属制成的,上面既没有门柄,也没有门闩。但它的侧面安装着一个小小的电脑屏幕。我把耳朵凑近“闸门”。除了“里面”固有的轰鸣声,什么也听不见,而它冰一般寒冷的表面瞬间吸走了我半边脑袋的热量。

我赶紧退开。现在我知道为什么“里面”一直这么热了。因为“外面”很冷。

“你知道怎么打开它吗?”卡贡问,声音里带着虔诚。

“我有密码,可上层人会收到警报的。”

“特蕾拉,下两层已经叛乱了。我想上层人都在忙着帮人控警稳住局面。何况,我们现在不试的话,恐怕就没有第二次机会了。”

他说得有道理。我下定决心,将手伸向屏幕。它嘀嘀嘟嘟地响了一番,仿佛刚被我从深眠中吵醒。然后它亮了起来,屏幕上闪现出了数字按键。

我心脏狂跳,敲下密码,最后点了输入键。过了一会儿,什么也没发生。

接着,一阵令人胆寒的吸气声响起,“闸门”先是向下一沉,然后嘎吱嘎吱地大声抗议着滑开了。伴随着一道微光,陈腐的空气扑面而来。我们不禁咳嗽起来。

没有东西蹦跶进来。没有洪水涌进来。没有未知的物质渗进来。没有奇怪的造物飞进来。没有迎接我们的欢呼。

门后等待我们的只有一个小小的房间。我跨进去,不禁打了个寒战。这里一片沉寂。我环视一周，只见天花板上有一块明亮的面板，照亮了底下空荡荡的方形金属房间。这里又有另一道“闸门”，旁边没有屏幕，只有一个面板。面板上是不同颜色的宽大正方形按键，被下方的灯照亮，其中一个红色按键没有亮。

卡贡跟了进来，面色失望，直到看见另一扇门，“你还有密码吗？”

“没有，洛根没提起过这里还有一道门。我们没有打开所有文件。”一个按键亮着绿光，“但他确实说过，绿色是开，红色是关。也许就是用在这个环节的。”我按了按绿键，没有反应。

卡贡盯着这些灯光，“十个按键，十种颜色。也许……”他指了指最左边的按键，“这个是一号。假设它们是按数字排序的，你可以试试刚才那个密码。”

我按下了第一个键，它下面的灯光消失了。接着我把密码完整地按了一遍，发现没有一个数是重复的。可除了没被按到的按键下的灯光也熄灭了之外，什么也没发生。

“也许不是这样的。”卡贡说。

几秒后，所有灯光重新亮起。

“也许这些数字是降序排列的。”我又试了一次，门依然没开，“或者，首位数字是‘0’，末位数字是‘9’。”

这回所有按键都暗了下去——除了绿色的那个。

“绿色是开。”卡贡说着按下了它。

我们身后的门嘎吱嘎吱地关上了。绿光闪烁了几下，一阵嘶嘶的液压声响起，可另一扇门依旧关着。卡贡推了推它，却不见反应。

我的呼吸变得困难起来。没人知道从外面进来的密码，我们可能会被关在这里。我感到脑袋轻飘飘的，内脏快要爆开了，仿佛吃了太多东西。

卡贡转身，靠在门上。他脸上的恐慌和我如出一辙。他用双手抱住头，好像得把颅骨按住才不至于爆开。

这时，另一扇门无声无息地开了。等待在另一侧的，是纯粹的黑暗。刺骨的寒冷朝我们袭来。黑暗之中点缀着白点，可我无法判断它们是真实的，抑或只是我的幻觉。黑暗和白点在我的视野中打着旋儿，而我的眼球仿佛要爆裂了。

我的胃部一沉，就像从高高的梯子上跌落下来。我低头一瞥，只见自己的双脚已经离开地板，飘浮在空中。卡贡在扭动，身体飘出了门外。他指了指什么。

红色的按键亮着。红色是关。在即将失去意识之前，我伸手触向那个按键。可卡贡已经在“外面”了，我得救他。

他又指了指，但我没有按键。

卡贡扔出了他的锤子，它冲我飞来，同时他翻着筋斗朝后飘去。然后，黑暗吞没了我。

21

我真希望能说，我去到了一个更好的地方。可惜刺骨的寒冷唤醒了我。我跌在这个小小房间的地板上，费力伸展双腿站了起来。周身皮肤仿佛被撑开了似的，感觉松松垮垮的。我很想爬到一张沉沉的毯子底下，把身体裹紧。红雾弥漫了我的视野。

外侧的“闸门”已经关上了，而通往“里面”的“闸门”还开着。亮着彩灯的面板还在闪烁，可我恨不得把它们砸成碎渣。卡贡不在我身边，我怀疑他没能及时返回这里。

在那个没有空气、没有重量的……虚空里，他不可能存活。可我总得试试。如果不试，我简直无法允许自己活下去。我对着按键敲打一番。

“住手！”我最不想听见的那个声音命令道。

我没有理会卡拉少校的命令，又敲下了两个键，直到她开枪电击我。一阵能量猛然窜入我的身体。我最后想到的是卡贡。

再次醒来时，我周围的环境丝毫没有改善。一排排的黑色栅栏、肮脏的躯体、粪便的臭味、恐惧的气息，以及身下冷硬的金属床板——这些线索明确无误地告诉我，我被捕了，正被关在监牢里。

温科指挥官来了，卡拉少校紧随其后。这时我真希望自己已经随卡贡飘走。

“别幻想还会有擦洗工朋友来救你了，实话告诉你吧，我们已经镇压了下两层的反叛。”卡拉少校说。她露出了满意的微笑，但眼里并没有笑意。“你想知道我们是怎么做到的吗？”

“不想。”这是真心话。这场游戏的结尾太不堪了。卡贡没了，“外面”不存在。特蕾拉在乎的一切统统消失了，而艾拉决定管好自己的嘴巴。

“过去四周你可是够忙的啊。”温科的声音带着一丝惊叹，“像你这样一个小小的擦洗工，却惹出了这么大的乱子。”他咂嘴道，“找到了大门，还打开了它。当然，你也付出了代价。我会想念我那个顽固又耐揍的朋友的。”他从腰带上抽出一把刀，刀口在令人不快的黄色灯光下闪闪发亮。

我差点儿本能地做出反应，可还是静静地躺在了原位。

“她有帮手。”卡拉说，“她不可能找到每层当中的间隙，藏起多莫托，从我的办公室偷东西，又缝好自己屁股上的伤口。她没那么聪明。”

“你低估我了。别自责，这错谁都会犯的。”我不以为然地摆了摆手。

温科躬下身子，与我对视，“你得告诉我多莫托在哪儿，还有帮你的是谁。”

我不敢相信他们居然还没找到多莫托。这场游戏里，我可能已经玩儿完了，但其他人还能继续搞破坏。我再次暗暗发誓，必须管好自己的嘴巴。

温科直起身子，“钥匙呢？”

这里没安密码门锁。毕竟囚犯无聊得紧，可能一遍遍试错找出正确密码。

他从卡拉手里抓过一串钥匙。它们轻快地叮当作响，而一阵恐惧的战栗随之爬上我的脊背。牢门“啪”地开启，我愈发恐慌。他站到我身边时，我抖如筛糠。

卡拉腰间传来“哔”的一响。她咒骂了一句，打开通信器，“什么事？”

温科停了下来，我希望卡拉能谈上很长时间。可她立即就关上了通信器，冲我烦躁地一皱眉，“我得先去别处看看。你需要我待这儿吗？”她问温科。

我在心底默念着：说我需要，我需要你在场。

“不，我会先让她尝尝我的手段，回头我们再一块儿审讯。”

“行。”她转身离开了。

门“啪”地关上的声响在房间里回荡。没有毯子，也没有枕头或者任何柔软的东西来吸收这道声波。我直起身子坐好，打算同他肉搏，或者干脆逃走。我必须尽量造成最大程度的破坏。

可温科的反应异常敏捷。他一把抓住我的胳膊，将我按回铺位上。他将我牢牢地压在身下，把我的两手按在脑后，穿过栅栏。

手腕上传来手铐咔嗒合拢的声响。我的双手被锁在了栅栏上。我绝望无助地扭动着身体，恐惧传遍了每一条神经。我想跪地求饶，但我不愿看到他得意洋洋的模样。我不会哭泣，也不会吐露一个字。

他满怀期望地微笑着，开始向我展示他能用刀尖造成多大的痛楚。

他说到做到，没有问我一个问题。他一言不发，享受着我的尖叫。我又喊又叫，但没有哭泣求饶——不知道我的这点儿自尊还能撑多久。

我丧失了对时间的判断。我无时无刻不感到疼痛——灼烧般的痛、尖锐的剧痛,再加上间发性的钝痛。卡拉来了又去。温科的刀子在我身上起舞。

他们问了我各种问题,我统统拒绝回答。我们一直僵持不下。我已经感觉不到恐惧和忧虑了。我在神经外套上了一层铠甲,阻断了所有的感知。他们来的次数越来越少,让我嘶声尖叫的酷刑间隔也越来越长。外面一定发生了什么事,才让人控警忙碌起来。卡拉要撬开我的嘴、逼我供出共犯的态度也越来越狂热。

牢门关上的声响将我从恍惚中吵醒。我扫视四周,却不见温科的身影。我困惑地抬起头,看了看其他的牢房。

人控警把另一个人关了进来。

莱利用充满恐惧的眼神注视着我。我呻吟了一声。

“你还好吗?”他问。

“你觉得呢?”我无法压抑住语气里的嘲讽。

“我觉得你看上去就像被咀嚼机咬过又吐出来了一样。”

“真是贴心的甜言蜜语啊。”

“至少你的幽默感还在。”

我把头靠回了铺位上,“有多少人被捕了?”

我等来的只是一阵沉默,可我没有力气抬头去看莱利的表情。

“你是指擦洗工叛乱之后吗?他们被关回了宿舍,每次只允许一小组人离开,而且是在全副武装的人控警监视之下。目前还没有人被捕。我想洛根、安-杰德已经和多莫托躲到了一处。卡贡失踪了。”

我没有把卡贡的情况告诉他。其他下层人的情况还不错,但这并不是我想问的。“我是指上层人。当然了,你已经被捕,可拉蒙特医生和其他人呢?”

“噢!我来这里是因为跟长官顶了嘴。得干十个小时的额外勤务,再关十个小时禁闭。”

我如释重负,身上的伤痕也没那么疼了。

他继续道:“上层没人受到牵连。卡拉的人一直忙着镇压下两层,我只好对三个长官三次出言不逊,才终于被处罚了。”

我慢慢理解了他的意思,“你是**故意**被关进来的?”

“因为我钻不进通风管,要见你只有这一条路了。洛根和安-杰德都很忙。”他笑了一声,“安-杰德一直穿着人控警制服,帮忙运送设备,比如长得像皮带扣的小型反电击装置。不知怎的,它能转移电击枪的能量。”

听他的声音里带着一丝敬畏,我不禁莞尔,但我很难像他那样兴奋。是时候戳穿他的幻想泡沫了。“莱利,我们打开了‘闸门’。‘外面’什么也没有,只是一片黑暗的巨大虚空。卡贡没了,消失在了外面的虚空里。已经没有理由反抗人控警了。没人能逃出‘里面’。”

沉默,更多的沉默。也许我不该这么直截了当。

“卡贡的事,我很遗憾。”莱利说,“我真希望之前能见见他。他听上去是个很棒的人。”

“他曾经是。擦洗工叛乱就是为了支持他。现在他不在了,‘闸门’也没用了。”

“可他们还有你。”

我想大笑出声,可仅仅爆发出一串咳嗽,“卡拉和温科抓住了我。我不认为自己还能为擦洗工做什么,除了闭紧嘴巴,还有祈祷温科的刀子打滑之外。”最好一下滑进我的脖子,结束我的痛苦。上回受审时,我心上的铠甲几乎被击穿,差点儿没向温科和盘托出。

“你是我来这里的理由。”莱利说,“不知你记不记得,我没有参与寻找‘闸门’。我想做的,其实是设法提高下两层的生活条件。我和拉蒙特医生谈过了,我们可以找出方法使上下两层达成和解。绵羊军团的确害怕被捕,但他们在这方面还是很积极的。”

“为什么?”我本以为他们会回归以前的生活,从此蛰伏下去。

“因为你。”

“我?你一定在开玩笑。”

“你说得对,我是开玩笑。他们其实是被阿羊打动了。它为其他人赌上性命;它告诉他们擦洗工也是真正的人类,会彼此关心,对生活也有同样的诉求;它还让他们大开眼界,认识到特拉瓦家族是上下层共同的敌人。”

“阿羊是个伟人……呃,伟羊。”

“它是。可它若是不反抗的话,马上就要变成羊肉串了。”

我体内又充满了能量,抬起头注视着莱利,“被手铐铐在栅栏上的话,反抗有点儿难。”

“你的腿不能动吗?”

“温科体格像座山。你有没有反抗过他?”我问道。

“有啊。你还记得吗,我的额外勤务就是当温科习武的陪练。只不过他有武器,我没有。”

我记起了莱利袖子沾血的那一次,“那你就知道反抗他有多难了。”

“我从没说过那很容易啊。放弃倒是挺容易的。”

我咕哝了一声。

“温科脑子不太好使。如果你决心要反抗,散热管里靠近管口的地方有一包给你的东西。”

“谁——”

“洛根设置了一下齐皮士,它给你送过来的。”

“这里的散热口上有固定的铁栅栏,很难取东西出来啊。”

“你再想想呢。”莱利说。

我这才勉强地意识到,洛根肯定早就想到固定栅栏的存在了,应该把这礼物包成了能够取出来的大小。我动了动手指,感觉自己双手肿胀,手腕好像已经被手铐扯掉了一层皮。

“你需要做的,只是摆脱那副手铐。”他说,语气仿佛只是在评论餐厅里的食物。

“绵羊军团其实不需要我。你们有洛根解决电脑问题、安-杰德制造反电击装置就够了。事实上,有我待在这里,还能替你们分散温科和卡拉的精力。”

“真要谢谢你的好意啊,可你还没受够折磨吗?或者说,你还在为了卡贡的死而内疚?”

我不禁怒气上涌,“你说得好像我能大摇大摆逛出去似的。我并不是主动要求受刑的。倘若我说了算,我早就自愿去当咀嚼机的晚餐了。”

他叹了口气,“如果我告诉阿羊,特蕾拉已经放弃了,当初我遇见的那个性情暴躁、怒气冲冲的擦洗工已经不在了,不知道它会怎么想。”

我不想回应他的话。

“可怜的阿羊,它会很伤心的。它会想念它最好的朋友。”

“它只是个玩具,莱利。它会忘掉这一切的。”

他沉默了片刻,“你说得对,它会复原的。但你有许多认识都是错的。”

现在轮到我叹息了。他又来这套了。“我没有力气和你争辩了。我的喉咙很痛。”每一个字都像在喉间燃烧,而我干涸的舌头老是粘住上颚。我把头靠在铺位上,闭上双眼。

“那听我说就好。我来告诉你,你的哪些认识都是错的。第一,你肯定撑不过温科的下一轮折磨。卡贡最终也投了降。供出你名字的人是他,告诉卡拉多莫托尚在人世的也是他。”他停顿了一下,兴许是在等我慢慢回过神来。

难怪我第二次来牢里探望卡贡时,他会那样一脸狂乱。可我一点儿也不怪卡贡。为了我,他已经受了太多苦。

“第二,你说没人需要你,也错了。绵羊军团正设法渗入安全系统,可他们需要你的激励。拉蒙特医生也需要她的实习生回去,而我也需要……”

我等待着,可他没有继续说下去,于是我抬起头。他坐在他那间牢房里的铺位边沿,双手捂住了脸。金属门锁咔嗒一响,监牢大门打开时,我俩都吃了一惊。对我而言,这意味着温科回来,又一轮可怖的审讯要开始了。

莱利跳起来,隔过栅栏盯着我说:“关于擦洗工和你,不管我对指挥官说些什么,都只是谎话。你明白吗?”

门缝间泻入越来越多的亮光。

“明白。”在他回头之前,我问,“你需要什么来着?”

“我需要你。我需要正经地吻你一次。我需要你成为我的伴侣。”他低语着,眼里闪烁着柔情。此刻我脸上的震惊一定无与伦比。

门大打开了,“砰”地撞到了墙。温科鄙夷地打量了莱利一眼,“你怎么来这儿了,小伙子?”

“因为我叫亚诺上尉去见鬼,上官。”

温科笑了,“这挺需要勇气的,小伙子。”

“好吧,我不知道这儿有个擦洗工,长官,不然肯定不会乱讲话了。您不觉得,让我和他们靠得这么近很残忍吗?”

我咬住嘴唇,想起莱利说过这都是谎话。

“比和我来场额外勤务还要糟吗？”

“没错，长官。”

温科再次咯咯笑起来，“好吧，小伙子。你剩余的禁闭时间免除了。霍利斯少尉，”他叫道，“放阿什昂先生出去。”

另一个男人走进来，打开了莱利的牢门。真高兴他自由了。我目送他离开，可门一关上，只剩下我和温科待在这里时，我的所有喜悦便烟消云散了。

他走进我的牢房，开始动手。他用刀尖捅进我的皮肤，我往后瑟缩。剧痛绞动着我的神经，可一个逃跑计划居然在这时成形了。计划不算高明，但总比继续当温科的玩伴强。

一轮特别剧烈的疼痛后，我嘶喊道：“够了！我招！”我尽量不去看他后退时脸上浮起的得意笑容。

“我听着呢。”他说。

“我告诉你多莫托藏在第二层的哪个位置。我知道的只有这个，真的。”

他那张丑脸上露出既怀疑又感兴趣的表情，“那就说。”

“光说不行。入口是隐蔽起来的，我得指给你看。你需要带上断线钳才行。”

他陷入思考，我则装出可怜又虚弱的模样。其实不用怎么装，我本来就够虚弱可怜的了。

“好吧。”温科解开了我的手铐。

我一挪手臂，灼烧般的疼痛便袭遍整条胳膊。坐直身体都成了一场意志力的考验。我摩挲着双手，尽量不去碰浸血的袖子。

“走吧。”他一把将我拖起来。

我身子打晃，撞在他身上。他一脸恶心地推开了我。跌倒之际，我一把从他的武器带上抓过电击枪，对准他的胸口扣动扳机。他讶异地咕哝了一下,轰然倒塌在地,发出悦耳的撞击声。

这个行动令我上气不接下气。大喘几口气之后,我跨过温科失去意识的身躯,来到散热口旁边跪下。透过栅栏什么也看不见,于是我把手伸了进去,手指触碰到了布料。我从管道里抽出一个狭长的布包,布包用线扎着,里面装着不少有用的物件——一只闪闪发亮的金属切割器、洛根做的解码器、绷带、一袋子水以及一把蛋白质块。

我吃下蛋白质块,又喝了些水。一开始我的胃发出抗议,但我纯粹凭意志力将食物吞咽了下去。我需要能量。

我扯下褴褛不堪的制服,用绷带包扎好胳膊、腿和身子。我偷了温科的衬衣,衬衣下摆直垂到我膝头。我还顺走了他的刀和电击枪,只把灭杀枪留在了他的武器带上。

金属切割器上镀有一层金刚石料,可以轻易地锯断栅栏。我尽量迅速行事,可仍然感觉时间紧迫。有一丁点儿风吹草动,我都吓得不轻。终于,我割掉最后一根栅栏,钻进了散热口。我一边小心翼翼地避免留下血迹,一边准备赶路……去哪里呢?

只有一个地方可去——拉蒙特医生的医务室。管道里的暖风令我懒洋洋的,没有力气。我在第四层我们的储物间更换路线,进了通风管,然后朝间隙带赶去。间隙带的模样一如往常,空旷无人。我本以为特拉瓦家族已经让人控警看守这里了。

我跳进拉蒙特医生的办公室,在地板上砸出"砰"的一声巨响。她过来查看时,脸上的表情并不是太惊愕。

她弯腰打量我,"你能走到治疗台去吗?"

我抵达这里后,浑身的伤口顿时一齐作痛。我点点头,她拉我起身,又抬住我的手肘,把我扶到了治疗台旁。我瘫倒在台面。

她从我的腿部开始处理,解开了绷带,一边清理我的伤口,一边嘴里啧啧有声。我则痛得倒抽凉气,身体瑟缩不已。

“有四道伤口需要缝针，这还仅是腿上而已。”她走到放工具和药品的桌前，用托盘装满了各种各样的器具，包括针和线。“先服下这个。”她递给我一杯水和几枚白色药片，示意我吞下去。

“这是用来干吗的？”我问。

“让你睡觉用的。莫非我给你缝伤口的时候，你想醒着？”

我赶紧把药片扔进嘴里。和温科的刀子相伴那么久之后，我实在不想再体验被金属扎破皮肤的感觉了。

很快，房间便在我眼中暗淡下来，阴影在视野里越聚越多。没过多久，我便被裹入了黑暗的巨毯，陷入无梦的沉睡之中。

卡拉少校的声音吵醒了我。我差点儿没大声地呻吟出来。原来我逃出生天只是一场梦！但我微微睁开眼睛，发现自己确实躺在检查台上。只是不知怎的，我被推进了手术室。一张白床单从脚盖到脖子，在我身体中段染上了血。我的口鼻上盖着面罩，头发被软软的帽子拢了起来。

双开门外，拉蒙特医生和卡拉少校正在争吵。“你不能进去！”医生说，“你没有消毒，可能给病人造成严重感染。”

“有个危险的擦洗工越狱了，你却在担心感染？”卡拉惊愕地问。

“我没见过什么擦洗工。跟你说了，这儿只有我和病人。还有艾拉，当然。”

“艾拉为什么接受手术？”卡拉质问。

“阑尾炎。老实说，我不赶紧结束手术的话，她可能会死的。”

“那你就更该好好配合我们的搜查了。”手术门“砰”的一声被撞开，卡拉的声音在我身侧响起，“我会速战速决的，医生，然后你就能继续处理病人了。”

22

我一动不动地躺在原地，双眼紧闭。卡拉在我四周走来走去，发出沉重的脚步声，与之相伴的还有金属咣当碰撞的声响。

拉蒙特医生将手指按在我的颈侧，仿佛在检查我的脉搏，“你想来查查**伤口**吗，卡拉？”

我感觉屁股周围的床单被提了起来。我屏住呼吸，生怕卡拉没有被拉蒙特唬住，真会掀开床单看，同时也佩服医生的胆识。

“我不大高兴。你理应为搜寻擦洗工出一份力的。还记得你的过去吗，**医生**？配合我们能够救命。”

“我为什么要配合？反正我已经没有孩子了，你不能再拿孩子来要挟我了。这不是你一手促成的吗？”

有意思。难怪拉蒙特医生那么恨卡拉少校。

“我相信总能找到你在乎的其他什么人，比如这个实习生。假如阑尾爆掉，她还能活多久？”

“出去。”拉蒙特的声音冷若冰霜，像锋利的手术刀一样划过空气。

“看来我戳到你的痛处了。基安娜，你就是太关心其他人了。少了个把人，又有谁会在乎呢？反正底下人多得是。”

我没听清拉蒙特是怎么回应的，因为我的所有精力都集中在了卡拉刚刚叫医生“基安娜”这件事上。上层肯定不止一个人叫基安娜。下两层同名的擦洗工也是一大把。况且，世上哪有这样的巧事。

当然，如果拉蒙特医生就是我母亲，那一切都说得通了：绵羊军团首次集会上，我提起奸细的名字时，医生一脸难受的表情；她和莱利父亲互换的那个眼神；还有，她和莱利父亲从培训时期起就是朋友的事实。可我长成了一个善于爬管道的人，又卷入寻找“闸门”的行动，还遇上了莱利，这一切能凑在一起的概率也太小了。除非……

这根本不是巧合。多莫托故意找出我，谎称是注意到我有“管道女王”的绰号。这事从一开始就是设计好的。

卡拉和医生的对话声消失了。手术室里一片寂静，于是我冒险睁开一丝眼缝。没人。我等候片刻，很快拉蒙特便回来了。她脸色通红，见到我的那一瞬，冰冷的表情缓和下来。

“卡拉和她的手下已经走人。你醒过来多久了？”

我从口鼻上方扯下面罩，想坐起来，“够久了，**基安娜**。你是打算现在就出卖我们所有人，还是等我痊愈、长出一身新鲜皮肤给温科割着玩儿，再去举报？”我用床单裹住身体，试着溜下手术台。

她挡在我跟前，把我往回按，“不行，别乱动。”

“你没法儿阻止我。”我挣扎着想坐直。

基安娜朝我身上捅了一针，“我自然**能**阻止你。”

液体灼烧着淌过我的血管，消除了我所有的反抗欲望。我蔫儿了下来，失去了意识。

我就知道我讨厌检查台是有原因的。从药物导致的深眠中醒来后,我发现自己被捆在了检查台上,无法动弹。身上有几道伤口一阵阵地疼,但除此之外,我好像没有大碍——暂时没有。

医务室里交织着低语声。我犹豫着要不要呼救,但考虑到我这么倒霉,到时叫来的肯定是卡拉和温科,所以我还是乖乖地闭上了嘴。

听到脚步声时,我转过头去。看见来人是莱利,我大吃一惊。他看起来焦虑不安,又是扯衬衣,又是四处张望,就是不看我。我闭上双眼,不让泪水流出来。我到底还有多少认识是错误的?

"艾拉,你还好吗?"他问。

"我叫特蕾拉。我朋友……"我咽了咽口水。是啊,我曾经有朋友的,可恶。"都叫我特蕾尔。你们计划这事有多久了?"

"呃……她刚才联系我们的。拉蒙特医生说她需要我们来帮你理解。是要理解什么来着?"他问。

我猛地睁开眼瞪向他。

他抽了口气,"是因为你的眼睛吗?"

"我的眼睛怎么了?"

"变成蓝色了。"

我警惕起来,问:"见鬼,到底怎么回事?"

"我不知道!"

"他也需要听我们解释。"雅各布说着走了进来,拉蒙特医生……基安娜就跟在他身后。

"那他怎么没被绑在桌上?"我语带讽刺地尖声问道。

"因为他没有浑身缝着线。"基安娜说。

"你对我的眼睛做了什么?"我质问。

"我让它们恢复了原来的颜色,这样能帮你伪装。莱利说你可能是上层的后代。既然逆转色的滴眼液有效,说明你肯定是。"

"何必费这个心呢?是不是这么做了,你背叛我们的时候就会好受一点?”

“爸,怎么回事?”

莱利的父亲叹息了一声,“你们都听过十人军团和多莫托的事。你们不知道的是,大约十八百周之前,我们这拨人具体是怎么遭到背叛的。”

“诺兰……我的伴侣……”医生的声音哽咽了一下,又说了下去,“诺兰过于自信了。他发现关于‘闸门’和‘外面’的信息后,把这些信息写进隐藏文件里保护了起来,结果被人控警逮到。他被……抓了起来严刑逼供,可拒绝交代任何共犯的名字,就连特拉瓦家族以我和女儿相要挟,他也还是不肯。”

我转头盯着墙,做好听到剩余故事的心理准备。

“我没有那么坚强。卡拉少校那时还只是个野心勃勃的上尉,当时她一威胁说要循环我的女儿,我就招了。我告诉了她多莫托的事,还答应替他们刺探其他人,这样才能保住伴侣和女儿的性命。可等他们抓了人……”

她陷入沉默,雅各布接着讲了下去:“卡拉并没有遵守约定。基安娜的女儿和伴侣都被循环了,和其他三人一块儿。莱利,你应该知道的是,多莫托当时供出的人本来是我,但你母亲告诉特拉瓦家族,是她偷用了我的端口,而且她一直是独自行动的。”

“以前你为什么没告诉我呢?”莱利问。

“她让我发誓保证你的安全,不朝你的脑子里灌进疯狂的念头。拉姆拉不想让你知道这事。”他又疲惫又好笑地叹了口气,“她知道,上层人不论怎么尝试都会失败的。可看看眼前吧:一次偶遇引发了什么样的结果。”

我瞥了雅各布一眼。他看上去满怀希望。

“你为什么不叫加勒德医生呢?”莱利问。

“这个叫法对我来说太痛苦了。卡拉循环诺兰之后,我就返回娘家,改回了母姓。”基安娜对上我的视线,“我想帮助你们,因为我想补偿自己过去的所作所为。我清楚,一旦你知道我的真名,就不会听我作任何解释了。所以我才请了莱利和雅各布过来。”

我咀嚼着他们的这个故事,寻找欺骗的痕迹,“我不太确定我和莱利的相遇是不是偶然。多莫托是特意在下两层把我找出来的。”

“那是因为你熟悉管道系统啊。”莱利说。

其他人点头同意,仿佛这样就能解释一切似的。

他们不知道我是基安娜的女儿,也不知道她的女儿尚在人世。但是,他们的故事里也有太多巧合了。“那么,储物间里那个松掉的通风口盖是怎么一回事?肯定是谁事先把它弄坏了。”

莱利脸上浮起红晕,“是我的错。”

我们都盯着他,他的脸愈发红了。

“呃……我当时是想见见清洁擦洗工是啥样,所以……我把沙发推到管口下面,可是你摔歪了,但也没受伤……呃,结果不算坏,然后……”一阵语无伦次后,他总算打住了。

我扫视着他们,无法判断自己能否信任他们。但眼下我别无选择。尽管如此,我还是决定对自己亲生父母的事情保密。即使我有一双蓝眼睛,基安娜仍没认出我来。终于有这么一次,我知道一件他们不知道的事了。

当医生认同我已经恢复得差不多、准许我行动后,我钻进了通风管,径直朝多莫托的小屋赶去。拉蒙特在不引起怀疑的情况下尽可能多地偷偷带回了食物,我悉数给他送去。管道里一个远控温感器也没有,因为擦洗工不断暴发的小型叛乱,让人控警应接不暇。

贾西通过耳环接听器,把下两层抵抗运动的细节告诉了我。有意思的是，人控警越是下狠手镇压，引发的问题就越多。擦洗工停止了清洁和洗涤。B1 区的洗衣筐已经装不下脏衣服了。一堆堆有机肥和待循环的东西也堆积如山。

我顺利抵达了多莫托的住处。先知坐在沙发上，周围散落着金属零件。安－杰德和洛根一块儿在桌旁干活儿。瞧见我的时候，他们统统露出了撞见鬼的表情。

洛根欢呼一声，朝我跑来，“你逃出来了！”他拥抱了我。

“轻一点儿。”我说，因为他的胳膊碰到了好几处正在愈合的伤口。

“我们以为你还关在牢里呢。怎么过了这么久才来？”安－杰德问。

“因为医生对我保护过度了。”说完，我向他们解释了上层人还有绵羊军团的事，但他们已经知道得比我还详细了，我只好问他们，“这儿都发生了些什么？”

“我越来越擅长在管子里行动啦。”洛根说，“而安－杰德穿人控警制服的时候太长，人们都开始管她叫米涅科少尉了。”他眉头一皱，“他们对擦洗工的身份信息管得那么紧，真不知道为什么对自己人的身份信息就这么不上心。”

“他们挺高兴有更多人手帮忙。”安－杰德说，“另外，特拉瓦家族的确控制了‘里面’，但这不等于他们足够聪明，能认识到自己所有的弱点。”她露出微笑，眼里闪过一丝猛禽般的神色，“既然有弱点，我们就要尽可能地利用。”

“但别太骄傲自大了。”我说，想起了我的父亲，“人控警就是太自大了，结果怎样你们都看到了。”

“但我们只是小打小闹。”多莫托说，“特拉瓦家族掌控着电脑系统。就算有反电击装置……”他拿起这种小小的金属玩意儿甩了甩，“明目张胆的造反也会失败的。而且他们下次也许不会再用催眠气体，而是用毒气来对付我们。”

“不会的。”我说，“他们需要我们。”

“但他们可以先把我们弄睡着，再过来制伏我们，接着用灭杀枪处死所有带头作乱的人。我们怎么阻止这种事呢？”多莫托问。

没法儿阻止。“那我们最好把电脑系统也控制了。洛根？”

“这不是做不到，但需要上层人和下层人联手行动。”他与我视线相交，“另外，我们还得进入控制室。”

“这不可能。”多莫托说。

“为什么？我们有一个上层伙伴在那儿工作。”我说。

“所有的超驰控制装置都在那儿。一个人不够。”洛根说。

我陷入沉思。所有高级官员都在控制室工作，而且他们全都配有武器，极可能还带着护卫。我们没法儿大摇大摆地走进去。要去那里，七十二号通风管是最佳路径，可我们一旦跳出管道就会立刻被捕。

“洛根，你手上有反灭杀装置吗？”

“没有。但我有齐皮士。”他在桌下翻找一通，从一大堆金属里掏出了齐皮士，“我给它做了点儿改进，只要按下这个开关——”他手一指，“齐皮士就会释放出一道脉冲，应该能让人控警的武器全部失效。”

“应该能？”我抬了抬眉毛。

“我还没全面测试过。况且它只有在短距离内使用才有效。”

“那电脑系统不会受影响吗？”多莫托问。

“电脑不会有事的。”

想发动一场全面叛乱，需要很大的运气，以及上下层的密切配合。技术佬和多莫托看着我，等我发话。除了我，再没有谁能够同时组织起两边人马了。我深吸一口气。我们有科技、有智慧，还有人力——把足够多的绵羊聚集在一起，就能形成羊群。一支不容小觑的力量。我们需要一名领袖。

“安-杰德，我们现在有多少副窃听器和接听器？”我问。

“四副。”

“我们还需要七副，都设在同一个频率。还有，你们得尽可能多地造出反电击装置来。”

“我们需要更多的原材料。”洛根说。

“列张清单吧，我会联系贾西。”他应该能找到一些身材苗条又愿意帮忙从通风管送东西来的擦洗工。

我也在脑子里默默地给自己列起了清单，全是接下来需要完成的工作。这项任务十分艰巨。一丝悲伤涌上心头。要是卡贡还在这里帮我就好了。他一定能够动员起其他擦洗工。

最大程度的破坏。最终一战即将打响。不论成败，至少我们可以说自己尝试过了。

绵羊军团计划在第147006周的六十六点钟向特拉瓦家族宣战。我们用八十个小时做了一系列准备工作——策划，秘密会议，为人控警布下调虎离山之计并留下假线索，组装好种种非法技术装置，等等。

六十五点钟，我手持齐皮士潜伏在七十二号通风管，等待行动开始的信号。塔基亚在她的岗位上工作着。即使远在通风管内，我都能感受到她浑身散发出的紧张情绪。我默默祈祷她别再回头张望了。整个“里面”弥漫着剑拔弩张的氛围。普通人尽管不知道即将发生什么，却都在期待着剧变的到来。特拉瓦家族今天派出了三倍于平时的人控警四处巡逻。

控制室内特拉瓦家族的人有平日里的两倍多。一名元帅和一名上将坐在遥远角落里的会议桌旁研究地图。我料到应该会出现一位上将，没想到还来了个元帅。上校坐在房间正中央，周围全是电脑。我第一百遍检查了齐皮士。今天的成败，很大程度上要看这个小小吸尘器的发挥如何了。

所有人都各就各位。莱利和参与战斗的其他上层人都跟同事换了班,保证这时能待在各自的工作岗位上;多莫托和洛根隐身潜入了网络;拉蒙特医生准备抢救伤患;安-杰德、贾西和他的弟兄们等着在下两层压制人控警;我则准备给控制室制造点儿惊喜。

贾西的声音在我耳畔响起:"开始吧。"

控制室面板上的警报灯闪烁起来。电脑布满了房间的三面墙,前面都坐着上层人,中间是上校的位置。

"温科指挥官请求支援,长官。"一个上层人叫道,"擦洗工叛乱了。"

元帅迈着大步朝上校走去,"是时候清理那些祸害了,上校。"他说。

"派人手去增援,提示空气管理员准备毒气罐。"上校下令道,同时敲打着键盘,"我已经受够这些烦人的擦洗工了。"

惊恐让我胃里一阵抽搐。

"长官?执勤的空气管理员刚刚叫我把毒气灌进自己屁眼里去。"这个上层人震惊得脸色发白。

我赶紧憋住笑。这时洛根的声音传来:"我们进去了。"

我等的就是这句话。我拧掉通风口盖上的所有螺丝钉,把盖子扯进了管道。没必要蹑手蹑脚,因为上层人正忙着挨个向上校报告——机械系统纷纷没有响应。

"你说没有响应,是什么意思?"上校质问。

我将齐皮士垂进了房间几英寸,按下了开关。它没有嗡嗡叫,也没发出火花,用洛根的话说,脉冲是无声无息的。但我还是情愿它至少能闪一下。最后我选择相信科学,把齐皮士抽了上来。

上校猛敲了一下电脑,"该死的东西。"

"启用超驰控制,我们将从这里操控各个系统。"元帅命令。

轮到我登场了。我冲着元帅的身上跳落下去。一些人发出了惊惧的叫声，这提醒了他，可太晚了，他只来得及抬头。我们一齐跌在了地上，身体扭打在一起。所有特拉瓦家族的人都朝我们举起了电击枪，可惜没有一把能使——为了以防万一，我还带着安-杰德给的反电击装置。我从工具带里抽出事先保护好的电击枪，击晕了元帅、上校和坐在超驰控制装置旁边的上层人。

没过多久，我这个计划的缺陷就暴露出来。瞄准和射击需要花的时间比预期的长。其他上层人也离开座位加入了战斗，伸着手朝我扑来。塔基亚坐在位子上没动。

我寡不敌众，缴械只是时间问题。地板上已经躺满了被电晕的人，还有一些上层人拖着中了电击的半边身体，跌跌撞撞地移动着。两个男人紧紧拽住了我的胳膊。我没有完成计划——我本该电晕所有人，打开控制室正门的。

上将坐在原位岿然不动。他扫了一眼手中的电击枪，把它扔到了一旁。“报告战况。”他对下属命令道。

除了抓住我的两个人外，其余上层人纷纷返回各自的位置。

“已取得超驰控制权，长官。”一个上层人说。

“卡拉少校在门口。”塔基亚报告道。

我忍住胜利的微笑。只要门一开，安-杰德、贾西和他的人马就会迅速占领这个房间，取消超驰控制。

“让他们进来。”上将说。

我做好准备，以便随时加入他们的战斗。金属双开门嘶嘶作响，朝两边滑开了。

我的心被瞬间击碎。身边的两个男人咕哝一声，把腿软瘫倒的我架了起来。

卡拉·特拉瓦少校站在门口，右边是温科指挥官，左边是拉蒙特医生——或者说，基安娜。

23

我注视着我的母亲，一个字也说不出口。拉蒙特医生用狂热而专注的目光扫视着房间里的所有人，表情在恐惧与希望之间摇摆。她双手紧紧攥着什么。与我的视线相交时，她的脸上立刻充满了内疚和痛苦。我真惊讶自己居然这么愚蠢。我们已经知道她曾经背叛过同伴一次，却给了她再次欺骗我们的机会。

卡拉大摇大摆地走进控制室，一脸得意洋洋的笑容。温科也进来了，身后跟着十个人控警，其中一人把拉蒙特医生也推了进来。门又嘶嘶合上，最后发出砰的一响，把我已经破碎的心碾成了齑粉。

"报告战况，少校。"上将说。

"下两层已经得到控制，长官。"

"干得漂亮。你是如何在这么短时间内做到的？"

卡拉扫了拉蒙特医生一眼，"我们提前几小时就收到消息了。"

"做得好。布雷顿，给下两层我们的人传令，让他们把领头的找出来。"

“是，长官。”一个上层人喊道，同时在电脑键盘上敲打起来。

塔基亚仍留在原位没动。她的手指静静地放在键盘上，而我真希望她没有服从上将的命令。

上将从武器带上抽出灭杀枪，朝我走来，“我准备好好寻下乐子，除掉这头一个祸害。”

我朝抓住我的人身后瑟缩，可他们按住了我。上将把枪口对准我的胸口时，我的心颤抖起来。没想到我竟要用这种方式来验证齐皮士是否能让灭杀枪失效。

“住手！”拉蒙特医生喊道。

上将停下来，皱着眉头转向医生，“为什么？”

“她是整场叛乱的领头人，知道所有参与者的身份。如果还没审问就把她循环掉，你可能会漏掉一些惹事的人。”

“事实证明，审讯对特蕾拉没用。”卡拉说，“如果你留她一命，擦洗工就有了一个聚众闹事的带头人。”她瞪了温科一眼，“搞不好，她会再次逃进管道里去。”

温科缩起肩膀，垂下脑袋。

“杀了她，她可能成为烈士，会有更多的擦洗工为她造反的。”医生说。

“我不在乎。”上将说，将注意力转回了我身上，“退下。”抓住我的两个男人放开了手。他扣动扳机，我尖叫起来。可除此之外，什么也没发生。我如释重负，晃了两下身子。

但我这口气也松得太早了。上将怒视着我，把手里的武器扔到一边，伸手要过卡拉的灭杀枪。齐皮士令其他武器失效的时候，卡拉不在这儿。她的枪还能用。

在他扣动扳机之前，我微微一笑，“尽管开呀，反正这个也没用。”

“她在虚张声势。”温科说，“如果她这么有自信，刚才为什么尖叫？”

我耸耸肩，“就是逗你们玩嘛。”我声音保持着平静，尽管浑身肌肉都快软成泥了。

温科舞了舞刀子，“这个总会管用。”他兴奋地咧嘴笑了。

我呼吸困难，将空气一点点吸进发紧的喉咙，尽量不喘气。

上将稍作思索，把卡拉的灭杀枪还给了她，“这里太乱。把她押去牢房，指挥官。弄清楚她都知道些什么，但假如问不出任何新东西，就送她去喂咀嚼机。”

“是，长官。”温科立即开始行动，大步朝我走来。

“等等。”拉蒙特开口了。

“又怎么了？”上将一脸厌恶地问。

她转向卡拉，“我们的交易呢？你说过她会在这里的。”

“她的确在。”卡拉的眸子里闪过一丝恶毒的快活。她指向我，“见见你的女儿吧，基安娜。特蕾拉，或者我该叫你出生时的名字，莎蒂？”她摩挲着两颊，仿佛陷入沉思，“我还是喜欢‘特蕾拉’这个名字。我猜是因为这个发音更好听。”她耸耸肩，“不管怎么说，特蕾拉，来见见你母亲。”

惊惧攫住了拉蒙特医生，她一直摇着头，“你在撒谎，卡拉。不可能这么巧合。”她松开手指，露出了手心里的东西，正是我的珍珠柄梳子，“我又上当了。”她声音微弱，几不可闻。

“祸害生出来的孩子一般也是祸害。”卡拉说，“但我得承认，当我查到特蕾拉的记录时，的确有点吃惊。我就知道，留着你女儿的命迟早会派上用场——她是你的软肋。我怀疑多莫托也是在电脑文件里查到了她的身世，才找她来替他办事。”

“不，我不相信。她长得一点也不像我和诺兰。”医生说。

“真的吗？”卡拉翘起臀部，打量着我，“她这样大睁着充满恐惧的蓝眼睛的样子,就和诺兰被喂进咀嚼机前一模一样啊。”

整个控制室里响起一阵低语,有人表示同意,也有人持有异议。

“尽管这很感人,但我们还有很多工作必须完成。”上将命令人控警将被电晕的官员搬去医务室,“医生,请务必让他们感到舒适。指挥官,赶紧把这个擦洗工带出我的视线。”

温科一把抓住我的上臂,我开口道:“这只是个开始。”我只是想拖延时间,可这句话是真的,这个信念使我恢复了镇定。虽然这回的反抗失败了,我们也惨遭背叛,但此时我站在了控制室里。擦洗工未来会取得比这更大的成就。

我笑了,“你们尽管试试铲除惹乱子的人吧,上将。但你们总会漏掉一两个,而他们的人数会成倍增加。想想吧。你以为我们是怎么走到今天这一步的?如果我能利用卡拉的失职,那其他人迟早也能。”

卡拉少校一把抽出灭杀枪,按在我的肋骨上,“让我们瞧瞧这枪能不能使。”

温科松开了手。

“等一下,卡拉。”上将说,“你说‘失职’是什么意思,擦洗工?”

“瞧瞧我们都干成了哪些事吧。多莫托人间蒸发了;我们打开了‘闸门’;我逃出了监牢,还在上层待了一周;我们入侵了电脑系统;我进入了你们的控制室,还电晕了你们的上校;闯进卡拉的办公室简直轻而易举。她失职的例子数不胜数啊。”我啧啧道。

我的嘲讽起了作用——卡拉丢掉了灭杀枪,用双手掐住了我的脖子。

“我会亲手送你进咀嚼机的。”她说着,手上用力。

我没法儿吸气了,我担心她会捏爆我的气管。我伸手够向她的武器带,取出电击枪,然后扣下扳机。我的脖子感受到一阵震荡,但她的手还掐着我的喉咙。我扔掉电击枪,把卡拉的手指从我麻木的颈部掰开,又将她朝后推向上将。他俩一齐倒在了地板上。

现在我能含笑进咀嚼机了。

洛根的声音突然在我耳边响了起来,吓得我差点儿跳起一米高。“这感觉一定很棒。”他说,“我要是也在场就好了。”

贾西补充道:“我们重新控制了下两层。”

“特蕾尔,坚持住。”莱利说,“等塔基亚找到机会打开控制室的大门,我们就派一支救兵进来。”

他们的声音令我分了神,没留意控制室里发生的事。我迅速扫视房间一周,脑子里立刻形成了一个计划,以尽量拖延时间。上将的脸涨得通红,实在有点儿令我胆怵。温科扶他站起身来。

“不管这儿乱不乱了,先杀了这个擦洗工。”上将命令道。

温科朝我靠近,一手拿着刀子。

“过度自信,指挥官,会是你倒下的原因。”我说。这挑衅也太无力了,可眼前我想不出更好的台词。

“被尖刀一把捅进心脏会是你倒下的原因。”温科回应道。

我为什么没留着卡拉的电击枪呢?一个念头从脑中闪过,“其实,现在时间对我很不利。”

“时间?”

上将说:“她不剩多少时间了。赶紧完事。”

温科举刀划向我的咽喉。我注意到了房间另一头的动静。

持有武器的擦洗工队伍涌进了控制室。房间里还没来得及陷入混乱,就有几个上层人被电倒了。

温科成功避开了头一波袭击。他仍然举刀瞄准我的喉咙,朝我扑过来。我冲他的胸口踢了一脚,他的刀刃没有刺中我,只是擦伤了我脖子上的肌肤。

他继续我朝我靠近。我背靠到墙上,无处可逃。他将刀刃抵在我的下巴底下,满意地露齿一笑。刀刃咬进了我的下颚,然后一双强壮的胳膊把他提到一边,甩了出去。

莱利嘲讽地对他敬了一个礼。

温科被逗乐了,“好吧,小子。先解决你,再解决擦洗工。”他猛扑出去。

莱利身体一扭,避开了刺来的刀锋。温科又扑上来,莱利抓住他的手腕,猛地一拽,他的身体顿时失去了平衡。莱利把他强按在地面上。

“多谢你之前给我上的课,指挥官。”莱利说,“它们非常管用。”

占领控制室之后的事情,我没法儿一件件记清楚了。因为缺乏睡眠,之前又连续八个小时高度紧张,我已经累垮。身上被温科割破的地方还在疼痛,我迷迷糊糊地跟着莱利去了医务室缝合伤口。照这个频率受伤下去,我早晚会用光这里所有的手术缝线。

之前帮忙抢救过多琳的男医生这会儿被强行拉来工作了,其余人则在商讨该怎么处置拉蒙特医生。

几个钟头以后,我在医务室附属的卧室里醒了过来。我出去张望了一下,发现男医生正在医务室里四处忙碌,照料在战斗中受伤了的人。

“回床上去,艾拉。”他命令道。

我懒得纠正他了。特蕾拉、艾拉或者莎蒂——名字对我来说并不重要。我只是说:“床位都满了,你需要帮手。”

他扫视房间一周,“这儿没人受重伤,谢天谢地。只有几个人控警被循环了。你需要好好休息。等局面安定下来,这里的情况会变得非常……有趣。”

我退回了房间,心想自己的任务已经完成,后面的事情就交给其他人来操心吧。

再次醒来时，莱利坐在我的床沿上。他冲我一笑，似乎知道了什么我不知道的好事。

“怎么了？”我问。

“你看起来好多了。”他从我脸上拂开了一缕头发。

“你来这里不是为了告诉我这个吧？”

“不是，可看你好转了我高兴嘛，特别是在……你知道……你被温科施以酷刑之后。”

一想起他那把邪恶的刀子，我就不寒而栗。我摸了摸自己柔软的脖子，意识到自己险些没命，“多谢你救我一命。”

“随时效劳。”他又冲我露出一个欢快的笑容。

“好吧，莱利，告诉我发生了什么？”

“我找到弟弟了。”

“太好了！你是怎么……不，让我猜猜：你拿着阿羊妈妈去了下两层，结果找到了仍然留着阿羊爸爸的人？”

“对。阿羊现在又全家团聚了。我弟弟叫布莱克，在厨房工作。”他笑道。

我眯着眼说：“你还有其他消息。”

他朝我报以紧张的一笑，“我是希望……”他取出一条项链，“我们可以对彼此许下承诺。”

一丝本能的恐惧从我心头闪过，“你是说成为伴侣吗？”

“不是。至少现在还不是。按照我们的传统，送礼物是第一步，算是象征我们准备交往试试，看看能否好好相处吧。”他把项链放在了我的掌心里。

细细的链子上挂着一个银吊坠，“是绵羊吗？”

“考虑到之前发生的一切,我觉得送这个挺合适。”

经历了之前发生的一切,“里面”再也不会是昔日的模样了。可一想到有莱利在身边,我就感到一阵暖意。

“我应该怎么接受这个?”我问。

“戴上就好。”

绵羊吊坠做工精致得令我惊叹,“你确定吗?你并不是特别了解我……”

“我本来不确定。后来当我见你浑身是血昏迷在我们储物间里的时候,我的心都碎了,然后下定了决心。要知道,把你留在牢里和温科待在一起,是我这辈子做过的最艰难的事。”他伸出一条胳膊抱住我,将我拉近了些,“我们可以慢慢来,反正我们有大把的时间。”

他吻了我。我的身体仿佛遭到电击一般,直到他退开,那种感觉也没散去。我觉得嘴唇微微刺痛。

“你的答复呢?”他问。

我吻了他。有生以来第一次,幸福的感觉在我心里发芽开花。然后我们的嘴唇分开了,尽管我嫌太快。

“我就当这是同意了。”莱利解开项链的搭扣,“按照我们的另一个传统,这吊坠是我亲手做的。只不过,洛根和安-杰德也帮了点儿忙。”他将项链绕在我脖颈上,拨开我的头发,替我扣好。

我用手指拨弄着绵羊,“洛根和安-杰德?这也是他们做的电子设备吗?”

“对。可是,”他赶紧补充了一句,“它平时是关闭的。万一以后你遇到麻烦需要帮助,就捏一捏吊坠,它便会发出信号。我们可以追踪这个信号,找到你的位置,再派出人手增援。”

我笑出了声,“你真觉得以后还有这个必要吗?”

“或许我的确没有那么了解你,可我知道,哪里有麻烦,哪里就少不了你。”

我准备大声抗议，却被他的又一个吻堵了回去。没过多久，我便忘了生气。

要让“里面”从特拉瓦家族的独裁过渡到更为民主的体制，这个过程并不顺利。尽管每个上层家族都选出了一名代表，每个擦洗工“家族”也派了一个人参与组织大会，但许多上层人仍对擦洗工报以不信任的目光，擦洗工的怀疑和怨恨也让重建议程困难重重。

我本希望不必搅和到任何政治角力中去的，然而，因为我理解上下层双方的状况，还是参与了所有的会议，在两边之间斡旋。可是，要达成目标还任重道远。“里面”人满为患依旧是个问题，而且一小部分人很不愿意改变原先的生活方式，暴力事件也偶尔发生。安－杰德组织起了一支维和队伍来维持秩序，队员来自所有家族。

如今，我们可以安心地走在上两层的走廊里，这感觉自在极了。多莫托也很高兴终于摆脱了他的藏身小屋。现在他整天忙着教诲所有人，要他们学会耐心和互相理解。特拉瓦家族的全部成员都暂时被囚禁在监牢里。委员会将决定他们最终的命运。拉蒙特医生也被关了起来。

现在是第147007周，而我收到一条信息，让我十点钟去控制室和洛根碰面。自从我们接管了“里面”，他就一直驻扎在控制室，用那儿的电脑搜集遗失的信息。

他蜷缩在键盘前，自顾自地时而嘟囔，时而哼小曲儿。我碰了碰他的胳膊，他差点儿没跳起来。

“别这样吓唬我。”他说，手掌在脸前挥了挥。

“对不起。我是不是该先鞠个躬，大声宣布自己来晋见了呢？他们怎么还没封您为元帅啊？”

“尽管嘲讽吧。”他转头面向屏幕，“我不打算告诉你了——噢！放开我的耳朵，我告诉你就是了！”

我松开他的耳垂，他赶紧揉了揉。

“洛根，说啊。”

“好吧。我解出了最后三个文件的密码提示问题，读到了里面的信息。‘外面’是个叫作‘外太空’的地方。那里没有空气，而生物无法在没有气压的环境里生存。”

我的心底涌起一阵悲伤和内疚。假如我们再等等，卡贡就不会飘到外面去了。“多谢你的提醒。”

“抱歉，让你想到了伤心的往事。呃……其实我们正在**穿越**外太空。这地方似乎十分辽阔，要从一个行星去往另一个行星，必须花上漫长得不可思议的时间。”

“行星？”

“就我目前的判断看来，行星才是**真正的**‘外面’。”他敲打了几下键盘，屏幕顿时被一幅蓝色天花板和绿色植物的图片给填满了，“这就是我们的目的地。在过去的147000周里，我们都在朝着它进发。”

“那我们会在什么时候抵达呢？”然而答案已经在我脑中浮现，“它是开端，也是终点。它是什么？”我看着洛根。

“第一百万周。”我俩异口同声。

我不禁伸手去拉椅子。我们还要853000周才能到达目的地！我在椅子上坐下，感觉天旋地转。在那之前，还得有八千代人在这个金属立方体里出生、生活、死亡。

“关于我们的过去，以及我们待在这里的原因，还有很多要了解的。”洛根说，“我只是略微发掘了一点儿皮毛。特拉瓦家族想删掉所有的文件，可它们受到系统安全卫士的保护，被隐藏了起来。”

“系统安全卫士？控制者又是谁？”

洛根弹了弹手指,就像领导在打发下属离开,“没有证据表明他们存在,至少,没有迹象显示控制者是真实存在的人类。控制者只是电脑的操作参数和自动防故障装置,当中也包含了一些指令——它们是最初的设计人员设置的。”

“什么样的指令?”

“举例的话,其中一条是关于我们的人口的。设计人员希望确保我们抵达‘外面’之后,拥有足够的人数来维持生存。这条指令没法修改或者选择,所以特拉瓦家族一定是把它当作神灵的旨意了。”洛根咯咯笑着,“不管怎么说,多莫托能发现这些隐藏文件,还把它们复制下来,这真是奇迹。”

“不是多莫托。多莫托是那群人的领袖,但头一个发现那些文件的是诺兰·加勒德。”

“那加勒德真是天才。”洛根用一根手指敲击着椅子,“说起加勒德,你想看看自己的文件吗?”

我的文件?我愣了一下,然后才想起,确实有个文件是以我的出生周数和钟点命名的。“不想。”

“但它很重要。你母亲解释了当初她那么做的原因。你**得**原谅她。”

我瞪着他,“她也背叛了你呀。我们差点儿就失败了。”

“只是差点儿。她并没有把我们的**全盘**计划告诉他们,不然你以为我们是怎么重整旗鼓的?”

“我不在乎。她泄密泄得够多了。另外,可能是卡拉把我的身世信息植入了电脑。这也许是个骗局,她可能和我根本没有血缘关系。”

“有一个办法可以鉴定你们的关系。”洛根说。

“什么办法?”

“验血。吸血鬼箱可不仅仅是用来查孕妇的。”

洛根灌给了我太多信息，让我一时难以消化。我茫然地四处晃荡，直到被叫去参加另一场委员会会议。上下层双方的人跟小孩一样争吵不休，我真希望自己能回医务室去，帮医生照料病人。或者跟莱利一起待在我们的房间，那样就更好了。

我任由嘈杂的吵闹声淹没了我，同时下定决心：我得再当一阵子"管道女王"，不去操心验血和人口过多的事。

一回到通风管里，我顿时感到身心轻松。我开始在上两层进行更多的探索。之前因为一直害怕被人控警抓住，我尽量少去第四层。现在，我爬进间隙带，开始检查这里的管道和"里面"的天花板之间的空间。

我总觉得这里似乎少了点什么。第四层间隙带里，通风管和水管纵横交错，没有洗涤衣物传送滑道或者污水管——这可以理解，因为这两种管道都往下走，连着第一层。

我爬过一根管道，头不小心撞到了天花板，突然意识到：这里少了的东西是绝缘泡沫。我小坐片刻，头不再那么疼了。

这儿为什么没有泡沫呢？我用电筒光照射着上方的金属板，挨个数着铆钉。我忘记了时间已经过了多久，但我不在乎，决定把整个天花板都搜一遍。

我发现，东北角有一道舱门。它看上去就和各层通往间隙带的隐形舱门差不多，可门周围封着一圈黑色橡胶。

门上没有密码键盘，没有把手。

我骤然紧张起来。这门看上去和"闸门"不一样。我应该暂时别动它，先把这一发现报告给委员会。可我**应该**这么做，不代表我**愿意**这么做。"闸门"后面还有一道门，我一定要看看，这道门后面是不是也一样。

我双手推门，但它岿然不动，于是我更加用力地试了试。门发出一丝嘎吱嘎吱的声响。我又弯下腰,用肩膀抵住舱门,双脚蹬地压上了身体的重量。

我维持这个姿势持续用力,门发出了吸气似的声音。随着吸气声越来越大,门突然"哐当"一声打开了,我吓了一跳,打了个趔趄。门后是一片幽暗的空间。

我等着冰冷的虚空吸走我周围的空气,但我只闻到一股陈旧空气的气味。我站直身体,把头探进了门内。

门内光线晦暗不明,顶部高得令人难以置信,尽头消失在一片黑暗之中。这里感觉和外太空很像,但充满了不太新鲜的空气,而且有墙壁。微弱的蓝色灯光沿墙朝上照去。我踏上地板。这儿的地面和"里面"的其他地方一样,都是用金属板以铆钉拼合而成。

我继续往前走,用电筒四处探照。这里空间广阔。至少,电筒光线照了许久都不见头,直到我看见一堆堆金属板、管道、机器设备、桶和"工"字钢梁。这里的物资储量惊人!

远方的西南角有许多巨型架子。它们看上去就像未完工的地板。我数了数:有六层。这地方足够容纳六层空间!

不。第六层上方还有广阔的区域。

随着我慢慢理解眼前的一切,我感觉呼吸都困难起来,一下子跪倒在地板上。"里面"的建造者知道这是一趟漫长的旅程,料到我们的人口会持续膨胀。上方有足够的空间给我们扩张。我们再也不用担心人满为患了,也不必限制生育孩子的数量了。我们可组建起大家庭,每个家庭都可以分配到自己的空间。我可以拥有一个家庭。

我把额头贴在冰凉的金属地板上,尽量不晕过去。我抬起颤抖的手,摸到了吊坠,捏了捏那只绵羊,发出信号。

莱利,我在心中默念,**你应该带援兵过来,我们需要帮手。**